Tod in Jena

Christoph Heiden ist in Berlin geboren. Derzeit lebt er in Berlin-Lichtenberg. 2014 veröffentlichte er im Emons Verlag seinen ersten Roman »Teufelsloch«. Im April 2015 hatte sein Theaterstück »Vergraben« in Weimar Premiere.
www.christophheiden.com oder auf facebook unter Christoph Heiden – Autor

Dieses Buch ist ein Roman. Handlungen und Personen sind frei erfunden. Ähnlichkeiten mit lebenden oder toten Personen sind nicht gewollt und rein zufällig. Orte können verlegt, verändert oder hinzugefügt worden sein.

CHRISTOPH HEIDEN

Tod in Jena

KRIMINALROMAN

emons:

Bibliografische Information der Deutschen Nationalbibliothek
Die Deutsche Nationalbibliothek verzeichnet diese Publikation in der Deutschen Nationalbibliografie; detaillierte bibliografische Daten sind im Internet über http://dnb.d-nb.de abrufbar.

MIX
Papier aus verantwortungsvollen Quellen
FSC® C083411
FSC www.fsc.org

Umschlagmotiv: Matthias Pick/www.matthiaspick.de
Umschlaggestaltung: Tobias Doetsch
Gestaltung Innenteil: César Satz & Grafik GmbH, Köln
Lektorat: Lothar Strüh
Druck und Bindung: CPI – Clausen & Bosse, Leck
Printed in Germany 2016
ISBN 978-3-95451-819-7
Originalausgabe

Für M. P.
– ohne dessen Hilfe vieles schwerer gewesen wäre

Prolog

Mit gesenktem Kopf dämmerte Ben Schilling dahin. Unter seinem Gesäß befand sich ein Stuhl, um seinen Hals eine Schlinge. Wohin das Seil führte, vermochte er nicht zu sagen. Die Benommenheit lähmte ihm gleichermaßen Kopf und Glieder. Kein Blick zurück, kein Blick nach vorn. Er saß einfach im Nichts und starrte auf seinen Schoß hinab. Der Körper war die ganze Welt, und die Welt bereitete ihm Schmerzen.

In einem halb wachen Moment gewahrte Ben, dass seine Hose im Schritt dunkelte. Doch nur langsam sickerte die dazugehörige Erkenntnis in sein Bewusstsein. Erst als er seinen klammen Oberschenkel spürte, kam die Einsicht: Er hatte sich tatsächlich in die Hosen gepisst.

Dieser Wahrheit folgte schon bald ein ganzes Heer an Wahrheiten: Er saß auf einem hölzernen Stuhl. Seine Handgelenke zusammengeschnürt hinter der Lehne, seine Füße gefesselt an den Stuhlbeinen. Die Schlinge um seinen Hals fühlte sich kalt und glatt an. Offenbar war das kein normaler Strick, sondern ein Drahtseil. Er schluckte mehrmals, und jedes Schlucken strapazierte seinen Kehlkopf. Er bemühte sich, stillzuhalten. Doch die Furcht vor dem, was noch passieren mochte, hatte ihn im Griff. Er schluckte und schluckte, fiebrig und panisch. Sein Kehlkopf hüpfte rauf und runter, rauf und runter. Wie ein Apfel unterm Reibeisen zerrieb sich die Haut am daumendicken Draht. Ben Schilling verlor abermals das Bewusstsein.

Erster Teil

LA MORELLE NOIRE

… die Liebe ist gleichsam
ein künstlicher Vexierbecher,
statt Nektar trinken wir oft Gift …
»Der gestiefelte Kater«, Ludwig Tieck

Samstag

Sie wollte all ihren Zorn in die Pedale treten. Wollte ihrem Liebeskummer davonradeln, als begänne die Welt nach wenigen Kilometern, Hoffnung und Zuversicht zu bieten.

Es war Samstag, der 7. November. Die Straße Am Erlkönig war so dunkel wie Caroline Meyers Phantasien. Neben dem Liebeskummer plagte die Dreiundzwanzigjährige große Übelkeit. Im Theater hätte sie sich beinahe übergeben müssen. Aber eben nur beinahe.

Jetzt lag das Schloss Thalstein mehrere hundert Meter hinter ihr. Am Fuße eines Berges, inmitten grauer Finsternis. Ben Schilling, der Grund für ihren Liebeskummer, hob dort sein Sektglas. In illustrer Runde präsentierte er sein schönstes Lächeln. Ben konnte einfach immer lächeln, selbst wenn ihn die Welt anwiderte. Zuweilen war er mehr Schauspieler als Regisseur. Und ausgerechnet ihm hatte Caroline Meyer ihr Herz geschenkt.

Sie bremste, stieg ab und ließ das Fahrrad zu Boden. Auf wackligen Beinen trat sie an den Zaun eines Schrebergartens. Kein Mensch weit und breit. Nicht im November, nicht um diese Uhrzeit. Wider Schwindel und Übelkeit versuchte sie, sich aufrecht zu halten. Ihre Finger krallten sich in den Maschendraht, doch der Alkohol wollte sie niederdrücken. Sie hatte nach den Gläsern anderer Gäste gegriffen wie das Schneewittchen nach fremden Tellern. Nun raubte ihr die Übelkeit die Kraft für Tränen und Selbstmitleid.

Caroline blinzelte durch den Maschendraht auf die kargen Grundstücke. In dieser Einöde durfte sie nicht ohnmächtig werden. Niemand wusste, welche Gestalten sich hier herumtrieben. Jena war ein Ort der Behaglichkeit, des feinen Anstands. Wenigstens tagsüber, in der herausgeputzten Altstadt. Oder auf dem Marktplatz unter den Augen des apokalyptischen Schnapphans. Aber *draußen* und *des Nachts* war auch an diesem Ort eine ungute Allianz.

Die Hände noch am Zaun, vernahm sie das Geklirr von Flaschen. Von einem Baum hing das primitive Windspiel eines primitiven Gärtners. Plötzlich gesellte sich zu der Erschöpfung eine tiefe Angst. Nur mit Mühe rutschte sie wieder auf den Sattel und bekam das Rad in Bewegung. Beim Treten spürte sie kaum noch ihre Beine. Allein die Straße zu erkennen, verlangte höchste Konzentration. Nach kurzer Strecke bremste sie erneut. Die Angst vor einer jähen Ohnmacht war zu groß. Sie zückte ihr Handy und rief bei sich zu Hause an.

Der Anrufbeantworter empfing sie mit einem lauten Piepen. Sie versuchte es auf dem Handy ihres Vaters. Als sich nur die Mailbox meldete, sagte sie, es ginge ihr kotzübel. Irgendetwas stimme nicht mit ihr. Dann – und sie wusste nicht, warum – bat sie ihren Vater um Verzeihung. Dafür, dass sie eine schlechte Tochter sei. Dafür, dass sie schwach und nutzlos und krank im Kopf sei. Ihr Vater war einer der mächtigsten Männer der Stadt. Dr. Rufus Meyer bekleidete seit Jahren das Amt des Oberbürgermeisters. Mit seiner Macht ließ sich viel regulieren, nur nicht das Herz eines anderen Mannes. Ihr kam die Idee, ihr Vater könnte Ben der Stadt verweisen. Bestimmt war er dazu imstande, dachte sie irrsinnig vor Liebeskummer. Sobald sie aufgelegt hatte, kehrten die Selbstzweifel zurück. Schlechten Töchtern tat niemand einen Gefallen, sagte sie sich. Weder der Bürgermeister noch irgendwer sonst. Schlechte Töchter verliebten sich in die falschen Männer und fuhren betrunken Fahrrad.

Unverändert gegen ihre Benommenheit ankämpfend, erreichte sie das Ende der Straße. Sie sah bereits die Karl-Liebknecht-Straße, das Leuchten der Laternen, die unsteten Lichter vereinzelter Autos. Endlich war sie der Allianz aus *draußen* und *des Nachts* entflohen. Ein letzter Tritt den Anstieg empor, und das mit bleiernen Waden. Auf der Kreuzung dann ein grelles Licht und das Hupen eines Autos und ein Schreck, der so erschütternd war, dass er selbst den Aufprall ihrer Wahrnehmung entriss. Noch im Sturz ereilte Caroline eine letzte Gewissheit: Jetzt war sie wirklich draußen. Draußen und in ewiger Nacht.

Montag

1

Lennart Mikowski hockte am Bordstein und inspizierte die Fahrbahn. Zu seiner Rechten die Straße Am Erlkönig, zu seiner Linken die Karl-Liebknecht-Straße. Vor zwei Tagen war Caroline Meyer auf dieser Kreuzung von einem Auto erfasst worden. Seitdem schwebte die junge Frau in Lebensgefahr.

»Laut Protokoll traf der Rettungswagen um zweiundzwanzig Uhr vierzig ein.« Henry Kilmer ging neben seinem Kollegen in die Hocke. Er hielt ihm den offenen Notizblock hin, doch Lennart schenkte dem keine Beachtung. Stattdessen schüttelte er den Kopf, als sei ihm die ganze Sache zuwider. Henry blätterte eine Seite zurück und spulte die restlichen Informationen ab.

Caroline Meyer sei auf dem Fahrrad unterwegs gewesen. Bei dem Versuch, die Karl-Liebknecht-Straße zu überqueren, sei sie mit einem Auto kollidiert. Ein Ford Escort, Baujahr 1986. Als Folge des Unfalls habe Caroline Meyer ein Schädel-Hirn-Trauma erlitten. Die Ärzte hätten sie in Langzeitnarkose versetzen müssen.

»Du meinst, ins künstliche Koma?«, hakte Lennart nach.

»Ja«, sagte Henry. »Um ihren Körper zu schonen.«

»Ich nehme an, eine Befragung ist ausgeschlossen.«

»Ja, und niemand kann sagen, für wie lange.«

»Scheiße.«

»Du sagst es.«

Ein leichter Windstoß fächerte Henrys Block auf. Stichpunkte und wie von Kinderhand gemachte Zeichnungen lugten hervor. Henry ergänzte, der Fahrer habe den Notarzt alarmiert. Dessen Aussage zufolge sei Caroline Meyer ohne Licht gefahren. Sie sei quasi aus dem Nichts aufgetaucht. Er deutete über die Schulter hinweg auf die Straße Am Erlkönig.

»Kein Fußweg und keine Beleuchtung«, bemerkte Lennart.

»Genau. Nur die Laternen an der Kreuzung.«

»Das heißt, der Fahrer hat keine Chance zum Bremsen gehabt.«

»Vermutlich.« Henry zog aus seiner Umhängetasche einen Hefter. Er wollte Lennart die Fotos vom Unfallwagen zeigen, aber der winkte lässig ab. Die Fotos könne er auch im Büro begutachten. Sein Kollege streifte die Kapuze seines Pullovers über und kam aus der Hocke.

Die Vorderseite von Lennarts Pullover zierte das Bild einer silberfarbenen Maske. Darunter konnte man den Schriftzug »El Santo« lesen. Henry hatte unlängst erfahren, dass El Santo eine Legende des Mexican Wrestling war. Die Verhüllung der Identität galt als wesentliches Element im Lucha Libre. El Santo, bürgerlich Rudolfo Guzmán Huerta, hatte sich sogar mit seiner Maske beerdigen lassen. Das Begräbnis war eines der größten in der Geschichte Mexikos. *El Santo* bedeutete »der Heilige«. Und Lennart Mikowski, Hauptkommissar der Kripo Jena, war Fan dieses Heiligen. Er fragte: »Und von welcher Stelle hat sie zu Hause angerufen?«

»Etwa hundertfünfzig Meter vor der Kreuzung.« Henry blätterte auf die nächste Seite. »Ohne den Anruf hätte man wohl kaum eine toxikologische Untersuchung veranlasst.«

»Das glaubt aber auch nur Samurai Kilmer.«

»Sie hat gemeint, ihr wäre furchtbar übel.«

»Das hätte ebenso gut vom Alk kommen können.«

»Und die Atemnot? Ein klares Zeichen für K.o.-Tropfen.«

Lennart schüttelte wieder auf diese angewiderte Art den Kopf. »Wäre sie nicht die Tochter unseres lieben Bürgermeisters, würden wir garantiert nicht hier sein.« Er schob beide Hände in die Bauchtasche seines Pullovers und spie auf die Fahrbahn. »Was denkst du denn, weshalb Linda ihren Urlaub abbrechen soll?«

Henry versuchte, den Vorwurf der Naivität zu ignorieren. Er klammerte sich an seinen Block und ließ Lennarts Frage unbeantwortet. Schließlich entspannte Lennart die Situation, indem er ein zweites Frühstück vorschlug. Henry nickte den Vorschlag ab, und die beiden Kommissare begaben sich zum Wagen.

Mit seinen abgelatschten Turnschuhen und dem Kapuzenpullover glich Lennart Mikowski einem Sozialarbeiter. Jener vertraute Typus, der Henry an einen älteren Bruder denken ließ. Er selbst ähnelte einem Lehrer, der ein staubtrockenes Fach lehrte. Jeans, Rollkragenpullover und ein Jackett mit Flicken an den Ellbogen. Obendrein der kleine Zopf, der ihm den Spitznamen Samurai eingebracht hatte. Während seines ersten Dienstjahres war ihm der Titel noch ein Seufzen wert gewesen. Mittlerweile betrachtete er ihn wie eine Narbe, über die man einen Strumpf ziehen konnte.

Sie hielten in der Karl-Liebknecht-Straße bei einem Bäcker. Lennart entschied sich für zwei Croissants und einen Kaffee. Mit Blick auf Henrys einsamen Kaffeebecher fragte er ihn, ob er bereits gefrühstückt habe.

»Ja, zu Hause«, log Henry.

Er schaute durchs Ladenfenster hinaus und versuchte, nicht an Jasmin zu denken. Die Bibliothekarin und er waren seit einem Jahr ein Paar. Gewiss hätten es viele angesichts ihrer rein platonischen Beziehung abgestritten. Ein Paar, das sich ein Bett teilte, aber nicht miteinander schlief. Das verunsicherte kleinkarierte Geister. Henry beschwor das Bild von Caroline Meyer herauf und entsann sich der Faktenlage. Jasmin Sander erfreute sich bester Gesundheit. Caroline Meyer galt zum jetzigen Zeitpunkt als Opfer einer Vergiftung. Jasmin war in dieser Stunde auf dem Weg zu ihrem Arbeitsplatz. Caroline Meyer lag bewusstlos im Universitätsklinikum. Jasmin würde in der Mittagspause einen Salat essen. Caroline Meyer wurde über eine PEG-Sonde versorgt. Jasmin würde morgen neben ihm einschlafen. Caroline Meyer würde vielleicht nicht mehr als Caroline Meyer aufwachen. Henry schenkte sich Milch ein, rührte um, legte das Stäbchen beiseite.

»Linda hat mir erzählt, dass du regelmäßig joggen gehst.«

»Fast jeden Tag«, antwortete Henry.

»Hast du nicht Bock auf einen Urbanian Run?«

»Was soll das sein?«

Lennart schnippte einen Krümel vom Tisch. »Urbanian Run

ist ein Stadtlauf mit Hindernissen. Man klettert über Mauern, kriecht unter Lastwagen hindurch, schwitzt sich tot.«

»Ich weiß nicht.«

»Wie, du weißt nicht?«

»Ich laufe immer bloß vorwärts.«

»Ach, komm schon. Mitten in Berlin …«

»Ich habe null Bock auf Heimat.«

Lennart und Henry arbeiteten das erste Mal allein zusammen. Im letzten Jahr waren sie beide Teil einer Mordkommission gewesen. Einem Mann war die Kehle durchtrennt, einer Frau der Liebhaber geraubt worden. Obgleich der Vorgang keinesfalls restlos aufgeklärt war, hatte man die Akte geschlossen. Ein neuer Vorgang hatte unter dieses Fragezeichen einen Punkt gesetzt. So lief das meistens: Ein neuer Fall verdrängte den alten. Frische Opfer weinten eben lauter als gestrige. Henry blätterte seinen Block von hinten auf und machte sich demonstrativ eine Notiz. Er hoffte, das Thema Urbanian Run sei mit dieser Geste vom Tisch.

2

Als am Abend das Telefon klingelte, lümmelte Henry auf der Couch. Unter seinem Nacken ein Kissen, in den Händen ein Buch. Der Roman war ein Mitbringsel von Jasmin. Seit sie einander kannten, beschränkte sich seine Lektüre nicht mehr allein auf Schund. Manchmal, wenn sie bei ihm übernachtete, fand er morgens ein Buch in der Küche. Das sei ihre Art, so hatte sie behauptet, ihn von der Arbeit abzulenken. Und falls es kein Buch war, konnte es auch ein Vers sein, geschrieben auf einem Klebezettel. Oder eine mit Eyeliner an den Badspiegel geschmierte Zeile.

Jedes Mal fragte er sich, wann sie ihre »Ablenkungen« deponierte. In der Regel war er es, der zuletzt einschlief und als Erstes zur Arbeit aufbrach. Vor knapp zwei Wochen hatte er am Spiegel die Worte »Oh, was fehlt Dir, Rittersmann« vorgefunden. Sofort war sein Spürsinn geweckt worden. Mit Hilfe des Internets hatte er rasch den Ursprung der Zeile ermitteln können. »La belle dame sans merci«, eine Ballade von John Keats. Das Gedicht zu deuten, hatte sich letztlich als größere Aufgabe entpuppt. Eine Frau, vielmehr eine Art Halbwesen, betört einen jungen Ritter. Die Grenze zwischen Traum und Realität verwischt von einer Strophe zur nächsten. Er hatte Jasmin fragen müssen, welcher Sinn sich hinter den Zeilen verbarg. Aber die Bibliothekarin hatte nur geantwortet, sie habe keine Ahnung. Sie selbst verstehe nur die Hälfte von Keats' Gedichten. Dann hatte sie hinzugefügt: »Nur weil man etwas nicht durchschaut, verliert es nicht an Schönheit.« Das hatte Henry allzu gut verstanden.

Er legte das Buch beiseite und griff nach dem Telefonhörer. Es war Linda Liedke, seine Kollegin und Partnerin. Ohne Umschweife erkundigte er sich, weshalb sie so spät anrufe. Sie habe doch frei, und Dienst sei Dienst und Freizeit eben Freizeit. So lautete zumindest einer ihrer Grundsätze.

»Mein Sohn schläft woanders«, sagte Linda. »Und Stefan ist Darts spielen.«

»Dein Mann spielt Darts?«

»Ist eines seiner viel geliebten Hobbys. Neben Fußball, Billard und TV-Zeitschriften studieren.«

»Okay.«

»Und nicht zu vergessen: seine Frau zu verwöhnen. Heute hat mein Sklave allerdings Ausgang.«

Henry vernahm Lindas Krähenlachen durch die Leitung. Schlagartig wurde ihm bewusst, wie sehr er ihre Gegenwart auf der Arbeit vermisste. Ihr typisches Wechselspiel von Sarkasmus und Feinfühligkeit. Ohne Linda hätte er nach den Ereignissen des letzten Jahres womöglich den Polizeidienst quittiert.

»Und heute auch allein?«, fragte sie.

»Jasmin schläft bei sich.«

»Seid ihr immer noch nicht auf Tuchfühlung gegangen?«

Und da war sie wieder: Lindas direkte Art, die man vorschnell für eine Verhörmethode hätte halten können. Obgleich er es ihr bereits an die hundert Mal erklärt hatte, sagte er: »Wir mögen uns. Wir sind kein Paar im üblichen Sinn.«

»Und das ist ein Grund, nicht miteinander zu schlafen?«

Diese Frage hatte er auch schon an die hundert Mal von ihr vernommen. Ohne zu antworten, wechselte er das Thema. »Hast du nicht bis nächste Woche Urlaub?«

»Du weißt genau, dass mich Wenzel angerufen hat.«

Frank Wenzel, Chef der Kripo Jena, und Linda Liedke kannten sich seit Ewigkeiten. Sie wussten Dinge voneinander, die Henry nur anhand vager Kommentare erahnen konnte. Es lag kaum in seinem Interesse, in diese Richtung nachzubohren. Sein insgeheimer Wunsch: Als Gegenleistung für seine Diskretion würde Linda sich bei bestimmten Themen ebenso gnädig zeigen.

»Wenzel hat bloß von Meyers Tochter gesprochen«, sagte sie. »Die Sache scheint für ihn Grund genug, mich aus dem Urlaub zu holen.«

Henry sprach ihr sein Beileid aus. Dann erzählte er, dass man in Caroline Meyers Urin Spuren von Gamma-Butyrolacton entdeckt hatte.

»Sind das diese K.o.-Tropfen?«

»Genau, die gängigste Variante«, erwiderte Henry. Er fuhr fort, Meyer sei vor dem Unfall auf einer Feier im Schloss Thalstein gewesen. Man habe dort den Probenstart für das nächste Stück gefeiert. Sie habe in diesem Theater eine Stelle als Regieassistentin. Sie studiere an der Uni Jena Erziehungswissenschaft. Die K.o.-Tropfen müssten ihr auf dieser Feier verabreicht worden sein. »Lennart und ich haben eine Liste der anwesenden Gäste erstellt.«

»Waren viele dort?«

»Neben den Angestellten etwa fünfzig Besucher.«

»Das klingt nach Klinkenputzen.«

»Einige Schauspieler sind minderjährig. Sie waren also mit ihren Eltern dort.«

Henry lief zu seinem Bücherregal und überflog die Einbände. Er dachte an das Opfer aus einem alten Fall. Allmählich lernte er die Narbe unter seinem Strumpf zu ignorieren.

Linda nippte hörbar an ihrem Weinglas. »Gibt es irgendwelche Hinweise auf ein eventuelles Motiv?«

»Raub mit Hilfe von K.o.-Tropfen schließen wir aus. Die Gegend und der Zeitpunkt sprechen dagegen.«

»Ist wohl wahr. Ahnungslose Touristen sind eine bessere Beute«, ergänzte Linda.

»Vielleicht wusste der Täter, dass sie die Tochter vom Bürgermeister ist.«

»Du meinst, eine versuchte Entführung?«, fragte Linda.

»Ja, aber so richtig glaube ich daran nicht.«

»Finde ich auch sehr unwahrscheinlich.«

Mit dem Telefon in der Hand musterte Henry die linke Wand seines Wohnzimmers. Tagsüber wurde dieser Winkel durch das Panoramafenster erhellt. Jetzt warf die Lampe neben der Couch blaue Lichtkreise an die Tapete. In ihrer Nacktheit ließ die Wand jede persönliche Note vermissen. Während Linda von ihrem Wein zu schwärmen begann, schlurfte Henry zum Küchentisch. Er zog aus seiner Umhängetasche eine Akte und aus der Akte ein Foto. Das Telefon zwischen Kopf und Schulter geklemmt, pinnte er das Bild an die kahle Wand. Dann trat er zurück und beäugte das Ergebnis. Wie das Kratzen einer oft gehörten Schallplatte drang Lindas Stimme in sein Ohr. Ihre Stimme beruhigte ihn. Es war der Abend des neunten Novembers, und Henry Kilmer starrte in das Gesicht einer jungen Frau.

3

Sie kippte das Fenster und zündete sich eine Zigarette an. Auf dem Rabenstieg glomm das orangefarbene Licht der Laternen. Die Nachbarn hatten entweder ihre Gardinen vorgezogen oder ihre Jalousien runtergelassen. Jena Ost wirkte so lebhaft wie ein penibel gepflegtes Grab.

Alina Wagner verabscheute diese Eigenheime und Familienpaläste. Gleichwohl konnte sie sich nicht ausdenken, woanders zu leben. Trotz ihrer vierzehn Jahre besaß sie von der Welt außerhalb Jenas nur eine vage Vorstellung.

Ihre Mutter war garantiert auf der Couch im Wohnzimmer eingeschlafen. Bestimmt lief der Fernseher, was er auch noch am Morgen tun würde. Alina selbst kroch selten vor Mitternacht unter die Decke. Meist vergrub sie sich stundenlang in ein Buch. Oder sie lernte eine Textpassage für das Theater auswendig. Nur wenige ihrer Altersgenossen pflegten ihre Hobbys mit einer solchen Hingabe. Schon den Begriff Hobby empfand Alina als Herabwürdigung. Echte Leidenschaft trieb sie um. Hobbys markierte man im Kalender. Sie wurden von Terminen und monatlichen Beiträgen bestimmt. Aber für echte Leidenschaft schwitzte man schlimmstenfalls Blut und Tränen. Das hatte Alina vor kurzer Zeit schmerzlich erfahren müssen.

Sie schnippte die Asche durch den Fensterspalt in den Vorgarten. Der Gedanke an den morgigen Tag verdüsterte ihre Stimmung. Zur nächsten Deutschstunde sollte sie einen kurzen Abriss über das Leben des Romantikers Ludwig Tieck schreiben. Wie alle anderen Schüler der neunten Klasse auch. Aber bisher hatte Alina nicht einen Stichpunkt zu Papier gebracht. Ihre beste Freundin erwartete bereits die fertigen Hausaufgaben. Noch in der Schule hatte Alina ihr versichert, sie würde ihr das Material am Abend mailen.

Katja Strobel hatte eine einzige Leidenschaft, und diese Leidenschaft waren Jungs. Oft benahm sie sich, als hätte der Rest der Welt daneben keinerlei Bedeutung. Alina war das Getue ihrer Freundin absolut fremd. Obgleich das Theater ihren Lebensmittelpunkt ausmachte, vernachlässigte sie nur selten die Schule. Sie bekam für Vorträge und Klausuren beste Noten. Sie erledigte die Hausaufgaben stets akkurat. Dass sie ihre Arbeiten Katja zur Abschrift gab, galt ihr als Freundschaftsdienst. »Wozu sind Freunde denn da?«, meinte Katja häufig und bot das Lächeln der Schönen dar.

Nachdem Alina die Kippe entsorgt hatte, säuberte sie ihre Hände mit einem Reinigungstuch. Sie mochte den Geruch von Tabak auf ihrer Haut nicht. Ben, den sie jetzt gern in die Arme geschlossen hätte, fühlte ebenso. Tabakgeruch überdecke nämlich den Duft ihrer Haut. Ihrer engelhaften Haut, wie er einmal geschwärmt hatte.

Sie rutschte aufs Bett und steckte sich das glatte Haar mit einer Spange hoch. Dann warf sie sich eine Strickjacke über. Eigentlich war ihr die Jacke mehrere Nummern zu groß. Wenn Alina die Knöpfe schloss, glich diese in der sackähnlichen Form einer Magersüchtigen. Die Ärmel über ihre Hände gerafft, krallte sie von innen die Finger in den Stoff. Am liebsten würde sie allerorts mit versteckten Händen herumlaufen. Mit versteckten Händen und in dieser Strickjacke. Aber das war unmöglich, denn Alina hatte die Jacke gestohlen. Ein Leben in der Jacke schien nur in diesem Zimmer machbar.

Sie schob jeden weiteren Gedanken an die Hausaufgabe beiseite. Dann begann sie den Text für die nächste Probe zu lesen. Neben ihr stand der offene Laptop. Alle paar Minuten aktualisierte sie den Posteingang ihres E-Mail-Kontos. Sie hoffte auf eine Nachricht vom Prinzen Prospero.

»Morellas Gelehrsamkeit war unergründlich«, flüsterte Alina in die Stille ihres Zimmers hinein. »Ihre vielseitige Begabung war geradezu übernatürlich.«

Sie las die Sätze einmal, zweimal. Schaute zur Decke empor und rezitierte aus dem Gedächtnis. Sieben Mädchen sollten die Heldin des neuen Stücks abwechselnd darstellen. Sie trug den rätselhaften Namen Morella. Alina wollte nicht allein ihren Text verinnerlichen, sondern auch den der anderen Mädchen. Wieder und wieder hatte sie die dem Stück zugrunde liegende Geschichte gelesen. Vieles hatte sie anfänglich nicht verstanden. Welchen Sinn machte diese Geschichte überhaupt? Und was bedeutete der Name Morella? Sie raffte den Kragen der Strickjacke über ihr Kinn und sog den Geruch eines anderen Menschen ein. Schon vor Wochen war die Entscheidung gefallen, sie dürfe die junge Morella spielen. Doch erst jetzt glaubte sie, die Geschichte zu begreifen. Vielleicht hatte sie das den anderen Spielerinnen voraus.

Statt ihres E-Mail-Programms meldete sich ihr Smartphone. Katja hatte über WhatsApp ein Foto verschickt. So, wie es auch ein tägliches Foto am Morgen und ein tägliches Foto der Schulspeise gab. Dieses Mal durfte sich die WhatsApp-Gruppe an Katjas linkem Fuß erfreuen. Kirschroter Nagellack zierte ihre Nägel. Alina sandte ein Smiley, worauf Katja mit einem Fragezeichen reagierte. Alina wusste genau, was das Zeichen zu bedeuten hatte. Die versprochenen Stichpunkte zum Leben Ludwig Tiecks wurden sehnsüchtig erwartet. Mit einem Seufzen betrachtete sie den auf ihrem Schoß liegenden Text. Das Theaterstück »Morella«. Wie von selbst fuhren ihre Finger über das Display und schrieben: »Sorry, bin müde.« Dahinter setzte sie ein trauriges Mondgesicht. Um Katjas Reaktion nicht mehr lesen zu müssen, stellte sie das Smartphone aus. Sie drückte die Strickjacke an ihre Nase und inhalierte deren Geruch wie ein Rauschmittel. »Morella«, zitierte sie aus dem Gedächtnis. »Wo bist du?«

»Hier bin ich.«

»Oh, mein Kind, mein Liebling.«

»Höre! Ich werde sterben.«

Dienstag

1

Er drosselte das Tempo, schaltete seine Stirnlampe ein und drang in den Zöllnitzer Forst. Die Dunkelheit empfing ihn wie einen verstoßenen Sohn. Mit Distanz und der Verheißung, dass es kälter werden mochte. Es war fünf Uhr dreißig, und Henry Kilmer nahm den Anstieg zum Gipfelkreuz.

Beidseits des Weges hob sich das Erdreich anderthalb Meter empor. Als hätte ein überirdischer Pflug einen Graben in die Landschaft geschlagen. Das Licht der Stirnlampe strebte unermüdlich voran. Henry dachte an den heutigen Abend. Daran, dass er in der Quergasse bei Jasmin Sander übernachten würde. Das hieß: morgen kein Joggen. Statt mit Lindas Wagen würde er allein und zu Fuß in die Kriminalinspektion gelangen. Und das hieß ferner: Anstelle einer Wand voller Opferbilder und Tatortfotos würde ihn das Bett einer fürsorglichen Bibliothekarin erwarten.

Er hatte Jasmin Sander während eines schwierigen Falls kennengelernt. Sie war eine wichtige Zeugin gewesen, und er hatte sie befragt. Ohne ihre Initiative hätte ein privates Treffen wohl niemals stattgefunden. Außerhalb der Arbeit hatte Henry seine vordergründige Gleichgültigkeit kultiviert. Gern pflegte er sich hinter Kälte und Stoizismus zu verstecken. Er fand sich lieber mit unerfüllten Bedürfnissen ab, als dass er unpassend die Klappe aufriss. Sternzeichen Krebs, hätte Linda im Sinne von Jasmin argumentiert.

Eine andere Wahrheit lautete: Ohne Frauen wie Jasmin hätte er noch mehr Zeit zwischen seinen Akten verbracht. Sie gehörte zu den Frauen, die ihn aus unerfindlicher Motivation an die Hand nahmen. Die ihn sexuell wenig oder gar nicht interessierten. Linda hatte auch für dieses Schema einen Begriff parat. Angsthasen nannte sie Männer, die sich in ihrem Muschelhaus einrichteten.

Zweihunderteinundneunzig Meter über dem Meeresspiegel

fiel er ins Schritttempo. Die Novemberluft hatte seine Lunge zu einer eisigen Grotte schrumpfen lassen. Er boxte in die Luft und wich den Schlägen imaginärer Gegner aus. Das Licht seiner Stirnlampe streifte die Kiefern, eine Sitzbank, das Gipfelkreuz. Da schlugen seine Gedanken einen Haken zu einer anderen Frau. Hinweg von Jasmin und Linda. Er nahm den Abstieg, und jeder seiner Schritte wurde vom Atem einer Beinahe-Toten begleitet.

2

Linda Liedke steuerte ihren VW Passat über die Erlanger Allee. Henry saß neben ihr und gab Einzelheiten aus der Akte Caroline Meyer bekannt. Sie wusste, dass es keine offizielle Akte war, sondern *seine* Akte. Eine von ihm gemachte Kopie, die im Laufe der Ermittlung zu einem dicken Ordner anwachsen würde. Jedem Polizisten mit Verantwortung musste eine solche Methode missfallen. Aber Linda hatte es aufgegeben, ihm seinen übertriebenen Ehrgeiz vorzuwerfen. Inzwischen hoffte sie, er würde seine Sammlung wenigstens als etwas Verbotenes betrachten. Etwas, das nicht für jedermanns Augen bestimmt war.

Als sie die Drackendorfer Straße passierten, schweiften Lindas Gedanken unwillentlich ab. Sie sah nach rechts auf die fünfstöckigen Blöcke. Das Plattenbaugebiet zwischen der A4 und den Kernbergen. Flankiert wurden die Blöcke von hohen Birken. Die pastellfarbene Fassade sollte das einstige Einheitsgrau vergessen machen. In den Höfen hatte man Spielplätze und kleinformatige Grünflächen geschaffen. Nur das Sonnenlicht hielten die hohen Gebäude fern. Vor zwei Jahren hatte Linda dort in einem Mordfall ermittelt. Eine schwangere Frau war von ihrem Freund erstochen worden. Der Täter ein Angestellter beim Ordnungsamt. Auslöser der Tat eine Packung sauer gewordener Milch. Linda verspürte denselben Frust, den sie gestern mit einer Flasche Wein hatte bändigen können. Ein

Anruf Wenzels hatte genügt, um sein liebstes Schäfchen aus dem Urlaub zu holen.

»Drei Leute für eine läppische K.o.-Tropfen-Geschichte«, unterbrach sie ihren Kollegen. »Vielleicht hat sich die Meyer das Zeug selbst verabreicht.«

»Weshalb sollte sie das tun?«

»Was weiß ich.« Sie zuckte die Achseln. »Vielleicht für einen mordsmäßigen Kick.«

»Einen, der sie ins Koma befördern sollte?«

»Richtig dosiert hat das Zeug eine rauschhafte Wirkung.«

Henry schwieg, während sie auf den Parkplatz hinter dem Dienstgebäude rollten. Sobald Linda den Wagen eingereiht hatte, öffnete sie die Tür einen Spaltbreit. Sie zündete sich eine Zigarette an und inhalierte tief. »Immerhin hat uns Wenzel Lennart zur Seite gestellt.«

Henry nickte stumm.

»Auf die Pappenheimer aus Team 3 kann ich nämlich verzichten.«

»Wen meinst du genau?«

»Ach, komm schon!«

Sie schaute durch die Frontscheibe hinaus. Auf dem Parkplatz erwachte eine primitive Ursuppe von Leben. Autotüren wurden geschlossen, Begrüßungen einander zugeworfen. Polizisten, die nicht anders gähnten als Diebe und Kinderschänder, schlurften zum Eingang. Linda betrachtete ihren Kollegen von der Seite. Henrys Gesicht war so ausdruckslos wie eine getrocknete Schlammmaske. Sie schnipste ihn leicht gegen den Zopf und sagte: »Natürlich freue ich mich, mit dir unterwegs zu sein.«

3

Keinen Menschen schlagen zu können, heißt nicht, keinen Menschen verletzen zu können. Das sind zwei Paar Stiefel.

Wenn du am Boden zerstört bist, malst du dir allerlei Tode aus. Von einer simplen Vergiftung bis zum Hungertod, vom

Erhängen bis zum Flammentod. Lebendig begraben werden, wie es in alten Büchern geschildert wird. Oder inmitten eines Ozeans auf einem Rettungsboot verdursten müssen. Diesen Tod findest du beinahe lachhaft. Überall Wasser und nirgends ein Schluck zu trinken. Manchmal glaubst du, dass das Schicksal seine Späße mit den Menschen treibt.

In deiner Kindheit berichtete dir dein Großvater von einer chinesischen Foltermethode. Dein Großvater war ein Mann, der sehr anschaulich erzählen konnte. Ein Mann des Wortes und der Anekdote. Ein geborener Schwätzer. Wäre er nicht so ein Feigling gewesen, hätte er's garantiert weit gebracht, womöglich bis in die Politik. Jedenfalls berichtete er dir von Gefangenen, die durch die Hölle gingen. Erst wurde ihnen der Schädel kahl geschoren, danach auf der bloßen Haut ein Stück Leder geglättet. Nasses Leder, das sich perfekt an jede erdenkliche Kopfform anpasst. Mit Hilfe eines Riemens fixierten die Folterknechte das Leder auf dem Schädel. Du erinnerst dich an die Badekappe, die du im Schwimmunterricht tragen musstest. Beinahe hättest du gelacht, weil das Bild – du mit Glatze – doch ziemlich ulkig war. Aber dein Großvater fuhr unbeirrt fort. Er beschrieb, wie sie das Leder auf dem Schädel strafften. Zwischen Haut und Leder war nun kein Millimeter Luft. Um dir dieses Nichts zu verdeutlichen, presste dein Großvater seinen Mittelfinger auf den Daumen. »Siehst du das?«, fragte er. »Nicht einmal Platz für das dünnste Schlitzaugenhaar.«

Du zeigtest brav ein erstauntes Gesicht, worauf dein Großvater bedeutungsschwer nickte. Damit das Leder rasch trockne, fuhr er fort, setzten sie den Gefangenen in die Sonne. Wenn das Haar zu sprießen beginne, treffe es auf ein unüberwindliches Hindernis. Doch das Haar wachse weiter, immer weiter. Später wirst du irgendwo lesen, dass selbst die Haare von Verstorbenen nicht zu wachsen aufhören. Natürlich ist Kuhleder robuster als die menschliche Haut. Die Haare suchen sich also den leichteren Weg, und der führt zurück: Mit ihren Spitzen bohren sie sich langsam in die Kopfhaut des Gefangenen.

Die Epidermis des Menschen besitzt unendlich viele Nerven,

das hattest du in der Schule gelernt. Die Haut ist das größte menschliche Organ. Haut gleich Nerven und Nerven gleich Schmerzen. So einfach lautet die Formel. »Doch der Gefangene wird von dieser Tortur nicht krepieren.« Das betonte dein Großvater immer wieder gern. »Er wird davon nicht krepieren. Nicht krepieren, nicht krepieren. Stattdessen verfällt er schlicht und einfach dem Wahnsinn.«

Als du das erste Mal von dieser Methode hörtest, war dir der Ekel hochgekommen. Dein Großvater hatte eine Menge solcher Geschichten auf Lager. Zum Beispiel erzählte er gern von Russen, die ihre Schweine bei lebendigem Leib abfackelten. Angeblich, um die Borsten von der Haut zu lösen. Du konntest dir leicht den Schmerz der Schweine ausmalen. Vielleicht waren auch kleine, süße Ferkel unter den Opfern. Während dein Großvater die Geschichte ausschmückte, wurdest du wütend auf ihn. Hast dir gewünscht, er würde ein bisschen Mitleid zeigen. Aber dein Großvater erzählte die Geschichte völlig emotionslos. Nicht krepieren, nicht krepieren. Aber das galt nicht für die Schweine.

Es fällt dir noch immer leicht, dich in die Tiere hineinzuversetzen. Der brennende Schmerz. Die versengte Haut. Das langsame Sterben. Entkommen ausgeschlossen, ganz gleich, wohin sie fliehen. Diese Bilder machen dich heute genauso wütend wie damals. Immerhin weißt du jetzt: Kein Schwein töten zu können, heißt nicht, keinen Menschen verletzen zu können. Das sind zwei Paar Stiefel.

4

Der Leiter der Kripo Jena verwehrte seinen Teams das gewohnt schiefe Grinsen. Er strich seine Krawatte glatt, neigte sich vor und sagte: »Wir haben November, bekanntlich ein Monat der Depressionen und Krankschreibungen.«

Darauf eine Wirkungspause, in der Wenzel seine Mitarbeiter der Reihe nach fixierte. Ein kurzer Moment Auge in Auge mit dem Haifisch. Seine Geste wurde von den Beamten auf unterschiedlichste Art quittiert. Nico Kretschmar, der Wenzel am nächsten saß, schien das Opfer einer Genickstarre. Ohne Unterlass stierte er auf seine Kaffeetasse. Drei Beamte taten beschäftigt, indem sie eifrig ihre Materialien sortierten. Das erlernte Duckmäusertum aus Schulzeiten. Linda hätte die Spannung mit Hohngelächter zerreißen können. Wenzels Spiel war ein Augenschmaus. Kollegin Matschik galt als einer der härtesten Bullen auf Jenas Straßen. Jetzt las sie mit gespielter Konzentration einen Einkaufszettel. Lennart Mikowski formte ein lautloses Pfeifen. Das Gehabe der Aufmüpfigen, auch das ein Relikt aus Schulzeiten.

Allein Linda bot Wenzels Blick Paroli. Schon bei ihrer ersten Begegnung vor mehr als zwanzig Jahren hatte sie sich darauf verstanden. Doch heute garnierte sie ihren Blick mit einem Grinsen. Vielleicht genau die Regung, zu der Wenzel nicht gewillt schien. Henry, der neben ihr an der äußersten Ecke saß, schaute aus dem Fenster. Sein ureigener in die Ferne gerichteter Blick. Als würde er vor sich hin träumen. Wer ihn kannte, wusste jedoch, dass darin keine Respektlosigkeit lag. Und erst recht kein Defizit in Sachen Aufmerksamkeit. Henrys Ohren waren auf Empfang wie ein sensibles Echolot.

Bevor Wenzels Schweigen die Geduld einiger Kommissare überreizt hätte, legte Sabrina Erdmann los. Mit einer Ausnahme entschlüpfte der Runde ein kollektives Aufatmen. Nur Linda verzog enttäuscht das Gesicht. Wäre es allein nach ihr gegangen, hätte sich das Spiel noch fortspinnen können.

Sabrina Erdmann begann den aktuellen Vorgang ihres Teams zu erläutern: Angriff auf einen Busfahrer. Das Opfer war mit einer Flasche niedergestreckt und anschließend von mehreren Männern verprügelt worden. Das lädierte Gesicht des Busfahrers fand sich in jeder Zeitung des Freistaats. Meist wurde das Bild dafür benutzt, elementare Fragen bei den Thüringern aufzuwerfen: *Wie sicher ist Busfahren heute? Brauchen wir mehr Überwachung? Wer schützt uns eigentlich?* Das mediale Echo war eines der Kriterien, nach denen Wenzel die Relevanz eines Falls einzustufen pflegte. Jeder in der KPI wusste, dass er den Handschlag von Kriminalität und Medien missbilligte. Zumindest, wenn sich die Medien nicht nach seinem Belieben manipulieren ließen.

Team 3 unter der Leitung von Nico Kretschmar bearbeitete den Vorgang einer Einbruchserie. Der Umfang des Aktenmaterials war legendär. Offensichtlich bedienten sich die Täter der immer gleichen Methode. Stets waren Wohnungen am Stadtrand ausgesucht worden. In Göschwitz oder Jena Nord. Stets verschafften sich die Täter Zugang über die Terrassentür. Stets waren sie mitsamt der Beute entkommen. Bisheriger Fahndungserfolg gleich null. Trotz dieser miesen Quote zeigte Wenzel wenig Interesse an dem Fall. Auch die fortdauernde Brandserie im Jenaer Umland wurde mit zwei Sätzen abgetan. Glücklicherweise hatten die Feuer bisher kein Menschenleben gefordert. Doch das Ausmaß verbrannter Scheunen und Werkstätten wuchs Monat um Monat.

Inmitten von Lindas Ausführung zum Fall Meyer offenbarte Wenzel, was für ihn Wichtigkeit hatte: Er werde keine Krankschreibung dulden, solange die Sache nicht vom Tisch sei. Mit keinem Wort erwähnte er, dass es sich bei Caroline Meyer um die Tochter des Bürgermeisters handelte. Dass er mit dem Herrn Papa persönlich und ausgiebig telefoniert hatte. Dass sie gern zusammen im Ratskeller speisten. Er verlor kein Wort darüber, welchen Stellenwert der Missbrauch von K.o.-Tropfen angesichts der jüngsten Crystal-Meth-Toten besaß. Stattdessen bekräftigte er nur den Verbleib von Lennart Mikowski im Team 2.

»Und wieso braucht das Team für eine läppische Befragung einen dritten Mann?«, wollte Kollegin Matschik wissen. Die Frage war noch nicht verhallt, da sah Linda bereits die Zahnreihen des großen Hais.

»K.o.-Tropfen«, sagte Wenzel mit aller Schärfe. »Die Vergewaltigungsdroge! Können Sie sich vorstellen, was passiert, wenn das die Presse aufschnappt?«

»Noch weiß niemand, ob überhaupt ein Verbrechen vorliegt.« Matschik bewies Standfestigkeit und blieb ruhig. »Vielleicht hat sich die Meyer das Zeug selbst verabreicht.«

»Na klar, und der Papst trägt Strapse«, bellte der Kripoleiter.

»K.o.-Tropfen sind eine Droge wie jede andere. Richtig dosiert führen sie lediglich zu Rauschzuständen.«

Stille.

Dem konnte Wenzel nichts entgegensetzen. Hauptkommissarin Matschik hatte mehrere Jahre im Leipziger Drogenmilieu ermittelt. Nur wenige kannten sich besser aus.

Wenzel nahm einen Schluck Kaffee und lehnte sich zurück. Linda glaubte sein gewohntes Grinsen aufblitzen zu sehen. Schließlich sagte er zu Linda: »Wenn ihr Fragen habt, wendet euch an eure Kollegin Matschik.« Er strich sich die Krawatte glatt. »Und übrigens ist der Kaffee eine Zumutung.« Dann zum Abschied ein kurzes Grinsen.

5

Bettina Wagner klopfte sachte an die Zimmertür ihrer Tochter. Sie wartete einige Sekunden, lauschte. Sobald ein gequältes Ja hörbar wurde, ließ sie ab und schlich in die Küche.

Über die Anrichte gebeugt, schmierte sie ihrer Tochter die Schulbrote. Zum Lunchpaket kamen ein Apfel und ein Zwei-Euro-Stück für den Getränkeautomaten. In der neunten Klasse lief man nicht mehr mit einem Trinkpäckchen über den Schulhof. Das hatte ihr Alina nicht zu erklären brauchen. Bettina räumte das Messer ins Spülbecken, wandte sich um und lehnte sich gegen die Spüle. Mit der Linken strich sie sich ein paar lose Strähnen hinter das Ohr. Erst vor zwei Wochen hatte sie sich das Haar über der Badewanne gefärbt. Gleichwohl erinnerte sie der Farbton schon heute an ein räudiges Katzenfell. Um Glanz in die stumpfe Struktur zu bekommen, schluckte sie diverse Vitaminkapseln. Auch Eisenpräparate hatte sie schon probiert. Aber bisher hatte nichts geholfen. Immerhin erlaubten ihr die niedrigen Temperaturen das Tragen einer Mütze. Ihre Nachbarn sollten nicht denken, sie wäre zu dumm zum Haarefärben. Sie hatte ihr halbes Leben als Lehrerin für Sport und Geografie gearbeitet. Sie kannte die Anspannung, wenn auf einem die Blicke anderer lasteten.

Sie spreizte Daumen und Zeigefinger und rieb sich über die Wangenknochen. Schwermütige Grübeleien drohten sie einzulullen. Dann ermahnte sie sich und stellte das Geschirr auf den Küchentisch. Zwei Teller, zwei Tassen, zwei Messer.

Morgenroutine.

Aus dem Flur wurden die Schritte nackter Füße auf Linoleum hörbar. Keine zwei Sekunden später klackte das Schloss in der Badezimmertür. Das Rauschen des Wassers verriet ihr, dass ihre Tochter unter der Dusche stand. Jetzt begann für Bettina der zweite Teil der Morgenroutine.

Schnell huschte sie in Alinas Zimmer. Sie schlug das Bett auf und warf anschließend die Tagesdecke darüber. Neben dem Bett lag eine Strickjacke, die ihr völlig fremd war. Sie hielt die Jacke gegen das Licht und fragte sich, woher der Fetzen stammen mochte. Das graue Ding war ihr viel zu groß. Obendrein entsprach die Jacke überhaupt nicht dem Geschmack ihrer Tochter. Das Bild Wollmützen tragender Mädchen blitzte in ihr auf. Kleidung, die den Anschein erweckte, sie sei von Oma persönlich gestrickt worden. Wofür man sich in Bettinas Jugend noch geschämt hatte, war nun in Mode. Sie legte die Strickjacke an ihren Platz zurück.

Nachdem sie sich vergewissert hatte, dass die Dusche noch lief, inspizierte sie Alinas Schreibtisch. Seit ihre Tochter fürs Theater schwärmte, fanden sich überall Hinweise auf ihren Zeitvertreib. Kopien alter und neuer Stücke. Mit einem Stift markierte Textzeilen. Bilder und Fotos, die der Rollenfindung dienen sollten. So hatte es ihr Alina im letzten Jahr zumindest erklärt. Damals war das neue Hobby noch ein Gesprächsthema zwischen Mutter und Tochter gewesen. Flüchtige Momente, die ihr suggeriert hatten, alles wäre in Ordnung. Bettina erinnerte sich sogar an den Titel des ersten Stücks: »Die schwarze Spinne«. Ihre Tochter hatte eine junge Bäuerin gespielt. Der Inhalt war ihr allerdings entfallen.

Sie stöberte nach Alinas Laptop, wurde aber nicht fündig.

In ihr wuchs der Verdacht, Alina wolle ihn vor ihr verstecken. Am letzten Donnerstag hatte sie den Laptop noch unterm Bett entdeckt. Vielleicht hatte Alina ihn achtlos dort hingeschoben. *Vielleicht* war eines der Argumente, die Mütter gern als letzte Ausflucht bemühten. Damit hatte Bettina während ihrer aktiven Zeit als Lehrerin genügend Erfahrungen gesammelt. *Vielleicht hat mein Sohn seinen Turnbeutel zu Hause vergessen.* Ausgerechnet der Dicke, der sich vor den anderen Jungs genierte. *Vielleicht hat meine Tochter nicht an das Schwimmzeug gedacht.* Ausgerechnet das Mädchen, das unter Neurodermitis litt. Vielleicht hatte Alina auch gehofft, ihre Mutter würde den Laptop unter dem Bett nicht aufspüren. Dieses Vielleicht konnte Bettina gelten lassen. Es klang ganz und gar nicht blauäugig.

Als das Geräusch des laufenden Wassers verstummte, unterbrach sie ihre Suche. Gewandt wie eine umherstreifende Katze huschte sie über den Flur ins Wohnzimmer. Dort setzte sie sich auf die Couch und blätterte offenbar gedankenverloren in einer Frauenzeitschrift. Auch das war Teil der Morgenroutine.

»Mutti«, rief ihre Tochter.

»Ja, mein Schatz.«

»Warst du in meinem Zimmer?«

»Ja.«

Kein Protest aufseiten der Tochter. Allein Alinas Frage hatte genügt, das begangene Unrecht der Mutter zu verdeutlichen. Warst du in meinem Zimmer? Meines und deines – der klarste Ausdruck einer verbalen Grenze. Hätte Bettina die Frage verneint, wäre nicht mehr der Schein gewahrt worden. Denn darum ging es letztlich immer. Die Mutter tat etwas, und die Tochter signalisierte, dass sie diesbezüglich Bescheid wusste. Vielleicht gehört das zum Erwachsenwerden, dachte Bettina hin und wieder. Mütter, die stöbern, und Kinder, die es beenden wollen. Jedenfalls kannte sie kein Kind, das einen Schlüssel für das eigene Zimmer besaß. Womöglich zögen sie später nicht aus, wenn Eltern ihre Privatsphäre achteten. Zugängliche Zimmer garantierten die Abnabelung. Doch Bettina wollte nicht, dass ihre Tochter irgendwann den Rabenstieg verließ. Also musste sie ihr ein Türschloss besorgen. Denn in der Welt da draußen lauerten überall Gefahren.

Sie legte die Zeitschrift beiseite und huschte zurück in die Küche. Vor ihr ein Teller, auf dem Platz ihrer Tochter ebenso. An Alinas Tasse lehnten zwei Scheiben Toast. Links neben dem Teller die Erdbeermarmelade, rechts das Lunchpaket. Während sie auf Alina wartete, dampfte in ihrer Tasse der Kaffee. Unter keinen Umständen sollte Alina denken, ihre Mutter würde ohne sie anfangen. Gemeinsame Mahlzeiten stärkten Kinder in der Entwicklung, das hatte Bettina vor mehr als zehn Jahren gelernt. Deshalb würde sie jetzt ausharren. Nicht die Geduld verlieren. Tapfer sein.

Aus dem Flur drang das Geräusch gedämpfter Schritte. Alina betrat auf Socken die Küche. Kein »Guten Morgen«, kein Blickkontakt. Sie stellte den Rucksack ab, stopfte das Paket hinein, schulterte den Rucksack. Erst als sie wieder aus der Küche verschwand, öffnete sich Bettinas Mund. Sie war kurz davor, nach ihrer Tochter zu rufen. Genau wie früher: in einem Tonfall zwischen Appell und freudiger Erwartung. Aber letztlich verbat sie sich jedes unbeherrschte Wort. Aus dem Flur drang das Geräusch sich schließender Reißverschlüsse. Ohne Zweifel die neuen Halbstiefel ihrer Tochter. Als Alina »Bis nachher« rief, war Bettinas Kaffee längst kalt geworden.

6

Es war, als habe sich das Theater in ein Trauergewand gehüllt. Selbst der blaue Himmel vermochte es nicht, das Schloss zu erhellen. Die Sonnenstrahlen leckten über den verwitterten Backstein und zerstreuten sich in Kälte. Ein Triptychon dunkler Rundbogenfenster starrte über die Saaleaue hinweg. Henry stieg die Stufen zur Terrasse empor und begann das Gebäude zu fotografieren. Linda, die auf die hüfthohe Balustrade gerutscht war, steckte sich eine Zigarette an. Unbestimmt fragte sie in die Runde, ob es einen besseren Ort für ein Theater gäbe.

»Ein Gruselkabinett würde hier gut reinpassen«, erwiderte Lennart Mikowski. Er zog unter seiner Kapuze eine Fratze. »Ein Panoptikum mit Folterkeller und Leichenhalle.«

»Mir fallen etliche Kollegen ein, die darin Arbeit fänden.«

»Du meinst wohl, als Wenzels Folterknechte.«

»Nein, ich dachte eher an die Monster.«

Linda warf Lennart einen Namen zu, den Henry zum ersten Mal hörte. Offenbar ein Kollege aus alten Zeiten. Lennart führte eine Imitation des besagten Kollegen vor. Der Anblick ließ Henry auf eine Art Elefantenmenschen schließen. Linda lachte ihr Krähenlachen, wobei ihr der Rauch aus der Nase strömte. Da Henry keinen Anschluss fand, widmete er sich wieder dem Gebäude.

Nahe der Eingangstür hing ein hölzerner Kasten. Hinter Glas war das aktuelle Programm angeschlagen. Werkstätten wechselten mit klassischem Schultheater. Grimms »Sterntaler« für die Jüngeren. »Antigone« oder »Romeo und Julia« für die älteren Schüler. Henry assoziierte die Stücke mit den Fächern Deutsch und Englisch. Er hatte die Ausflüge ins Theater immer gemocht.

Über dem Türsturz entdeckte er ein von Rost zerfressenes Wappen. Auf rot-weißem Grund zeigten zwei Kampfsicheln einander die gezahnte Schneide. Henry hatte recherchiert, dass das Wappen den Besitz derer von Tümpling auswies. Das adlige Geschlecht hatte in der zweiten Hälfte des 19. Jahrhunderts das Anwesen übernommen. Der einstige Besitzer Wolf von Tümpling hatte die berühmte Statue des Erlkönigs anfertigen lassen. Aus heutiger Sicht war sie wohl das größte Verdienst des Adligen.

Mit einem Knarren öffnete sich vor Henry die große, zweiflüglige Tür. Lennart verharrte auf der Schwelle und wandte sich um. »Treten Sie ein, meine Damen und Herren.« Während er einhändig die Tür offen hielt, formte er abermals eine Fratze. Henry rang sich ein Grinsen ab und folgte der Einladung.

7

Marissa Kolp, die Leiterin des Hauses, begrüßte die Kommissare mit einem sanften Händedruck. Sie trug einen olivfarbenen Rock und eine legere Bluse. Obgleich Henry sie ungeschminkt glaubte, vermochte er ihr Alter kaum zu schätzen. Ihre Natürlichkeit beeindruckte ihn. Eingerahmt von weizengelben Locken zeigten sich ihre rosigen Wangen. Als hätte sie soeben noch selbst hineingekniffen. Nach genauer Betrachtung schätzte Henry ihr Alter auf Ende vierzig.

Frau Kolp führte die Beamten durch ein weiträumiges Foyer. Über eine Stiege gelangten sie ins zweite Stockwerk. Dann einen Korridor entlang, bis zu einer offenen Tür. Das herausströmende Tageslicht schnitt ein Rechteck in den bordeauxroten Teppich. Die anderen Türen waren geschlossen. Mit einem Nicken dirigierte Marissa Kolp die Kommissare in ihr Büro.

Der Raum war klein, und der riesige Schreibtisch machte ihn noch enger. Lennart sagte, er wolle sich gerne umschauen. Ein bisschen Theaterluft schnuppern. Mit einem Lächeln erwiderte die Leiterin, er solle sich nicht verlaufen. Darauf huschte Lennart aus dem Büro.

Während Frau Kolp hinter und Linda vor dem Schreibtisch Platz nahmen, blieb Henry stehen. Auf dem Tisch präsentierte sich ein Chaos an Papieren, Heftern und Stiften. Die Wände ringsum waren mit Plakaten älterer Veranstaltungen tapeziert. Unter einigen Titeln stand der Name der Leiterin. »Regie: Marissa Kolp.« »Stückbearbeitung: Marissa Kolp.« Direkt neben dem Schreibtisch hing in Augenhöhe eine Urkunde. An den Rand der Urkunde war ein Foto gepinnt worden. Marissa Kolp und ein junger Mann grienten von einer Festbühne herunter und präsentierten der Kamera einen Preis. Die offensichtliche Freude über den Gewinn dominierte das gesamte Bild. Anstelle zweier Preisträger hätte man in dem Paar auch Verliebte sehen können. Vielleicht traf sogar beides zu, dachte Henry. Ineinander verliebte Gewinner.

»Das war nach unserer ersten Spielzeit.« Marissa Kolp betrachtete nun selbst das Foto. »Gleich das Premierenstück hat den Thüringer Theaterpreis gewonnen.«

»Man sieht Ihnen beiden die Freude an«, sagte Linda.

»Das war einer der glücklichsten Tage meines Lebens.«

»Steckte bestimmt eine Menge Arbeit drin.«

»Wir waren jung und hatten die richtige Portion Größenwahn.«

Marissa Kolp lächelte wehmütig gegen das Foto. In diesem Moment hoffte Henry, sie würde auch seine zweite Vermutung ungefragt kommentieren. Er wünschte sich insgeheim, sie würde ihnen eine tragische Liebesgeschichte servieren. Von Künstlern, die im Erfolg zueinander fanden und schließlich um der Kunst willen getrennte Wege einschlugen.

»Der Mann neben mir«, fuhr Marissa Kolp fort, »ist der Regisseur des Stücks. Ich habe Ben damals an unser Haus geholt.«

»Ben Schilling, der noch heute hier arbeitet?«, fragte Linda.

»Ja, er inszeniert gerade ›Morella‹.«

»Das Stück nach Edgar Allan Poe?«

»Ja, es soll die nächste Saison eröffnen.«

»Der Plan bleibt also bestehen?«

Marissa Kolps Lächeln löste sich zusehends unter der Last der bitteren Gegenwart auf. Voller Unverständnis schaute sie Linda an. »Weshalb sollte jemand Caroline vergiften?«

»Darauf suchen wir eine Antwort«, sagte Linda emotionslos. »Allerdings müssen wir ausschließen, dass es sich um ein Versehen handelt.«

»Ein Versehen? Niemand schüttet unabsichtlich K.o.-Tropfen in einen Drink.«

»Ich dachte eher an ein Versehen von Frau Meyer.«

»Warum sollte sie sich so was antun?«

»Vielleicht hatte sie die Wirkung der Droge unterschätzt.«

»Sie nahm keine Drogen. Jedenfalls nicht hier im Theater.«

»Für alles gibt es ein erstes Mal.«

»Caroline ist nicht dumm.« Marissa Kolp griff nach einem Bleistift und rieb ihren Daumen über das Holz. Ihre Geste wirkte so beiläufig wie verzweifelt. »Sie war stets darauf erpicht, ihren Dienst pflichtbewusst zu erfüllen.«

»Hatte sie denn am Samstag Dienst?«

Die Theaterleiterin schüttelte kaum merklich den Kopf.

»Also war sie als Privatperson hier?«

»Ja.«

»Das muss nichts bedeuten.« Lindas Stimme blieb kühl. »Viel wahrscheinlicher ist ein Fremdverschulden.«

»Sie meinen, einer der Gäste hätte Caroline vergiftet?«

»Oder einer ihrer Kollegen.«

Lindas Spekulation schien der Leiterin mehr Unbehagen zu bereiten als eine drogenaffine Angestellte. Im Büro herrschte fortan Stille. Allein das Kratzen von Marissa Kolps Nagel auf dem Bleistift war zu hören. Nach einer Weile kehrte das Lächeln in das Gesicht der Theaterleiterin zurück. Mit krampfhafter Zuversicht sagte sie: »Niemand würde so etwas tun. Wir sind doch eine große Familie.«

Dann erzählte sie, dass Caroline Meyer bei allen beliebt sei. Ihren Dienst habe sie stets pünktlich angetreten und Überstunden bereitwillig in Kauf genommen. Überstunden, so fügte sie rasch hinzu, seien im Theaterbetrieb nicht zu verhindern. Schnell könnten die Proben bis zehn oder länger dauern. Das einzige Problem bei diesen Zeiten sei der Jugendschutz. Viele Schauspieler seien noch minderjährig. Sobald man die Proben überziehe, müsse man die Eltern benachrichtigen. Das habe bisher Caroline erledigt.

»War sie mit jemandem enger befreundet?«, fragte Linda.

»Sie hat mal eine Freundin namens Anne erwähnt. Aber hier im Theater? Nein, nicht dass ich wüsste.«

»Und wissen Sie von Beziehungen, die darüber hinausgingen?«

»Wir haben nie über intime Verhältnisse gesprochen.«

»Kein Satz über irgendwelche Partner oder Liebschaften?«

»Nein.«

»Rein gar nichts?« Die Skepsis in Lindas Stimme war unüberhörbar. Doch anscheinend wurde ihr der Tonfall selbst bewusst.

Indem sie sich erkundigte, wie es mit dem Theater weitergehe, wechselte sie Thema und Melodie.

Marissa Kolp meinte, ein Kulturbetrieb sei heutzutage mit einer Firma vergleichbar. Nach ein paar Tagen öffentlicher Anteilnahme müsse der Alltag wieder in den Vordergrund rücken. Die aktuellen Projekte würden fortlaufen, die Werkstätten nicht weiter ausfallen. Immerhin seien Fördergelder geflossen, und der Träger wolle Ergebnisse sehen. Nicht zuletzt sei man das den Kindern und Jugendlichen schuldig.

Linda notierte ihre Telefonnummer auf der Rückseite einer Visitenkarte. Henry schloss seinen Notizblock. Marissa Kolp erhob sich, um ihnen die Hand zu reichen. Als die Kommissare schon in der Tür standen, fragte sie: »Und wenn alles bloß ein Irrtum ist? Eventuell eine allergische Reaktion auf ein Gläschen Sekt?«

Linda betrachtete sie, und Henry wusste, dass Marissa Kolp die Antwort nicht gefallen würde.

8

Lennart Mikowski hatte im Foyer gewartet. Linker Hand befand sich eine Bar, davor standen drei runde Tische. Die Stühle waren auf die Tische geräumt worden, die Barhocker auf den Tresen. Das klare Licht des Vormittags drang durch zwei vergitterte Fenster. In den Strahlen tanzte der Staub wie ein Schwarm wintermüder Essigfliegen. Augenlose Masken starrten von gerahmten Postern herab.

»Dreihundert Leute haben hier Platz«, sagte Lennart. »Manchmal wird der Saal auch für externe Veranstaltungen vermietet.«

Linda trat hinter den Tresen und begutachtete die Spirituosen. Vor dem mannshohen Kühlschrank hing ein Schloss. »Eigentlich kann man hier nicht den Überblick verlieren.«

»Ja, bei Tageslicht«, gab Lennart zu bedenken. »Aber am Abend leuchten nur die Funzeln an der Wand. Und wenn man genug intus hat …«

»… sind alle Katzen grau.«

»Also beste Möglichkeiten, um sich ungesehen ein fremdes Glas zu schnappen.« Lennart stützte seine Ellbogen auf den Tresen und kramte einen alten Fall hervor. Ein Tierschützer habe mit Hilfe eines Abführmittels für Schrecken bei einer Fast-Food-Kette gesorgt. Allein das Gedrängel an der Kasse habe ausgereicht, um unbemerkt das Zeug zu verteilen. Glücklicherweise seien die Kunden von ernsthaften Schäden verschont geblieben.

»Daran kann ich mich erinnern«, sagte Linda. »Der Typ wollte auf die unwürdige Rinderhaltung hinweisen.«

»Am Ende war unklar, wer von dem Abführmittel oder dem Fraß die Scheißerei bekommen hat.«

Der alte Fall bot Linda und Lennart sogleich Anlass für eine Diskussion. Sie fingen an, über den richtigen Härtegrad perfekter Pommes zu streiten. In Henry weckte diese Geschichte ein ganz anderes Bedürfnis. Essen, insbesondere Fast Food, war einfach nicht sein Thema. Er entschuldigte sich bei den Kollegen und suchte das Gäste-WC auf.

Zögerlich klopfte er an die Tür der Damentoilette. Abgesehen von Frau Kolp und der Polizei wähnte er das Theater leer. Dennoch blieb ein Rest von Vorsicht. Als er schließlich eintrat, fand er seine Vermutung bestätigt. Er lehnte sich gegen eines der Waschbecken und stellte sich vor, wie Caroline Meyer die Toilette betrat.

Zur unmittelbaren Wirkung von K.o.-Tropfen zählte eine Störung des Bewusstseins. Bisweilen folgte eine jähe Ohnmacht. Spätere Erinnerungslücken waren nicht ausgeschlossen. Viele Opfer klagten über Schwindel und Übelkeit. Wäre Caroline Meyer bereits im Theater schlecht geworden, hatte das vielleicht jemand bemerkt. Henry machte sich im Kopf eine Notiz. Die anderen weiblichen Gäste waren dahingehend zu befragen. Dann zückte er sein Handy und filmte nacheinander die einzelnen Kabinen. Er kam sich vor wie ein Fetischist. Er fragte sich, ob es wohl Menschen gab, die das Foto einer leeren Toilette erregte. Linda hatte ihm schon die schauerlichsten Geschichten erzählt. Dann machten seine Gedanken einen Sprung. War das Eindringen männlicher Personen auf eine Damentoilette überhaupt strafbar? Gab es dafür einen Paragrafen? Wieder ein Fragezeichen, wieder eine Notiz im Kopf. Er filmte das Waschbecken, und die Linse schwenkte auf sein Spiegelbild.

»Caroline Meyer«, flüsterte er. »Wer war bereit, dein Leben zu gefährden? Wer und wofür?«

Noch während er sich betrachtete, vernahm er laute Stimmen. Wie ein Schwarm aufgeschreckter Fledermäuse dröhnten sie aus seinem Hinterkopf. Aber zu einer Antwort fand er nicht. Diese Stimmen rührten vielmehr aus einer anderen Zeit, einem anderen Leben.

Das Knallen einer Tür.

Das Gegröle von Schülern.

»Wo steckt denn unser Schweinchen?«

»Es versteckt sich bestimmt.«

Grunzende Laute. Faustschläge gegen sämtliche Kabinen. Klorollen, die von draußen über die Türen geschleudert wurden. Patrick Kramer und seine Clique waren voll und ganz in ihrem Element. Gegröle, Gestampfe, Gewalt. Heute war der Tag des Schweins. Und am Tag des Schweins pflegte man Schweine bluten zu lassen. Doch plötzlich fühlten sich die Jungen in ihrer Feiertagslaune gestört.

Patrick Kramer wandte sich zur Eingangstür. Ein Junge hatte die Toilette betreten und starrte ahnungslos in die Runde. Der Junge war nicht das Schweinchen, weil das in der hintersten Kabine hockte. Das Schweinchen hockte dort und hatte eine Heidenangst. Es schien nicht bereit für das Schlachtfest. Mit Sicherheit flehte es darum, dass es früher als sonst zum Unterricht klingeln würde.

»Was glotzt 'n so?«, keifte Patrick.

Der Junge sagte nichts.

»Geh aufs Mädchenklo pinkeln. Wir haben hier zu tun.«

Der Junge war wie erstarrt.

»Soll ich dir Beine machen?«

Patricks Clique formierte sich zu einer einzigen Drohgebärde. Als der Junge sich umdrehte, drang aus der hintersten Kabine ein ängstliches Quieken: »Bitte warte! Bitte.«

»Schnauze«, brüllte Patrick und schlug gegen die Kabinentür. Darauf verließ der Junge, ohne ein Wort gesagt zu haben, die Toilette. Das Gegröle begann von Neuem, die Türen knallten abermals.

Draußen fand Henry weder Linda noch Lennart vor.

9

Alina fiel keine Antwort ein, die Katja hätte zufriedenstellen können. Selbst der Ratschlag, sie solle das nächste Mal ihre Hausaufgaben allein machen, war unpassend. Denn Katja hatte sie gestern nach der Schule gefragt, und Alina hatte brav eingewilligt. Niemand hatte sie dazu gezwungen. »Irgendwie habe ich das verpeilt«, sagte sie kleinlaut.

»Das habe ich bemerkt«, antwortete Katja.

Offenbar zielte sie auf Alinas letzte Nachricht via WhatsApp ab. *Sorry, bin müde.* Dass sie selbst zwei beschriebene Seiten besaß, diente nicht unbedingt ihrer Glaubwürdigkeit. Wie zur Entschuldigung streckte sie ihrer Freundin eine Schachtel Zigaretten entgegen. Katja sagte, Rauchen sei schlecht für die Haut. Dann fingerte sie zwei Kippen heraus und ließ sie in ihrer Jacke verschwinden.

Seit einem halben Jahr trug Katja einen Pagenschnitt. Auf ihren Wunsch hin war der Pony schräg geschnitten worden. Die rechte Seite berührte die Augenbraue, während die linke knapp unterm Haaransatz endete. Mit dieser Frisur fanden die Jungen sie nicht mehr bloß süß. Jetzt versprach Katja auch etwas Chaotisches. Das gefiel den Mitschülern offenbar. Mit einem Lachen gab sie Alina die Zigarettenschachtel zurück. »Die Feuermuschi wird mir nicht den Kopf abreißen.«

»Ich weiß nicht. Frau Halberstedt kann ziemlich streng sein.«

»Risiko«, lachte Katja. »So spielt das Leben.«

Einige Jungen trotteten vorbei und grüßten mit falscher

Lässigkeit. Die Mädchen hoben die Hand, als wurden sie von einem Haufen älterer Brüder passiert. Alinas Hand war unwillkürlich Katjas gefolgt. Aus eigener Motivation hätte sie den Gruß wohl nicht erwidert. Zweifellos wäre sie ohne Katjas Gegenwart nicht einmal wahrgenommen worden. Sobald die Jungen durch die Schultür waren, drängten auch die beiden Mädchen ins Gebäude.

Im Klassenraum herrschte die vertraute Lethargie zur Mittagszeit. Deutsch bei Frau Halberstedt. Wegen ihrer roten Mähne von ein paar Schülern Feuermuschi genannt. Alina setzte sich in die Fensterreihe, Katja in die Wandreihe. Sogleich begann Alinas beste Freundin mit der Banknachbarin zu tuscheln. Vor ihnen lag jeweils ein Hefter, daneben jeweils eine rosafarbene Federmappe. An beiden Reißverschlüssen klemmte der Ring einer Bierdose. Das hatten sich Katja und ihre Banknachbarin von den Jungs abgeguckt. Einige Schüler waren der Idee verfallen, ihre Männlichkeit durch dieses Accessoire betonen zu müssen. Ob es tatsächlich der Ring einer Bierdose und nicht der einer Cola war, blieb fraglich. Alina fand dieses Ritual ohnehin albern. Ihr wollte nicht einleuchten, weshalb man diesen unreifen Kindern nacheifern sollte.

Indes Frau Halberstedt die Tafel abwischte, tuschelten Katja und ihre Nachbarin unbekümmert weiter. Katja schob sich die Hand in den Nacken und rollte mit den Augen. Wie eine Prinzessin, der man den neuesten Tratsch anvertraute. Alina wusste, dass sie die Geste meist zeigte, wenn sie sich beobachtet fühlte. Und hier zwischen all den Jungs fühlte sich Katja andauernd unter Beobachtung. Alina hätte allzu gern das Selbstbewusstsein ihrer Freundin gehabt. Aber das war nicht ihre Bühne. Denn diese Bühne gehörte den Mädchen in der Wandreihe. Bald jeden Morgen dankte Alina dafür, dass Katja keine Lust aufs Theaterspielen entwickelte. Obendrein verfügte das Angergymnasium in einem separaten Anbau über eine eigene Bühne. Folglich wäre es höchst merkwürdig gewesen, wenn Katja ausgerechnet im Schloss Thalstein hätte spielen wollen. Die dortige Bühne war ohnehin zu klein für einen Pagenkopf.

Noch ehe Frau Halberstedt das Wort an die Klasse richtete, fasste Alina einen Entschluss. Sie öffnete ihren Hefter, hob den Aufsatz über Ludwig Tieck heraus und faltete ihn zusammen. Auf den kleinen Brief schrieb sie den Namen ihrer besten Freundin. Dann ließ sie den Brief hinüber in die Wandreihe reichen. Als Katja ihn endlich bekam, wandte sich Alina zum Fenster. Sie markierte die Träumende. Betrachtete den blauen Himmel und folgte einer Schar Saatkrähen in Richtung Ostfriedhof. Sie mochte Krähen. Und Raben. Und auch Tauben. Generell Vögel, die andere sich gern aus der Welt wünschten.

Kurze Zeit später wurde Alina für ihr Ausharren belohnt. Ihr Hintermann steckte ihr einen Zettel zu, den sie unter der Bank entfaltete.

»Danke. Du bist die Beste!«

Sie blickte in die Wandreihe und sah, wie Katja ihr zulächelte. Es war das Lächeln der Schönen. Erhaben und betörend zugleich. Alina versuchte erst gar nicht, es zu imitieren. Sie grinste zurück und hoffte, Frau Halberstedt würde sie nicht aufrufen.

10

Im Vorstellungsraum erfasste Henry ein Gefühl der Vertrautheit. Die Sitze waren mit purpurnem Cord bezogen, die Armlehnen zerschlissen. Er setzte sich in die letzte Reihe, und auch die Härte der Polster erinnerte ihn an alte Kinosessel.

»Wow, genau wie früher.« Linda sank auf den Nachbarplatz. Sie stupste ihn mit der Schulter an. »Weißt du noch? Theater in der zehnten Klasse. ›Romeo und Julia‹ und das ganze Zeug.«

»Ja, daran musste ich draußen schon denken.«

Er legte die Unterarme auf die Rückenlehne des Vordersitzes und fotografierte den Innenraum. Die Wände waren mit schwarzem Stoff bespannt, der Fußboden geschwärzt worden. Rechts von der Bühne warf ein schwarzer Vorhang tiefe Falten.

»Wie kann ein so dunkler Ort so viel Vergnügen bereiten?«, sinnierte Henry.

Linda neigte sich vor. »Deine Schundromane vertreiben dir doch auch die Zeit.«

»In denen ist alles schwarz, selbst wenn die Sonne scheint. Aber auf der Bühne können sich die Menschen näherkommen.«

»Und sich küssen«, fügte Linda rasch hinzu. »Küssen, lachen und den Clown spielen.«

»Vielleicht liegt darin der wahre Horror.«

»Worin? Im Küssen?«

»Nein, dass alles nur gespielt ist.«

»Ach, Henry.« Linda knuffte ihn in die Seite. »Du solltest an die frische Luft gehen. Das Ambiente macht dich melancholisch.«

»Unsinn!«

»Hast du Stress mit deiner Bücherfrau?«

»Nee, läuft alles bestens.«

»Das ist doch ein Grund, sich zu freuen.«

Henry stemmte sich aus dem Sessel. Mit einem übertriebenen Lächeln schaute er abwärts. »Gefällt dir das besser?«

»Viel besser. Wirkt beinahe echt.«

Er lief zur Bühne hinunter und fotografierte von dort aus den Zuschauerraum.

»Hey«, rief Linda ungehemmt. »Keine Paparazzifotos!«

»Die sind für Wenzels Akte.«

»Na, dann habe ich noch was.« Linda zeigte ihm den Stinkefinger, wobei sie ihr Krähenlachen hören ließ.

»Kann ich Ihnen weiterhelfen?«

Vor Schreck stolperte Henry über den Bühnenrand. Er landete auf dem Boden und kam blitzschnell wieder auf die Beine.

»Haben Sie mich verstanden?« Ein etwa sechzigjähriger Mann trat aus dem Halbdunkel ins Rampenlicht. Er trug einen unförmigen Anzug, der ihm zwei Nummern zu klein schien.

»Kripo Jena«, rief Linda auf dem Weg zur Bühne. »Mein schreckhafter Kollege Henry Kilmer und meine Wenigkeit Linda Liedke.«

Die Kommissare hielten dem Mann ihre Ausweise unter

die Nase. Bis auf den Anzug war alles an ihm von imposanter Größe. Der Schädel riesig, die Stirn breit. Ein Schnauzbart, der die gesamte Oberlippe verhüllte. Und nicht zuletzt seine klobig anmutenden Hände und Beine.

Linda fragte: »Und mit wem haben wir die Ehre?«

»Torsten Knaak«, brummte der Mann. »Mit doppeltem A.«

»Schauspieler?«

»Nur im wahren Leben.«

»Also nicht.«

»Ich bin bloß der Mann für alles.«

»Bloß der Mann für alles«, wiederholte Linda. »Klingt, als sind Sie unentbehrlich.«

»Früher hätte man mich einen Hausmeister genannt. Heute bin ich jemand, der anderen sagt, wo was nicht funktioniert.« Torsten Knaak schritt an den Bühnenrand, als spräche er zu einem Publikum. Seine riesigen blassen Hände wiesen auf einen Scheinwerfer. »Der Neunelfer versengt den Schauspielern das Haupt, ihr Narren!« Seine Hände wiesen abwärts. »Wer soll denn über den Drecksboden barfuß wandeln?« Seine Hände wiesen in den Zuschauerraum. »Sollen die werten Kritiker auf knarrenden Stühlen schlummern?«

Dieser Torsten Knaak war nicht nur seiner Gestalt wegen präsent. Jede seiner Gesten wirkte ausladend und übertrieben.

»Sind die Ordnungshüter anlässlich der traurigen Geschichte hier?« Er sprach noch immer in Richtung Zuschauerraum.

»Wenn Sie Frau Meyers Unfall meinen, dann ja«, antwortete Linda.

»Das arme Mädel.«

»Sie ist dreiundzwanzig«, sagte die Kommissarin. »Könnte man eine Frau nennen.«

»Mädel oder Frau. Wer weiß das heutzutage schon.«

»Das Gesetz«, erwiderte Linda, und Henry erschrak über ihre jähe Schroffheit.

Wider Erwarten bat Torsten Knaak um Verzeihung. Er senkte leicht die Stirn und sagte, dass er seinen Spruch bereue. Während seine Stimme aufrichtig schien, wirkte seine Geste von Ironie gelenkt. Henry maß diesen Eindruck Knaaks überzogenem Verhalten zu.

Der Mann für alles stieg von der Bühne und nahm in der ersten Reihe Platz. Ohne dass sie ihn hatten bitten müssen, begann er zu erzählen.

Ja, er kannte Caroline Meyer. Er kannte sie sogar gut, das »brave Mädel«. Dieser Auskunft folgte postwendend eine Entschuldigung. Caroline und er hätten hin und wieder ein Tässchen Tee zusammen getrunken. Auf die feine englische Art, sagte er. Mit Zucker und einem Schuss Milch. Ob hin und wieder auch ein Schuss Alkohol in die Tasse gekommen sei, wollte Linda wissen. Torsten Knaak verneinte vehement. Dann sagte er, Caroline verfüge über das kostbarste Gut, das man im Theater besitzen könne. Etwas, das Künstler selten besitzen. Und die Frau Leiterin schon gar nicht. Zumindest behauptete sie gern, es kaum zu haben. Indem er sich demonstrativ aufs Handgelenk tippte, sagte er: »Zeit, die hat die Ärmste mitgebracht.«

»Ist sie oft länger hier?«, fragte Henry vom Bühnenrand aus.

»Oft früher und oft länger.«

»Und warum tut man sich das an?«

»Um einen Fuß ins Theater zu kriegen. Welches Mädchen träumt nicht davon, auf oder hinter der Bühne zu stehen.«

Linda setzte sich neben ihn. »Sie sind doch das Gehör dieser Bühne …«

»Sie wollen, dass ich tratsche?«

»Ich will, dass Sie schildern, was andere übersehen.«

Unter seinem Schnauzbart zuckte ein schelmisches Grinsen. »Man wird nicht umsonst der Mann für alles.«

»Das glaube ich gern.«

»Aber lockere Schrauben lassen sich nicht mit Bettgeschichten festziehen.«

Henry bemerkte, wie Knaak sich vertrauensselig über die Armlehne zu Linda beugte. Sie hatte es wieder geschafft, dachte er nicht frei von Stolz. Linda Liedke, von der man sich ohne Scham in den Mülleimer linsen ließ. Im Flüsterton sagte Knaak, er habe sich ein selektives Gehör angeeignet. Seine Ohren hörten letztendlich nur Geschichten ohne Fleisch und Blut.

»Sie wollen mir weismachen, Sie haben nur kaputte Stühle und lockere Schrauben im Kopf?«

»Eine Familie funktioniert am besten, wenn man in den richtigen Momenten weghört.«

Lindas Gesicht war von Skepsis gefurcht. Henry wusste sofort, was ihr sauer aufstieß. Der schöne Vergleich mit der Familie war an diesem Tag bereits das zweite Mal gefallen. In beiden Fällen stand er für eine Familie, die ein geliebtes Kind zu *Bett* getragen hatte.

11

Als Alina und Katja die Schule verließen, brach das Gelächter aus ihnen heraus. Sie amüsierten sich darüber, wie Alina die Feuermuschi gelinkt hatte. Katja meinte, das hätte sie ihr niemals zugetraut.

Sobald Frau Halberstedt nach Freiwilligen zum Vortragen gesucht hatte, war Alinas Hand hochgeschnellt. Frau Halberstedt war jedoch wenig an der Arbeit eines Einserschülers interessiert gewesen. Sie hatte gesagt, unter Garantie sei ihre Arbeit vorbildlich. Wenn sie wolle, könne sie ihr die Hausaufgaben dalassen. Diese Reaktion hatte Alina herbeigewünscht. Als endlich ein anderer Schüler zum Vortragen bestimmt worden war, hatten gleichzeitig zwei Mädchen aufgeatmet.

»Der Trick funktioniert auch nur bei Strebern«, sagte Katja und schob sich eine Wollmütze auf den Pagenkopf. Sie überquerten die Karl-Liebknecht-Straße und liefen nach Osten. Vereinzelte Wolken trieben unter einem eisblauen Himmel dahin.

Alina setzte sich ebenso eine Wollmütze auf. »Findest du, dass ich eine Streberin bin?«

»Du machst jedenfalls immer alles ordentlich.«

»Aber Mühe gebe ich mir auch nicht.«

»Das kannst du deiner Mutter erzählen.«

»Wirklich«, protestierte Alina. »Das mache ich alles mit links.«

»Dann musst du ein Genie sein.«

Die Ironie in Katjas Stimme war kaum zu leugnen. Gern hätte Alina ihrer Freundin anvertraut, dass sie aus einem Impuls heraus gehandelt hatte. Ihre Aktion war kein cleverer Trick gewesen, sondern eher eine Art Selbstmordkommando. Die Angst vor schlechten Noten hatte Alina unlängst verloren. Ermahnungen oder Einträge wegen fehlender Hausaufgaben befürchtete sie kaum. Dass sie nichts von alledem bekam, lag allein an ihrer Routine. Kein Pflichtbewusstsein lenkte sie Abend für Abend an den Schreibtisch. Sie tat eben die Dinge, die sie immer getan hatte. Wenn auch ohne Interesse, ohne Begeisterung. Den Rest erledigte das Image, das sie bei Lehrern und Mitschülern genoss. Offenbar war ihre Freundin nicht weniger davon geblendet. Alina, die Streberin. Alina, das graue Mäuschen. Alina, die unsichtbare Freundin von Katja Strobel.

»Dreh dich nicht um!« Katja berührte sie beim Gehen an der Hand. »Rede einfach weiter.«

»Ich habe aber nichts gesagt.«

»Dann sag irgendwas.«

»Was denn?«

»Irgendwas halt.«

»Wenn die Stunden hell verflogen
Und den Himmel keine Wolke trübte,
führte mich Deine Anmut hin zu Dir.«

»Woher ist das?«, fragte Katja.

»Aus ›Morella‹.«

»›Morella‹? Noch nie gehört.«

»Das ist ein Theaterstück.«

»Und was soll das heißen? Morella.«

»Das ist ein Name«, antwortete Alina. Sie versuchte sich an die Worte eines anderen Menschen zu erinnern. »›Morelle noire‹ ist die französische Bezeichnung für den Schwarzen Nachtschatten. Eine Giftpflanze, die dich töten kann.«

»Und wozu brauchst du das?«

Alina zuckte mit den Schultern. Sie wollte Katja nicht auf falsche Gedanken bringen. Das Theater war ihre eigene Bühne. Ein Ort, den allein Katjas Gegenwart vergiftet hätte.

Während sie in die Straße Am Steinborn einbogen, fragte Alina, ob er noch da sei.

»Ja, leider«, entgegnete Katja. »Er verfolgt uns.«

»Das glaube ich nicht. Er wohnt doch hier.«

»Trotzdem verfolgt er uns.«

Alina war außerstande, Katjas Aufregung nachzuvollziehen. Denn ihr Interesse für Marcel Schneider hielt sich in Grenzen. Gleichaltrige Jungen schienen ihr so belanglos wie die Darbietung des weihnachtlichen Schultheaters.

»Jetzt kommt er näher.« Katja flüsterte, als könnte der Wind ihre Worte zu Marcel Schneider tragen. »Er starrt hierher. Guck bloß nicht hin!«

Alina befolgte Katjas Anweisung ohne Widerrede. Dabei begann ihr Blick an den Rändern zu flimmern, sodass sie ständig blinzeln musste. Ein unterschwelliger Zorn wallte in ihr auf. Ein Zorn, für den sie keine Begründung fand. Nach etwa hundert Metern bogen sie in den Rabenstieg. Als hätte Katja Augen im Hinterkopf, beschrieb sie jede von Marcel Schneiders Regungen. Den Rucksack trage er auf der Brust. Wie ein Idiot aus der dritten Klasse. Manchmal spiele er den Unschuldigen, indem er stoppe und genüsslich an einer Semmel lutsche. Dann fixiere er sie wieder. Katjas Beschreibung formte in Alinas Gedanken ein plastisches Bild. Jetzt sah sie ihn genau vor sich. Bei jedem ihrer Schritte, auch ohne sich umdrehen zu müssen. Marcel Schneider, mit dem Rucksack auf der Brust. Marcel mit geiferndem Blick und Ständer in der Hose. Ein leises Stöhnen zwischen den spröden Lippen. Teigreste auf dem Zahnfleisch. Die pure Geilheit in den Augen. Ohne das geringste Vorzeichen schnellte Alina herum und schrie: »Verpiss dich, du perverse Sau!«

Marcel Schneider ließ vor Schreck seine Semmel fallen. Sein ansonsten blasses Gesicht errötete schlagartig. Mit gesenktem

Kopf wechselte er die Straßenseite. Dann schaute er empor und rannte wie von älteren Schülern gejagt heimwärts.

Erst als sie ihm nicht mehr nachschaute, bemerkte Alina das Grinsen in Katjas Gesicht.

»Du überraschst mich heute schon zum zweiten Mal.«

»Das wollte ich nicht«, erwiderte Alina beschämt. Gleichwohl hatte ihr die Explosion eine ungeheure Erleichterung verschafft. Nur leider schwand das befreiende Gefühl ebenso schnell, wie es sich hochgeschaukelt hatte. Jetzt spürte sie in den Fingerspitzen ein unangenehmes Kribbeln. Und in der Brust die Last eines schlechten Gewissens.

»Das wird die Runde machen«, lachte Katja. »Das kannst du mir glauben.«

Alina reagierte nicht, und Katja begann ihr Lieblingsthema auszuwalzen. Sie erzählte von einem Jungen, den sie unbedingt treffen musste. Dann von einem anderen Jungen, den sie bereits getroffen hatte und kein zweites Mal treffen wollte. Alina hörte nur mit einem Ohr hin. Sie sehnte sich danach, in einem schwarzen Raum eine andere Person zu sein. Weniger Alina und mehr Wer-auch-immer.

12

Sie waren die Karl-Liebknecht-Straße südwärts gefahren, bis sie einen Imbiss ausgemacht hatten. Lindas Passat parkte in einer Nebenstraße. Auf der Motorhaube bauschte der Wind eine Plastiktüte.

»Die Proben fürs Stück sind erst mal auf Eis gelegt.« Linda reichte Lennart eine in Alu gewickelte Schale Pommes frites. »Henry und ich werden nachher diesen Ben Schilling besuchen.«

»Den Regisseur?«

»Ja, wir haben einen Termin.«

»Dann viel Spaß«, sagte Lennart mit beißendem Unterton.

»Wir können ja tauschen.«

»Nee, die Künstler übernehmt ihr.«

Indes Henry seine Cola-Dose öffnete, faltete Lennart das Alupapier auseinander. Er bezeichnete Henry als den einzigen noch lebenden Dosentrinker.

»Er ist auch der einzige Mensch, dessen Mittag bloß aus Zuckerwasser besteht«, setzte Linda nach.

Henry ignorierte die Kommentare seiner Kollegen. Er nahm einen Schluck, unterdrückte einen Rülpser und stellte die Dose ab. Er sagte, dass der Schauspieler Harold Norman auf der Bühne verwundet worden sei. Seine Kollegen guckten ihn entgeistert an.

»1947«, fuhr Henry fort. »Im letzten Akt von ›Macbeth‹ wird Norman beim Schwertkampf tödlich verletzt.«

»Der Endkampf zwischen Macbeth und Macduff«, präzisierte Linda.

Henry hob erstaunt die Brauen. Seine Kollegin meinte, ab und an verirre sie sich ins Kulturprogramm. Dann ergänzte Henry, man spräche sogar von einem Macbeth-Fluch. »Verletzte Schauspieler und abgebrannte Bühnen waren bei diesem Stück keine Seltenheit.«

»Kilmer, du bist ja ein wandelndes Lexikon.« Lennart schob sich eine Handvoll Pommes in den Rachen.

»Was du über mexikanisches Wrestling weißt, weiß Henry über Mord und Totschlag«, erklärte Linda.

»Zumindest, wenn's um Nerd-Wissen geht«, dämpfte Henry den Hinweis seiner Kollegin. »Manchmal glaube ich, dass mir dieser Unsinn helfen könnte. Dass sich damit Vergleiche ziehen lassen.« Er nahm einen Schluck und grübelte einen Moment lang. »Aber dann stehen Menschen vor mir und lügen mir direkt ins Gesicht. Und ich schnalle nichts, absolut nichts.«

»Nur weil ich vom Wrestling Ahnung habe, bin ich noch lange kein guter Ringer.« Mit einem breiten Grinsen wischte sich Lennart Ketchup vom Kinn.

»Wir sind eben Scheiß-Amateure«, meinte Linda lapidar.

Während Henry das Gesagte überdachte, klingelte ihr Telefon. Die Leitstelle, die neuerdings ihre Zentrale in Erfurt hatte, meldete einen versuchten Einbruch. Eile sei geboten. Offenbar habe der Täter bei seinem Einstieg nicht mit der Gegenwart eines zwölfjährigen Jungen gerechnet. Er sei kurzerhand geflohen, und der Junge hocke nun verstört in der Wohnung. Die Eltern seien nicht erreichbar.

13

In deiner Verzweiflung blätterst du in diesem Buch. Eine eifrige Bibliothekarin hat es dir ausgehändigt. Oder besser gesagt: Sie hat es dir auf deine Frage hin empfohlen. Eigentlich weißt du nicht, ob man solche Bücher überhaupt reinen Gewissens weiterempfehlen darf.

Damit du es ohne Scham lesen kannst, hast du es in Zeitungspapier eingewickelt. Jetzt wirkt es von außen betrachtet wie ein stinknormales Schulbuch. Wie diese Matheschinken, die am Ende des Schuljahres von den Lehrern wieder eingesammelt werden. Aber dein Buch ist kein Matheschinken, auch wenn es darin von Zahlen, Fakten und Berechnungen wimmelt. Entgegen seinem tatsächlichen Titel nennst du es »Das Buch der Liebe«.

Ja, das Buch der Liebe!

Unermüdlich studierst du die Texte, schaust dir die Zeichnungen an. Männer auf Streckbänken und Frauen in eisernen Jungfrauen. Mit glühenden Haken durchbohrte Zungen. Zerquetschte Daumen. Sodomisten, in deren Münder man flüssiges Metall gegossen hat. Ketzer, denen auf hölzernen Wagenrädern die Knochen gesplittert sind. Das Mittelalter war eine Epoche mit kreativen Köpfen zuhauf. Davon berichtet dieses Buch in aller Ausführlichkeit. Nur leider wurde diese Kreativität oftmals gegen die Falschen eingesetzt.

Natürlich zollst du den Leuten keinen Respekt für das, was sie Millionen Menschen angetan haben. Nein, nein, nein. Du bewunderst sie für das, was sie ersonnen haben in ihren dunklen Kammern. Die da Vincis der hochpeinlichen Verhöre.

Gelehrte, zu deren Ehren man wohl niemals Gedenkmünzen pressen wird. Das sind deine Mechaniker des Blutes.

Bisweilen machst du dir Notizen oder kopierst ganze Absätze. Das beruhigt deine Nerven für einige Stunden. Dein Großvater hätte dieses Buch garantiert verflucht. Du kannst ihn förmlich vor dir sehen: Er sitzt im Garten, und an seiner Hose kleben totgeriebene Fliegen. Zum hundertsten Mal erzählt er dir Geschichten von bösen Bolschewiken und noch böseren Schlitzaugen. Du kannst nicht sagen, ob er sie abgrundtief hasst oder insgeheim für ihre Taten bewundert. Jedenfalls sagst du ihm, dass er sich sein Geschwafel sparen könne. Du kennst jetzt Foltermethoden, die seine Schilderungen in den Schatten stellen. Ungeduldig fragt er dich, woher du dies oder das wüsstest. Wo du all die Details aufgeschnappt habest. Mit innerer Genugtuung lässt du ihn ein Weilchen zappeln. Kurz bevor er der Warterei überdrüssig zu werden droht, sagst du: »Aus dem ›Buch der Liebe‹.« Vielleicht lachst du dabei.

14

Der letzte Zeuge, den sie an diesem Tag aufsuchten, wohnte am Ende der Zwätzengasse. Lindas Wagen stand bereits auf dem Parkplatz der Polizeiinspektion. Die fünf Minuten Fußweg hatte sie mit einer Zigarettenlänge ausfüllen wollen. Jetzt musterte sie die Gegend und meinte, dass sie hier früher gern gewohnt hätte.

»Früher?«, fragte Henry nach.

»Na ja, als ich in deinem Alter war.«

Henry ließ den Blick rotieren. »Das wäre nichts für mich.«

»Biomarkt, Kunstwerkstatt und ein kleines Café in der Nachbarschaft. Suchen das nicht alle Berliner?«

Ohne zu antworten, drückte Henry die Klingel. Er öffnete die Tür, ließ Linda passieren und folgte ihr. Als sie im Dachgeschoss angelangt waren, empfing sie ein Mann von dürrer Statur. Er trug eine Strickjacke mit weitem V-Ausschnitt und ohne Kragen. Seine Haare reichten ihm bis zur Nase. Mit einer lässigen Geste klemmte er sich ein paar Strähnen hinter das Ohr. Dann folgte ein sauberes Lächeln.

Sobald sie einander vorgestellt hatten, äußerte Ben Schilling sein Unverständnis.

»Sie wissen doch von Frau Meyer und dem Unfall?«, entgegnete Linda.

Ben Schilling strich sich fahrig über den rechten Ärmel. »Ich dachte, der Schuldige wäre ermittelt.«

»Sie denken an den Fahrzeughalter?«

»Ja.«

»Hat Frau Kolp Sie nicht informiert?«

»Nein.«

»Herr Schilling, der Fall ist wesentlich komplizierter.«

Sein Blick senkte sich, als ratterten ihm sämtliche Bedeutungen des Wortes »kompliziert« durchs Hirn. Dabei verschleierten ihm seine Haare das halbe Gesicht. Nach kurzer Bedenkzeit hob er wieder den Blick. Seine Augen erschienen Henry so blau wie die Blüte einer Kornblume. Er kannte dermaßen blaue Augen nur aus dem Fernsehen. Mit einer geschmeidigen Bewegung bat Ben Schilling die Beamten herein.

Die Wohnung besaß keine Diele. Sie waren über die Schwelle direkt ins Wohnzimmer getreten. Mitten im Raum ragten zwei hölzerne Stützpfeiler vom Boden zur Decke hinauf. Unter der Dachschräge eine Couch, über deren Lehne eine gehäkelte Tagesdecke drapiert war. Auf dem Tisch davor eine kleine Milchkanne aus Emaille. Anstelle der Milch füllte ein Strauß bleicher Trockenblumen die Kanne. Ein Foto des Inventars hätte in jedes Lifestyle-Magazin gepasst. Die traditionsbewusste Mittelschicht dekorierte ihre Wohnungen mit dem Haushalt ihrer Großmütter. Henry war der Typus aus der Heimat bekannt.

»Nehmen Sie ruhig Platz«, sagte Ben Schilling.

Doch Henrys Aufmerksamkeit wurde von den Bücherregalen beidseitig der Tür gefesselt. Mit ergebener Miene studierte er die stattliche Bibliothek. Hier eine Sammlung romantischer Lyrik, dort ein Bericht aus dem sowjetischen Gulag. In Bauchhöhe entdeckte Henry einige Kriminalromane, darüber die gesammelten Werke von Edgar Allan Poe. Der Fund ließ sein Herz sogleich höherschlagen. Wie automatisch griff er nach seinem Handy, um für Jasmin ein Foto zu schießen. Das alles hätte ihr garantiert gefallen: ein Zimmer mit Büchern bis unter das Dach und überdies der dunkle Prinz im Regal. Erst Lindas lautstarkes Räuspern löste seinen Blick.

Er entschuldigte sich, trat zur Couch und sah das auf dem Tisch liegende Manuskript.

»Ein neues Stück?«, fragte er ehrfurchtsvoll.

»Mein aktuelles«, antwortete Schilling. »›Morella‹. Nach Edgar Allan Poe.«

»Sie schreiben noch mit Schreibmaschine?«

»Ja, eine alte Angewohnheit.«

Kaum hatte Henry neben Linda Platz genommen, schob der Regisseur eine Schale Nüsse in die Tischmitte. Das widerfuhr Henry zum ersten Mal. Der Großteil der Zeugen überversorgte die Kommissare gern mit Kaffee. Andere boten ihnen unverhohlen Alkohol an. Als wollte man die Beamten auf ihre Integrität testen.

»Bedienen Sie sich«, sagte Ben Schilling. »Nüsse sollen angeblich das Hirn stimulieren.«

»Und fett machen, würde mein Kollege ergänzen.« Linda grinste, und es stand außer Frage, wem das Grinsen galt.

Henry zog seinen Notizblock heraus, worauf Schilling ihn fragte, ob er Licht brauche.

»Nein, danke«, antwortete Henry.

»Mein Kollege schreibt nämlich blind«, sagte Linda mit amüsierter Miene.

»John Milton schrieb sein größtes Werk blind.« Ben Schilling setzte sich ebenfalls. »Sein Epos über den Sündenfall.«

Linda zuckte mit den Schultern.

»›Das verlorene Paradies‹«, präzisierte Schilling.

Während Henry den Namen des Dichters notierte, stieg Linda in die Befragung ein. Sie erkundigte sich nochmals, ob er den Grund ihres Erscheinens kenne. Ben Schilling wirkte so ahnungslos wie vorhin an der Tür. Er schob sein Smartphone auf den Tisch und lehnte sich zurück. Er sagte, dass er Caroline Meyer im Krankenhaus habe besuchen wollen. Aber eine Freundin der Familie habe ihm davon abgeraten. Die Eltern stünden unter enormem Druck. Besuch von fernen Bekannten würden sie im Augenblick nur als Belastung empfinden. Nachdem Linda ihre Frage wiederholt hatte, schüttelte Schilling lediglich den Kopf.

Linda bemühte sich, den Sachverhalt zu erklären. Sie sagte, toxikologische Untersuchung und K.o.-Tropfen. Auf seine Nachfrage erwiderte sie, ja, das sei die Vergewaltigungsdroge. Und sie sagte: »Nein, sie wurde nicht vergewaltigt.«

»Mein Gott, das habe ich nicht gewusst.« Schilling rieb sich erneut den Unterarm. Derweil Körper und Stimme ruhig blieben, waren seine Glieder in steter Bewegung.

Linda fragte ihn, ob er eine Vermutung habe, wie das passiert sein könnte.

»Nein, absolut nicht. Caroline ist bei allen beliebt.«

»Ich will betonen, dass es sich um den Tatbestand der Körperverletzung handelt.«

»Von mir aus können Sie auch von versuchtem Mord sprechen«, sagte Schilling.

»Der Tatbestand ist noch nicht erfüllt.«

»Entschuldigen Sie, ich wollte nicht voreingenommen erscheinen.«

»Schon gut«, beschwichtigte Linda. »Sind Sie denn voreingenommen?«

»Es zu leugnen wäre eine glatte Lüge. Ich mag Caroline.«

»Was für ein Verhältnis haben Sie zu ihr?«

»Ein sehr gutes.«

»Freundschaft? Oder mehr?«

»Eher wie zwischen Cousin und Cousine.«

Henry vermochte nicht zu sagen, auf was Schillings Vergleich abzielen sollte. Warum hatte er nicht von Freundschaft und Bekanntschaft gesprochen? Linda war ihm wie so oft einen Schritt voraus.

»Sie sprechen von einem familiären Verhältnis.«

»Ja, auch wenn es nach einem Klischee klingt.«

»Gibt es Kollegen, die ihr näher sind als andere?«

»Nicht dass ich wüsste.«

»Hat man nicht einen Lieblingscousin oder eine Lieblingscousine?«

»Caroline behandelt alle gleich.«

Henry fokussierte Schillings Gesicht, um auch die winzigste Regung wahrzunehmen. Dabei lenkte ihn dieselbe Skepsis, mit der er auch einen Schauspieler betrachtet hätte. Dieses Leben auf und hinter der Bühne verunsicherte Henry. Für einen flüchtigen Moment dachte er an Lennart Mikowski und seine maskierten Wrestler. Das waren Ringer, die schauspielerten. Oder Schauspieler, die andere ins K.o. setzen wollten.

»Haben Sie einen Partner oder eine Partnerin?«, fragte Linda freiheraus.

»Ich weiß, auf was Sie hinauswollen«, entgegnete Schilling. »Und die Antwort lautet Nein.«

»Caroline Meyer ist eine attraktive Frau.«

»Und?«

»Mögen Sie keine attraktiven Frauen?«

»Sie ist nicht mein Fall.«

»Und könnte sonst jemand interessiert sein?«

»Vielleicht dieser Hausmeister.«

»Herr Knaak.«

»Ja.«

»Ist der nicht ein bisschen zu alt für sie?«

»Wer spricht denn von erwiderter Liebe?«

15

Drei Stunden später in der Quergasse. Jasmin Sander klappte das Buch zu, schloss die Augen und rezitierte John Keats. Henry, der neben ihr lag, unterbrach die eigene Lektüre. Den Finger zwischen die Buchseiten geklemmt, lauschte er der Bibliothekarin. Sie endete mit den Worten: »›La belle dame sans merci.‹«

»Und wieder der rätselhafte Keats.«

»Ja«, flüsterte Jasmin. »Seine Worte lullen mich ein.«

»Also ist er dein rezeptfreies Hypnotikum?«

»Vielmehr mein heißer Tee.«

Henry gefiel der Vergleich. Heißer Tee an einem kühlen Novembertag. Das passte zu der englischen Poesie, die sie allabendlich in geringen Dosen trank. Seine eigene Lektüre hätte wohl eher mit einem Fass Maisschnaps harmoniert. Die Uhr schlug Mitternacht, und er las Edgar Allan Poes »Morella«.

Jasmins Schlafstube war ebenso klein wie die restlichen Räume der Wohnung. Schummrige Kammern in einem Gebäude, dessen Treppenhaus nach Leder und Kalk roch. Bei seinem ersten Besuch hatte Jasmin gemeint, das sei der Geruch der Vergangenheit. Für Henry hatten Wochen verstreichen müssen, bis auch er darin die fremde Zeit riechen konnte. Je häufiger er die Stufen zu ihrer Wohnung erklomm, desto deutlicher registrierte er den Geruch. Je häufiger er ihren Versen lauschte, aus ihrem Fenster schaute, neben ihr einschlief. Heute vernahm er ihn sogar jenseits der Quergasse. Wie die heimeligen Gerüche aus der Kindheit.

Er versuchte, sich wieder auf Poes Geschichte zu konzentrieren. Das Buch hatte er sich nicht kaufen oder ausleihen müssen. Jasmin besaß selbstverständlich die Werke ihres Lieblingsdichters. Jetzt beim Lesen drängten sich ihm allerdings die falschen Fragen auf. Er mochte nicht an die Frau im Koma denken. Nicht in diesem Bett, nicht neben Jasmin. Aber den Fragen ließ sich kaum Einhalt gebieten. Missmutig sah er von seinem Buch auf. »Und wenn Caroline Meyer ein zufälliges Opfer war?«

Jasmin seufzte. »Du willst sagen, die K.o.-Tropfen sind zufällig in ihr Glas gelangt? Klingt sehr unwahrscheinlich.«

Sie raffte sich die Bettdecke unters Kinn und schaute zu ihm herüber. Allein ihren ungläubigen Gesichtsausdruck empfand er als Herausforderung. Eifrig durchforschte er seinen imaginären Katalog der Serienmörder.

»Einige Psychopathen empfinden den Zufall als Kick«, flüsterte er.

»Du meinst, sie wählen ihre Opfer spontan aus?«

»Ja, Berkowitz war so einer.«

»Noch nie gehört.«

»David Berkowitz tötete zwischen 1976 und 1977 sechs Menschen. Er streifte so lange durch New York, bis ein geeignetes Opfer seinen Weg kreuzte. Rein zufällig. Ein Muster war nicht zu erkennen.«

»Und wie hat man ihn geschnappt?«

»Durch einen blöden Zufall.« Henry grinste. »Weil er zu nah an einem Hydranten geparkt hatte, war sein Auto kontrolliert worden.«

»Pech gehabt!«

»Oder den Zufall gegen sich.«

»Nach dem Prinzip müsste der Täter aber unter den Gästen gewesen sein.«

Henrys Blick klärte sich, und er betrachtete Jasmin voller Sorge. Er sah den winzigen Nasenring und die wellengleiche Form ihrer Lippen. Die blassen Fältchen um ihre Mundwinkel. Wie ein unter Dielen vergrabenes Herz pochte in ihm eine hässliche Furcht: Das Opfer Caroline Meyer hätte genauso gut Jasmin Sander heißen können. Denn der Zufall schert sich einen Dreck um Grenzen und Schemata. Das Prinzip Zufall schlösse auch Jasmin in den Kreis potenzieller Opfer ein. Sein Verstand sagte ihm: Angesichts von Jenas Einwohnerzahl war die Wahrscheinlichkeit, der Täter würde sich Jasmin ausgucken, gleich null. Genau genommen lag sie bei eins zu hunderttausend. Zudem gab es keine Indizien dafür, dass der Täter eine Vorliebe für junge Frauen hegte. Oder überhaupt für Frauen aus der Region. Zufall bedeutete gleichfalls, dass der Täter das nächste Mal am anderen Ende der Welt zuschlagen konnte. Zufall bedeutete alles oder nichts. Eventuell ein bisschen hiervon und ein bisschen davon. Mitnichten gelang es Henrys Verstand, sein Herz zu beruhigen. Er starrte zum Fenster hinüber und hoffte auf Zerstreuung.

Plötzlich schrak er aus seinen Gedanken. Jasmins Hand war von ihm unbemerkt auf seine Brust geglitten. In dem Moment, als Henry erschauderte, zog sie ihre Hand zurück.

»Entschuldige«, flüsterte sie. »Aber du hast so heftig geatmet.«

»Habe ich gar nicht bemerkt.«

»Dein Herz rast förmlich.«

»Ich habe zu viel Kaffee getrunken«, log er. »Lindas Spezialmischung.«

»Vielleicht solltest du laufen gehen.« Jasmin zog die Decke wieder zum Kinn hoch. »Meistens hilft das.«

Ihre Fürsorge rührte ihn zutiefst. Mit gespielter Müdigkeit sagte er, alles sei okay. Er löschte das Licht auf seiner Seite und schloss die Augen. Er sah, was er hätte wissen müssen. Auch in Momenten der Geborgenheit konnte man der Finsternis nicht entfliehen.

16

Ein diffuses Licht wühlte sich unter seine Augenlider. Wie Sickerwasser, das ins Erdreich dringt. Er blinzelte, und seine Lider fühlten sich tonnenschwer an. Er hatte wohl geschlafen. Oder war irgendwann ohnmächtig geworden. Eigentlich kannte er den Unterschied zwischen Schlaf und Ohnmacht. Nur jetzt wollte er ihm nicht einfallen. Als raube die Benommenheit selbst den kleinsten Gedanken die Kraft.

Unter großer Anstrengung nahm Ben eine neblige Landschaft wahr. Endlich war die Welt mehr denn sein Körper. Er bemerkte lotrechte Konturen, die sich gleich geisterhaften Schemen aus dem Nebel schälten. Er dachte an Baumstämme, und allein der Gedanke nötigte ihm einiges an Kraft ab. Wenig später konnte er riechen, was er vermutet hatte. Offenbar trogen ihn seine Augen nicht. Er war umgeben von Wald und Natur. Und Tatsache schien auch: Er saß auf einem Stuhl und blickte durch eine Fensteröffnung geradewegs ins Gehölz.

Aber dieser Wald wirkte auf ihn nicht friedvoll. Anscheinend waberte der Nebel zwischen den Bäumen, um ihn zu blenden. Und die dürren Stämme schwankten allein, damit sie sich seinem Blick entziehen konnten. Wie aus Gehässigkeit blieb das Licht milchig und diffus. Was ringsum geschah, diente augenscheinlich nur einem Zweck: Es sollte seinen Geist zermürben. Denn der Wald war ein Territorium heimlicher Jäger. Und wo die Jäger umherstreiften, war das Grinsen der falschen Großmutter nicht weit.

Da verlor Ben die Kontrolle über seine Gedanken. Erinnerungen stürzten auf ihn ein. Sie wechselten mit Eindrücken aus der Umgebung. Er vermochte nicht, das eine vom andern zu trennen. Was war außen, was war innen? Wo endete die Gegenwart, wo begann die Vergangenheit?

Hundert schwarze Stämme, ohne Kronen. Eine Katze, die lebendig eingemauert wurde. Der alptraumhafte Nebel. Virginia, jung und schön. Draußen vor der Fensteröffnung die Silhouette einer Person. Er dachte an den Jäger. An die Großmutter. Den Wolf im Blümchenkleid? Hundert schwarze Stämme, hundert lächelnde Masken …

Er ließ sich von seiner Chefin ein Sektglas in die Hand drücken und lächelte. Aber nicht, weil ihm danach zumute war, sondern aus Pflichtgefühl. Er lächelte immer, sobald es die Situation verlangte. Wenn man ihn beglückwünschte und ihm auf die Schulter klopfte – die Männer. Oder ihm zärtlich über die Schulter strich – die Frauen. Im Grunde waren ihm solche Veranstaltungen zuwider. Gesicht zeigen, Werbung machen, lächeln.

»Jetzt lasst uns hoffen, dass das Stück ein Erfolg wird.« Ferdinand Unger bedachte ihn mit einem zuversichtlichen Blick. Der Sechzigjährige war im Vorstand des Vereins Schlosstheater Thalstein. Der Verein hatte sich nach der Wende um den Erhalt des Anwesens bemüht. Letztlich war es seiner Entscheidung zu verdanken, dass darin ein Theater eröffnet wurde. Zeit seines Lebens waren Ben Charaktere wie Ferdinand Unger fremd. Sie schienen ihre Existenz allein auf Strukturen und Satzungen zu bauen. Bisweilen verwechselten sie ihren Geschäftssinn mit der Urteilsfähigkeit in Sachen Kunst. Dann wollten sie auch auf der Bühne das letzte Wort haben. Doch in Wirklichkeit konnten sie ein Haiku nicht von einem Sonett unterscheiden. Immerhin gelang Ben ein breites Lächeln.

»Der Bürgermeister will auch vorbeischauen«, sagte Ferdinand Unger.

»Ah, der Bürgermeister«, wiederholte Ben.

»Und jemand von der Presse.«

»Ah, die Presse.«

»Ja, von der Ostthüringer.«

Ben bewunderte Marissas Gespür dafür, wie solche Herrschaften zu handhaben waren. Ihm selbst fehlte schlichtweg das Verständnis für das ganze Trara. Aber er und Marissa hatten sich wunderbar ergänzt. Deshalb waren sie auch ein derart perfektes Team. Gewesen.

Ben hob demonstrativ sein Sektglas. Das flüssige Gold verlange seinen Tribut, entschuldigte er sich. Ferdinand Unger lächelte, während Marissa nur mit den Mundwinkeln zuckte. Sie wusste genau, dass er lediglich einen Vorwand zur Flucht bemühte. Sie durchschaute ihn, seit sie einander kannten. Das würde sich niemals ändern, klagte Ben innerlich.

Auf dem Weg zur Toilette grüßte er pflichtbewusst die anderen Gäste. Künstler und Möchtegernkünstler, Bettler und Sponsoren. Schüler mitsamt ihren strahlenden Eltern. Schüler, die Freunde und Bekannte ihrer Familie vorzogen. Auf der Suche nach einer gewissen Person schweifte Bens Blick zwischen den Gästen umher. Er musste vorsichtig sein, sonst würde sich der Prinz verraten.

Als er endlich die Tür zum WC öffnete, torkelte ihm der Hausmeister entgegen. In der Absicht, Knaak unter keinen Umständen zu berühren, trat er beiseite. Doch die fette Miezekatze blieb mitten in der Tür stehen. Ben seufzte schwermütig. Ihm war nicht danach, den ohnehin strapaziösen Abend zu einer Posse verkommen zu lassen. Offenbar lenkten den Hausmeister jedoch andere Bedürfnisse. Seine Augen waren starr auf den Regisseur gerichtet. Ben spürte sofort, dass aus ihnen nicht allein Trunkenheit sprach. Er fühlte sich von tiefem Hass getroffen. Tiefem, unverblümtem Hass, wie ihn nur der Alkohol freischaufeln konnte. Manchmal tat ihm Torsten Knaak leid. Die Erscheinung des Hausmeisters strotzte nur so vor Tragik.

»Du bist der letzte Abschaum«, zischte Knaak.

»Bleiben Sie ruhig«, erwiderte Ben. Nach Knaaks Mundgeruch zu urteilen, hatte er sich auf der Toilette erbrochen. Im Grunde ein Anlass, Marissa zu alarmieren. Aber Ben gab sich diplomatisch: »Denken Sie an die ganzen Kinder hier.«

»Ich könnte … ich könnte …«

»… den Ruf des Theaters ruinieren«, beendete Ben den Satz und drängte sich an Knaaks mächtiger Gestalt vorbei.

Knaak brabbelte noch irgendwas Unverständliches. Dann hörte Ben die Tür ins Schloss fallen. Sein Gesicht entspannte sich, das Lächeln verebbte. Bis auf einen Jungen war die Toilette leer. Ben huschte in eine Kabine und verriegelte die Tür. Er lehnte sich mit dem Rücken an die Innenwand. Mit Hilfe seines Lächelns vermochte er das Gros der Leute zu täuschen. Aber seine Haut sprach eine andere Sprache. Sie zwang ihn immer wieder in den Schatten. Während er dem Jungen beim Pinkeln lauschte, sehnte er sich auf seine Couch. Er raffte den linken Hemdsärmel hoch und betastete seinen Unterarm. Es würde neue Narben geben, das ahnte er.

Mittwoch

1

Linda blickte durch die verglaste Tür ins Krankenzimmer. Caroline Meyers bloßes Aussehen ließ sie kaum erschaudern. Ihre blonden Haare verteilten sich gleich leblosen Flechten auf dem Kopfkissen. Die Decke war ihr bis unters Kinn gezogen worden. Linda hätte nicht sagen können, wie die Frau in ihrem wahren Leben auftrat. Sie kannte weder ihre Stimme noch ihre Gangart, weder ihre Gesten noch ihr Mienenspiel. Als hätte die Patientin nie woanders gelegen. Nur in dem pastellfarbenen Zimmer, stets in diesem Bett. Für Linda war Caroline Meyer die Frau im Koma. Vielleicht würde die Ermittlung aus dem starren Bild der Schlafenden schon bald etwas Lebendiges formen. Vielleicht unterschieden sich darin die Halbtoten nicht von den Toten. Aber diesen Prozess durfte man nicht erzwingen, hatte Linda gelernt. Die Opfer mussten von selbst Konturen gewinnen. Sonst blieben sie die bloße Projektion eines phantasievollen Polizisten. Ihr Wesen überlagert von deren Bild und Sehnsüchten.

Nüchtern erfasste ihr Blick die vielen Geräte, die neben dem Bett standen. Schwarze und weiße Kabel führten von einer Buchse in die nächste. Auf einem Monitor blinkten elektronische Signale. Kurven, Zahlen, obskure Werte. Doch nichts von alledem wusste Linda zu deuten. Dann musterte sie die Schläuche, die sich durch Mund und Nase in das Gesicht der Patientin hineinbohrten. Diese Schläuche ließen Linda am Ende doch erschaudern. Diese durchsichtigen Würmer penetrierten Caroline Meyer, ob sie wollte oder nicht. Der Begriff Halbtoter erschien ihr plötzlich untertrieben.

»Verfluchter Mist«, entglitt es Linda.

Sie wandte sich von der Tür ab, worauf Henry ihren Platz einnahm. In der Rechten hielt er seinen Block. Zwischen den Seiten klemmte wie eine japanische Schwertnadel ein Bleistift. Henry gab seinen Block höchst selten aus der Hand. Jedes

Mal machte er den Eindruck, als sähe er sie nur ungern darin blättern. Linda respektierte das, obgleich es ihr in den Fingern juckte. Genau wie jetzt, als er durch die Tür Caroline Meyer betrachtete. Wieder mit diesem Blick. Dem Henry-Kilmer-Tunnelblick.

Am liebsten hätte Linda ihn an den Schultern gepackt und gesagt: Das ist Arbeit. Das ist nicht das Leben. Junger Kollege, wahre Distanz! Auch als eine der Schwestern zu ihnen trat, blieb Henry im Tunnel.

In Begleitung der Schwester befand sich ein Mann in den Fünfzigern. Der Vater der jungen Frau, wie Linda sogleich erkannte. Dr. Rufus Meyer, Oberbürgermeister der idyllischen Lichtstadt Jena. Sie nickten einander höflich zu, während Henry unverändert an der Scheibe klebte.

Dann ein Räuspern von Linda.

Keine Reaktion.

»Henry?«

Keine Reaktion.

Linda stupste ihn unauffällig gegen die Hüfte.

»Oh, Verzeihung.« Henry fuhr mit einem Blick herum, der gleichzeitig Betroffenheit und Missbilligung ausdrücken mochte. Das Gesicht des Bürgermeisters blieb emotionslos. Keinerlei Regung, die Interesse an irgendeiner Form von Konversation bekundete. Er starrte Henry einfach an, bis dieser ihm die Tür öffnete. Mit einer steifen Geste schloss er hinter Rufus Meyer und der Schwester das Krankenzimmer. Von innen wurde ein Rollo vor die Scheibe gezogen. Henrys Mimik vermittelte den Eindruck, man habe ihn in seinen Überlegungen gestört. Selbstredend in gröbster Weise. Linda fragte freiheraus, ob alles klar sei.

»Ja, warum nicht?«

»Du siehst sauer aus.«

»Ich war nur in Gedanken.«

»Aha.«

Linda hoffte, dass die Ironie in ihrer letzten Äußerung nicht zu überhören gewesen war. Aber Henry stieg nicht darauf ein.

Stattdessen verschanzte er sich hinter seinem Block und notierte, was Linda zu gern gelesen hätte.

2

Professor Dr. Maillard empfing die Kommissare in seinem Büro. Der leitende Arzt trug weder einen weißen Kittel noch eine grüne Montur. Stattdessen zeigte er sich im Dreiteiler mit dunkelblauer Fliege. Sein Zimmer ähnelte kaum dem typischen Büro eines Chefarztes. Auf dem Schreibtisch stand eine Petroleumlampe mit Bronzefuß und eitergelbem Glasschirm. An den Wänden hingen gerahmte Fotografien verwitterter Gebäude.

»Das ist eine Maison de Santé in Südfrankreich«, kommentierte Dr. Maillard, während Linda eines der Bilder besichtigte. Auf ihren fragenden Blick hin präzisierte er: »Eine Nerven- und Heilanstalt aus dem 19. Jahrhundert.«

»Irgendwie makaber, finden Sie nicht?«

»Weil das Foto von solcher Schönheit ist? Oder weil es in diesem Zimmer hängt?«

»Das Bild an sich«, antwortete Linda. »Womit Sie Ihr Büro schmücken, ist Ihre Sache.«

Dr. Maillard grinste unter seiner filigranen Nickelbrille. Es war ein Grinsen, das ganz und gar nicht zu seinem altväterlichen Auftreten passte. Nicht in dieses antiquierte Zimmer. Und auch nicht zu seiner Tätigkeit, die mit viel Elend einhergehen konnte. Linda sah, dass sich ihr Kollege einem der Bilder widmete. Das war der passende Zeitpunkt, sich den Grund des Besuches zu vergegenwärtigen. Eine Frau lag im Koma, und der Chef der KPI schlug die Alarmglocke. Der Fall erforderte Fakten und der Lämmer Hörigkeit.

Maillard bedeutete den Kommissaren, ihn auf eine Zigarette hinauszubegleiten. Linda und Henry schauten den Arzt verdutzt an.

»Der gemeine Weißkittel atmet Nikotin wie andere Menschen Luft«, erklärte Dr. Maillard. »Der Stress, die Verantwortung, das Kollegium. Da verblassen die Gefahren.«

»Das beruhigt mich«, sagte Linda.

»Dass wir auch nur Patienten sind?«

»Ja, irgendwie schon.«

Im Innenhof erklärte ihnen Maillard, was sie bereits wussten. Caroline Meyer sei stark alkoholisiert gewesen. Ein Wunder, dass sie bei ihrer Statur noch hatte Fahrrad fahren können. Das GHB sei sowohl in ihrem Urin als auch in ihrem Blut nachweisbar gewesen. Das hieße de facto: Die Tropfen waren ihr höchstens sechs Stunden vor dem Unfall verabreicht worden. Grob geschätzt. Denn GHB sei sechs Stunden nach Einnahme nicht mehr im Blut nachzuweisen. Im Urin bestenfalls noch zwölf Stunden später. Ohne Verdachtsmoment werde das teure Analyseverfahren kaum genehmigt, schloss Dr. Maillard. Über seiner Nickelbrille hoben sich bedeutungsschwer die Brauen. »Aber ein gewisser Herr hat seine Beziehungen spielen lassen.«

»Nicht alle haben so ein Glück.« Linda zog mit verächtlicher Miene an ihrer Zigarette.

»Glück sieht wohl anders aus«, erwiderte Dr. Maillard. »Jedenfalls empfinde ich Frau Meyers Situation nicht als solches.«

Linda schämte sich ihres Kommentars. Sie nuschelte eine Entschuldigung, worauf Maillards Mundwinkel zuckten. Linda glaubte darin ein solidarisches Grinsen zu erkennen. Zumindest wünschte sich das ihr Gewissen.

»Und wie lange wird Frau Meyer im Koma bleiben?«

»Bis wir es wagen können, sie aufzuwecken. Ihr Körper steht im Augenblick unter hohem Stress.« Er inhalierte, und seiner Nase entstieg gelber Nebel. »Am Ende entscheidet allein Caroline Meyer, wann sie aufwacht.«

3

Der Blick zum Fenster hinaus zeigt dir jeden Tag dieselbe Welt. Ganz gleich, ob du unruhig geschlafen oder einen schönen

Traum gehabt hast. Ob du erholt aus dem Bett gestiegen bist oder mit schmerzenden Gliedern.

Einige Philosophen behaupten, die Welt sei nichts als das Produkt der eigenen Vorstellung. Die Welt folgt dem eigenen Willen, dem eigenen Befinden. Aber du weißt, dass das blanker Unsinn ist. Denn die Welt von gestern und heute und morgen unterscheidet sich nicht. Daran kann dein Wille nicht das Geringste ändern. In Wirklichkeit bleibt die Welt nur eines: immer dieselbe, immer teilnahmslos. Und genau diese Teilnahmslosigkeit macht sie zu einer bösen Welt.

Dein Großvater hat dir nie erzählt, wie er das Leben an sich empfindet. Ebenso wenig verlor er ein Wort darüber, ob ihm die Welt behagt oder missfällt. Dieses Verhalten hast du schon des Öfteren bei betagten Menschen beobachten können: dass sie die Welt im Allgemeinen nicht beurteilen. Sie regen sich eher über dieses und jenes auf. Zum Beispiel im Bus, weil alle Sitzplätze besetzt sind. Oder an der Kasse, weil der Kunde vor ihnen den Trennbalken nicht aufs Band legt. Liebend gern schimpfen sie über das Wetter, obwohl sie den ganzen Tag vor der Glotze hocken. Sie schüren Frust wegen belangloser Einzelheiten. Aber das große Ganze scheinen sie nicht mehr fassen zu können. Das Böse hat nämlich ihre Hirne mürbe werden lassen. Wie in einem Vorstadium der Alzheimerschen Krankheit.

Dein Großvater war in dieser Hinsicht keine Ausnahme. Stundenlang hat er dir die Funktionsweise komplizierter Folterwerkzeuge beschrieben. Doch das Böse im Allgemeinen fand auch bei ihm keinerlei Erwähnung. Nein, nein, nein. Immer nur Einzelheiten.

Dein »Buch der Liebe« hätte ihm wahrhaft Freude beschert. Darin heißt es beispielsweise: »Dem Delinquenten wird die Wahl offeriert, die Wahrheit zu sagen.« Ein einziger Satz, der das ganze Dilemma erfasst. Offeriert. Wahrheit. Folter. Dass die Folter in der Regel zum Tod führt, ist zweifelsfrei erwiesen. Aber die armen Opfer wollen das im Angesicht ihrer Qualen nicht wahrhaben. Stattdessen klammern sie sich an den Irrglauben, sie hätten eine Wahl. A) Sie können sich weiter foltern lassen. B) Sie können sich schuldig bekennen, damit das Martyrium endet. Ja, ich bin ein Sünder. Spannt mich aufs Wagenrad! Ja, ich bin eine Hexe. Werft mich in den Fluss! Ja, ich bin ein Ketzer. Verbrennt mich auf dem Scheiterhaufen!

Den Schweinen, von denen dir dein Großvater erzählt hat, hatte man keine Wahl gelassen. Denen hatte man die Freiheit schon vor ihrer Geburt geraubt. Auf sie wartete der Flammentod. Nicht einmal ihr eigenes Sterben konnten sie beschleunigen. Sie besaßen nicht die Wahl zwischen A) und B). Das haben ihnen selbst die Opfer aus dem »Buch der Liebe« voraus.

4

Nach der Befragung von Dr. Maillard fuhren sie in die Talstraße. Den Vornamen von Frau Meyers Freundin hatten sie gestern von der Theaterleiterin erfahren. Über das Handy der Verunfallten hatten sie den Kontakt herstellen können.

Anne Ulmer verhehlte ihnen nicht, dass der tragische Unfall sie aus der Bahn zu werfen drohte. Sie hatte die letzten beiden Tage freigenommen und würde auch den Rest der Woche daheimbleiben. Sie arbeitete als Erzieherin in einer Kita. Trotz des herrschenden Personalmangels verstehe ihre Chefin die Situation. Schließlich seien Caroline Meyer und sie beste Freundinnen. Meinte Anne Ulmer und stellte eine Kanne Melissentee auf den Küchentisch.

»Der beruhigt die Nerven.«

Sie lächelte die Kommissare mit feuchten Augen an. Ihr Haar war raspelkurz geschnitten, ihr Gesicht marmorbleich. Beides in Kombination verlieh ihr eine schwindsüchtige Schönheit. Sichtlich erschöpft nahm sie gegenüber Henry und Linda Platz. Dann langte sie einen Aschenbecher vom Fensterbrett. »Wissen Sie«, sagte Anne Ulmer, »ich kenne Caroline seit fünfzehn Jahren.«

»Das ist eine lange Zeit«, entgegnete Linda.

»Wir sind zusammen durch dick und dünn gegangen.«

Linda entfachte zunächst Frau Ulmers Selbstgedrehte, danach die eigene Filterzigarette. »Das kann ich mir gut vorstellen.«

»Ich fahre jeden Tag in die Klinik. Aber ich will mich nicht der Familie aufdrängen. Eine Heulsuse trägt wohl kaum zur Ermutigung bei.« Anne Ulmers Mund krümmte sich zu einem tapferen Lächeln. »Deshalb besuche ich Caroline ganz früh.«

Henry vermochte den Wert einer solchen Verbindung kaum zu ermessen: beste Freundin, bester Freund. Jahrelang gepflegte Freundschaften. Er selbst hatte während der Schulzeit einen Menschen seinen besten Freund nennen dürfen. Noch heute fragte er sich, ob er ohne ihn die Zeit überstanden hätte. Automatisch fuhr seine Hand hinter das linke Ohr. Dorthin, wo eine glühende Zigarette eine Narbe verursacht hatte.

»Ich muss Ihnen ein paar Fragen stellen«, leitete Linda das Verhör ein. »Es ist von größter Wichtigkeit, dass Sie wahrheitsgemäß antworten.«

Anne Ulmer nickte, und unter ihren hohen Wangenknochen straffte sich die Haut.

Linda erzählte von den Drogen, die man in Caroline Meyers Urin gefunden hatte. Sie bekräftigte abermals, dass es hier einzig darum gehe, die Fakten zu kennen. Niemand hege die Absicht, die Verunfallte im Nachhinein zu diffamieren.

Bei dieser Ansage entsann sich Henry des Begriffs vom sauberen Opfer. Hier waren jene, die unser Mitleid verdienten. Allesamt sauber und vom Schicksal gebeutelt. Dort standen jene, die wir mit Verachtung straften. Allesamt schmutzig und allein der Zerstörung willfährig. Grauzonen waren selten verankert im Denken der Angehörigen. Diese schienen allein Sache spitzfindiger Psychologen und verweichlichter Sozialarbeiter.

Henry öffnete seinen Notizblock und neigte sich vor. Im alles umnebelnden Qualm wurde ihm bewusst, dass ihn die Schönheit dieser Frau ergriff. Er nahm einen Schluck Melissentee, der angeblich die Nerven ruhigstellte.

»Caroline nimmt keine Drogen«, begann Anne Ulmer. »Sie lässt sich auch nicht dazu verführen, im Gegensatz zu mir.« Sie lächelte scheu. »Caroline trinkt halt gern.«

»Täglich?«, fragte Linda.

»Nein, das nicht. Aber sie verliert schnell das Maß. In solchen Situationen sollte man auf sie achtgeben.«

»Weiß ihre Familie Bescheid?«

Anne Ulmer winkte mit der Zigarette ab. »Ihre Familie hat nicht den blassesten Schimmer. Bei denen ist sie immer bloß Caroline Saubermann.«

»Dann wissen nur ihre Freunde und Kollegen von ihrem Trinkverhalten?«

»Auf Arbeit reißt sie sich zusammen. In dieser Hinsicht hat sie zwei Gesichter.«

»Also wird sie am Samstag keinen oder nur wenig Alkohol getrunken haben?«

»Sie meinen, auf der Feier?«

»Ja.«

Anne Ulmer inhalierte langsam und behielt den Rauch eine Weile in der Lunge. Sie bedachte Linda mit einem Blick, der unverhohlen ein Nachfragen provozierte. Doch Linda spannte eine taktische Pause. Sie drückte ihre Zigarette aus und schob den Aschenbecher über die Tischmitte. Die Erzieherin schwieg, und in ihrem Schweigen vermischten sich Rauch und Tränen.

»Leute wie Caroline nennt man Stresstrinker.« Sie klopfte die Asche ihrer Zigarette ab. »Und Caroline hat oft Stress.«

Linda schaute verständnisvoll.

»Solange alles ausgezeichnet läuft«, fuhr Anne Ulmer fort, »bleibt es bei einem Gläschen Wein am Abend. Genusstrinker, sagt man wohl. Doch wenn sich die üblichen Konflikte anbahnen, heißt es: Mäßigung ade! Ich habe erlebt, wie sie anderen den Schnaps vor der Nase weggesoffen hat.«

Durch Henrys Gedanken radelte eine volltrunkene Caroline Meyer. Ihr blondes Haar sträubte sich im Wind, während das Fahrrad Schlangenlinien zog.

»Sie pöbelt aber nicht herum«, ergänzte Anne Ulmer. »Oder wird plötzlich zur Schlampe. Sie kennen ja diese Geschichten.«

»Ja, leider«, antwortete Linda.

»Caroline bleibt das stille Mädchen, das sie auch sonst ist. Irgendwann verschwindet sie einfach von der Party. Klammheimlich, und niemand bemerkt etwas. Wir sagen immer: Caroline war wieder auf Autopilot. In der Regel meldet sie sich am nächsten Tag und entschuldigt sich.«

Anne Ulmers Mundwinkel wollten sich zu einem Lächeln aufraffen. Doch ihre Lippen erbebten nur für einen kurzen, verletzlichen Moment. Sie sagte, dieses Mal habe es niemanden gegeben, bei dem sie sich hätte melden können. Caroline sei allein auf der Feier gewesen. Mit den Theaterleuten habe sie, Anne Ulmer, nichts am Hut. Sie tupfte sich mit dem Ärmel die Augen trocken. Henry spürte den Drang, sie zu berühren. Voller Scham wegen seines deplatzierten Begehrens stierte er auf seinen Block. Derweil hakte Linda nach, was »die üblichen Konflikte« seien.

»Caroline hat keine beruflichen Sorgen«, erwiderte Anne Ulmer. »Ihre Probleme sind immer Herzschmerz-Geschichten.«

»Liebeskummer?«

»Ja, durch die Bank weg.«

»Mit dem Partner oder in der Familie?«

»Seltsam, dass Sie beides in eine Frage stecken.«

»Dreht es sich nicht immer um beides?«

»Ja, und bei Caroline quasi zur selben Zeit. Obwohl …« Hier stockte Anne Ulmer und drückte ihre Kippe aus. »Von einem gesunden Verhältnis zu sprechen, wäre eine glatte Lüge. Schließlich hat er sie vehement zurückgewiesen.«

»Das klingt nach unerwiderter Liebe?«

»Ja, unerwidert und mit Füßen getreten.«

»Können Sie uns den Namen ihres Schwarms verraten? Fürs Protokoll.«

»Ben Schilling.«

»Der Regisseur?«

Anne Ulmer nickte, wobei sich ihr Gesicht auf bedrückende

Weise zu verschließen schien. »Manchmal fällt die Liebe eben auf ein Stück Dreck.«

5

Jena Nord, Neubaugebiet Himmelreich. Linda Liedke parkte ihren Wagen in der Matthäus-Günther-Straße. In einem der pastellfarbenen Viergeschosser wohnte Familie Schwenke. Vater, Mutter und Tochter waren gemeinsam auf der Feier im Theater gewesen. Julia Schwenke spielte in Ben Schillings Stück eine der sieben Morellas. Auf der Fahrt dorthin hatte sich Linda vorzustellen versucht, ihr Sohn würde schauspielern. Nico interessierte sich für Horrorfilme und Konsolenspiele. Er wollte Meeresbiologe werden. Trafen zwei seiner Interessen aufeinander, schien er vollends zufrieden. Haie, die Schiffbrüchigen die Gliedmaßen abbissen. Riesenkalmare, die mit ihren Papageienschnäbeln Menschen verschlangen. Eigentlich waren diese ganzen Horrorfilme zu brutal für einen Dreizehnjährigen. Garantiert konsumierte Nico mit seinen Kumpels die ganze Nacht hindurch solche Machwerke. Oder wenigstens dann, wenn sie keines dieser Ballerspiele zockten. Besser als Pornos zu glotzen, beruhigte Linda sich oft. Immerhin hatte ihr Sohn einen festen Freundeskreis. Er war integriert, hatte den Anschluss nicht verpasst. In ihrer Vorstellung spielten nämlich nur Einzelgänger Theater. Kinder und Jugendliche, die gemobbt wurden. Oder solche, die ihren Darstellungsdrang im Klassenzimmer nicht befriedigt sahen. Linda hoffte, ihr Sohn würde noch lange bei seinen Monsterfilmen bleiben.

In der verglasten Eingangstür prüfte die Kommissarin ihr Aussehen. Sobald sie allein unterwegs war, befürchtete sie, auf Äußerlichkeiten reduziert zu werden. Vielleicht erregte ihr dunkler Haaransatz unter der Blondierung Spott. Oder die Tatsache, dass sie als Polizistin knallroten Lippenstift trug. Mit Henry an ihrer Seite konnte ihr dahingehend nicht viel passieren. Durch seinen Zopf wirkte er auf viele skurril, was ihr im

Gegenzug eine entspannte Befragung gestattete. Sie glättete den Kragen ihrer Lederjacke und schob das Waffenholster so weit es ging nach hinten. Roter Lippenstift und schwarze Makarow waren eine heikle Kombination.

In der vierten Etage wurde sie von Frau Schwenke empfangen. Wie Linda bereits bei ihrem Anruf erfahren hatte, war Herr Schwenke auf Dienstreise. Das Vertrauen, das seine Gattin der Polizei entgegenbrachte, erstaunte sie. Frau Schwenke fragte sogleich, ob sie ihre Tochter allein befragen wolle. Dabei wirkte sie ungezwungen, keineswegs misstrauisch. Also ließ sich Linda von ihrem ersten Eindruck leiten. Nein, das sei nicht nötig, sagte sie. Die Befragung könne gut und gerne zu dritt durchgeführt werden. Dann erklärte Linda den Tatbestand, allerdings in einer bewusst lückenhaften Fassung. Das Thema K.o.-Tropfen verschwieg sie. Auch wenn ihr Sohn dem Theater nichts abgewinnen konnte, glaubte sie, Frau Schwenkes Reaktion zu erahnen. Theaterverbot für ihre Tochter, womöglich sogar Ausgehverbot.

»Die arme Caroline«, seufzte Frau Schwenke. Sie fasste über den Esstisch nach der Hand ihrer Tochter. »Mein Gott, die arme Familie.«

Alles in diesem Wohnzimmer erstrahlte in hellen Farben. An den weißen Wänden hingen hellblaue Bilderrahmen. Die Couchgarnitur war mit zartrosa Kissen bestückt. Auf den Schränken und auch in der Tischmitte standen kleine Engelfiguren. Linda hätte gern in Julias Zimmer geschmult. Welchen Eindruck machte das Zimmer eines Theater spielenden Mädchens? Sicherlich schmückten ihre Wände keine Fotos von Haien.

»Sie nennen die Verunfallte beim Vornamen«, sagte Linda. »Kennen Sie Caroline Meyer persönlich?«

»Na, das ist unsere Caroline«, antwortete Frau Schwenke, die unverändert die Hand ihrer Tochter hielt. »Sie ist unser Ansprechpartner für das Organisatorische. Herr Schilling ist eben ein Künstler. Und Sie wissen ja: Was auf einer Seite hervorsticht, fällt an anderer Stelle ab.«

»Ben ist super.« Julia Schwenke befreite ihre Hand aus dem Griff der Mutter. Das Mädchen trug einen dicken Schal, obgleich es in der Wohnung warm genug war. »Mutti wollte bloß sagen, dass er manchmal sehr leidenschaftlich ist.«

Auf Linda wirkte Julias Kommentar wie der einer Erwachsenen. Die Fünfzehnjährige erschien um so viel älter als ihr Sohn Nico. Vielleicht, so dachte Linda für einen Sekundenbruchteil, war auch Julia die Mutter und Frau Schwenke deren Tochter. Über der Absurdität des Gedankens vergaß sie beinahe ihre nächste Frage. Sie straffte ihren Rücken und erkundigte sich nach dem Ablauf des Abends.

Julia Schwenke erzählte, sie sei erst seit diesem Jahr Teil des Ensembles. »Morella« sei ihr erstes Theaterstück. Ein paar der anderen Mädchen würden schon das zweite Mal in einer Inszenierung von Ben mitwirken.

»Die wird Julia alle an die Wand spielen«, fuhr Frau Schwenke dazwischen und lächelte stolz. »Ich verstehe sowieso nicht, weshalb er die Rolle durch sieben teilen musste. Sieben Morellas! Meine Tochter würde es allein schaffen.«

»Einige spielen echt gut«, erwiderte Julia. »Zum Beispiel Alina. Die spielt wie ein Profi.«

Linda erinnerte sich, den Namen auf der Zeugenliste gelesen zu haben. Sie lenkte das Thema wieder auf den Abend der Feier.

»Alle Leute waren furchtbar nett«, sagte Frau Schwenke. »Wir fühlten uns sofort richtig aufgehoben.«

»Welchen Eindruck hatten Sie von Frau Meyer an diesem Abend?«

»Sie wirkte gut gelaunt. Irgendwie auf Draht. Sie schwirrte überall herum und begrüßte jeden. Bestimmt wollte sie sich um alle gleichzeitig kümmern.«

»Sie war betrunken, Mama.«

»Ach, erzähl nicht so was.«

»Du warst doch selbst betrunken.«

Frau Schwenke griff nach einer der Engelfiguren. »Na ja, meine Tochter hat recht. Ich hatte eine harte Woche hinter mir und habe die Chance genutzt. Mein Mann ist gefahren, also …«

»Das kann ich verstehen«, intervenierte Linda. »Am Wochenende kann man sich endlich treiben lassen. Ist Ihnen irgendetwas Besonderes aufgefallen? Zwischen Caroline und einem der Gäste oder Angestellten.«

Julia Schwenke seufzte derart demonstrativ, dass es einer Einleitung gleichkam. »Ich glaube, Caroline ist in Ben verknallt.«

Frau Schwenke ließ von der Engelfigur ab. Eine Spur von Misstrauen zeigte sich plötzlich in ihren Augen.

»Je später der Abend wurde«, fuhr Julia unbeirrt fort, »desto mehr schwirrte sie um ihn herum. Aber er beachtete sie nicht weiter. Überhaupt hatte ich das Gefühl, er hatte keinen Bock auf die Feier.«

»Künstler!«, stöhnte Frau Schwenke, als würde das alles erklären.

»Ich glaube, sie ist deswegen zu Torsten gerannt. Sie hat sich bestimmt bei ihm ausgeheult.«

»Torsten Knaak, der Hausmeister?«

»Ja, die fette Miezekatze.« Julia lachte kurz auf. »Der redet immer so geschwollen. Wie ein schlechter Schauspieler.«

»Julia!«

»Stimmt doch. Hast du ihn mal reden gehört?«

»Nein, und du?«

»Klar«, sagte Julia. »Der ist doch überall dabei.«

»Und warum nennst du ihn Miezekatze?«, fragte Linda.

»Keine Ahnung, alle nennen ihn so.«

6

Die Nacht hatte ihm keine Ruhe verschafft. Schon während des Einschlafens waren ihm die beiden Polizisten durch den Kopf gegeistert. Am Ende hatten sie ihn sogar bis in seine Träume verfolgt.

Die blonde Kommissarin hatte den Anschein erweckt, sie würde die Menschen durchschauen. Diesen Schlag kannte er zur Genüge. Das war derselbe, der seine Stücke sah und dachte:

Der Autor hat diesen oder jenen Komplex. Ben Schilling konnte solche Denkweisen aus ihren Gebärden lesen. Zuvorderst das Mienenspiel, das Interesse vorgaukeln sollte. Dann ihre spitzfindigen Fragen, die sie mit einem Lächeln zu kaschieren suchten. Für diese Menschen war der Begriff Küchenpsychologie erfunden worden. Daneben existierte noch ein anderer Schlag: die Ehrfurchtsvollen. Der junge Kommissar gehörte offenkundig zu ihnen. Er hatte ihn angeglotzt, als verbargen sich unter Bens Haut irgendwelche Mysterien. Mysterien, die deren Meinung nach nur Künstler und Verrückte besaßen. Doch die Hochachtung dieser Leute war unstet wie die Launen eines Alkoholikers. Früher oder später kippte deren Ehrfurcht immer um in Ablehnung. Meist war das der Fall, wenn sie die Realität begriffen: Die Geheimnisse unter einer Künstlerhaut hoben sich nicht von denen anderer Menschen ab. Hätte Ben mit einem Typ sympathisieren müssen, wäre seine Wahl auf den ersten gefallen. Denn die Superschlauen hatten ihr Bild längst und würden davon kaum abrücken. Dagegen waren die Ehrfürchtigen wie dieser Kommissar mit dem Zopf unberechenbar.

Er schlüpfte in seine Jogginghose und machte sich eine Kanne Kaffee. Dann setzte er sich an den Küchentisch vor dem Fenster. Die Sicht nach Osten hin war ungetrübt. Im Radio hatten sie für das Wochenende Nebel angekündigt. Leider zu früh, hatte er beim Hören gedacht. Er wünschte sich, der Nebel würde bis zur Premiere seines Stücks warten. Die Vorstellung, ein milchiger Schleier würde das Schloss und den Erlkönig und das ganze Saaletal verhüllen, gefiel ihm. Missmutig fragte er sich, ob eine Aufführung überhaupt noch realistisch war. Der jetzige Zustand im Theater ließ nichts Gutes ahnen. Das Klima war aufgeladen wie vor einem Vulkanausbruch. Aber die Fragen lauteten nicht, ob und in welcher Stärke er ausbrechen würde. Die berechtigten Fragen hießen: *Wann* wird er explodieren? Und *was* wird er ans Tageslicht befördern? Darüber hinaus machte ihm die wachsende Reizbarkeit der anderen Sorgen. Die Bühnentechniker und die jungen Darsteller. Die fette Miezekatze. Seine Chefin und Ex-Geliebte. Als wohnten sie allesamt am Fuße des Vulkans und starrten gemeinsam zur Rauchsäule empor. *Unsere schöne Familie.*

Seiner Chefin konnte er solcherlei Zweifel nicht mehr anvertrauen. Sie starrte die Rauchsäule an, als gäbe es keine Chance auf Rettung. Manchmal glaubte er, sie sehne insgeheim die Katastrophe herbei. Aber dieser Fatalismus war ihr nicht schon immer eigen gewesen. Im Gegenteil: Früher hatte sie sich durch ihren Enthusiasmus und eine grenzenlose Zuversicht ausgezeichnet. Und obendrein hatte ihre praktische Art Türen geöffnet. Kein Fördertopf, den sie nicht hatte anzapfen können. Kein Vorstandsmitglied, das sie nicht um den Finger gewickelt hatte. Vielleicht hätte Ben ihr nicht sagen sollen, dass »Morella« seine letzte Aufführung sein würde. Zumindest seine letzte Arbeit unter ihrer Obhut. Ihm war ein Angebot vom Jungen Theater Bremen unterbreitet worden. Etwas Größeres wartete dort auf ihn, etwas mit einem größeren Budget.

»Das kannst du mir nicht antun«, hatte sie auf seine Ankündigung reagiert. »Ohne dich geht das Theater den Bach runter.«

»Deine persönlichen Ängste sollten nicht die des Theaters sein«, hatte er im ruhigen Tonfall geantwortet. »Du wirst ein anderes Requisit finden.«

Ohne Zweifel hatte sie die Doppeldeutigkeit seiner Worte sofort verstanden. Marissas Gesicht färbte sich rot, und nicht zum ersten Mal bemerkte er ihr wahres Alter. Sie war eine hübsche Frau, mit der die meisten Männer zweifellos schlafen würden. Ihre Natürlichkeit wirkte auf viele, nicht nur Männer, wie ein Zauber. Beinahe wie ein Heimkommen nach langer Reise. Zudem war sie intelligent und, wenn sie Vertrauen gefasst hatte, auch leidenschaftlich. Doch all diese Eigenschaften machten sie nicht jünger. Die Haut ließ sich nicht durch Herz und Charakter straffen. Als ihr die Argumente gegen seinen Abschied ausgingen, bemühte sie die alte Leier. Sie schrie ihn an, er könne nicht ewig davonlaufen. Er müsse sich den Tatsachen stellen. Irgendwann würde er sonst den Boden unter den

Füßen verlieren. Und dann wäre alles Weglaufen vorbei. Dann würde er einsam und hilflos in der Luft baumeln.

»Und wehe, du kommst dann angekrochen.«

Ben strich sich über den Unterarm.

»Meine Türen bleiben verschlossen. Das kannst du mir glauben.«

Ihr Ausbruch beeindruckte ihn nur teilweise. Zu oft hatte er sich ihre Drohungen anhören müssen. Immerhin arbeiteten sie seit mehreren Jahren zusammen. Marissa hatte ihm die Wohnung in der Zwätzengasse besorgt. »Komm nach Jena und lass uns zusammen arbeiten.« Das waren ihre Worte gewesen, nachdem sie das erste Mal miteinander geschlafen hatten. Daraufhin hatten sie einen Riesenerfolg und einen Achtungserfolg produziert. Beide Stücke waren von ihm inszeniert worden. Mit seinen Tränen, seinem Blut. Seinem Händchen für junge, unverbrauchte Darsteller. Einen Misserfolg hatten sie allerdings auch zustande gebracht.

Glücklicherweise gab ihr Liebesdrama nur Stoff für einen Zweiakter her. Im ersten Akt hatte sie in wilder Eifersucht seine Wohnung durchwühlt. Damals war er weniger vorsichtig gewesen, und sie hatte sein Geheimnis entdeckt. Marissa vor dem totalen Ausraster zu bewahren, hatte sein ganzes Können verlangt. Eine derart perfekte Szene war ihm später nur selten gelungen. Nach einer langen und tränenreichen Nacht hatte sie all seine Ausreden geschluckt. Sie war sogar noch näher an ihn herangerückt. Dass sie nicht ihre Sachen gepackt hatte, war ihm bis heute ein Rätsel.

Grübelnd blickte er von der Küche aus zur Couch im Wohnzimmer. Der zweite Akt ihres Liebesdramas näherte sich nun dem Finale. Er fieberte dem Probenbeginn von »Morella« entgegen. Das Stück sollte sein Abschiedskuss an dieses Theater werden, an diese Stadt, an diese Frau.

Er goss sich eine zweite Tasse Kaffee ein und trat an die Couch. Obwohl das Theater offiziell geschlossen war, würde er heute hinfahren. Edgar Allan Poe hatte gefordert, das Leben solle seine Bühne sein. Daran musste Ben oft denken. Denn längst wusste er, dass manche Menschen freiwillig am Fuße des Vulkans wohnten. Freiwillig und trotz ihres Wissens über die nahende Katastrophe.

7

Lennart Mikowski drückte die Klingel von Familie Blaschko. Gleich darauf tönte eine Männerstimme aus der Gegensprechanlage: »Ja.«

»Kripo Jena«, antwortete Henry. »Wir hatten telefoniert.«

»Ja.«

»Wir haben eine Verabredung.«

»Ja.«

»Mit Ihnen.«

»Sie wollen doch meinen Sohn sprechen, oder?«

»Eigentlich auch Sie. Es geht um die Feier …«

»Ich war nicht dort«, fiel Herr Blaschko ihm ins Wort. »Und Levin ist in der Frittenbude Karl-Liebknecht-/Ecke Schenkstraße.«

»Aha.«

»Die kann man nicht verfehlen. Der Gestank dringt bis auf die Straße.«

Ein dumpfes Klicken signalisierte, dass Herr Blaschko den Hörer der Gegensprechanlage eingehängt hatte.

»Pommes klingt ausgezeichnet.« Lennart grinste unter seiner Kapuze. »Ich lade dich ein.«

Henry schwieg.

»Auf eine Cola, okay?«, setzte Lennart nach, und Henry lächelte zaghaft.

Im zügigen Tempo liefen sie die Karl-Liebknecht-Straße entlang. Eine Tram zerschnitt beinahe lautlos die kühle Luft. Nur wenige Passanten kamen ihnen entgegen. Lennart summte eine traurige Melodie, indes Henry seinen Gedanken nachhing. Einer dieser Passanten, so sinnierte er, könnte eine giftige Tinktur im Ärmel tragen. Am Bordstein schaut der Unbekannte nach rechts und links. Vorbildlich, würde jeder Polizist meinen. Er hilft vielleicht einer älteren Person über die Straße. Auch das vorbildlich. Insgeheim hält der Täter jedoch nach seinem nächsten Opfer Ausschau. Ebenso gut könnte er höchst unauffällig in der Tram sitzen. Immer die anderen Fahrgäste im Visier, immer dem Zufall verpflichtet. Im Grunde war selbst der Junge verdächtig, den sie sogleich anzutreffen hofften. Vielleicht war Caroline Meyers Unfall nur das tragische Resultat eines Scherzes. Bisher hatten weder er noch Linda einen der Schüler als Täter in Betracht gezogen. Sie beide wussten nicht, welche Drogen den Kids heutzutage zugänglich waren. Schüler, Drogen, Scherze. Henry versuchte, die Stichpunkte ohne Hilfe seines Blocks abzuspeichern.

Lennart Mikowski deutete auf das verschmierte Ladenfenster. Hinter der Scheibe stand ein Junge mit schwarz-weißem Basecap. Die Ellbogen auf einen Stehtisch gestützt, stocherte er in einem Berg Pommes herum. Der Vater des Jungen hatte recht gehabt. Der Geruch des frittierten Fetts drang bis zur Straße heraus.

Ehe sich die Kommissare dem Jungen vorstellten, orderte Lennart Pommes und eine Cola. Dann rückten sie zu Levin Blaschko an den Tisch. Offenbar war der Junge von seinem Vater informiert worden. Er wirkte keineswegs überrascht. Neben einer Büchse Red Bull lag sein Smartphone. Selbst als Lennart das Wort ergriff, strichen Levins Finger über das Display. Ihn schien die Gegenwart zweier Polizisten nicht im Geringsten einzuschüchtern. Er berichtete frei und ungezwungen, als stünden zwei gänzlich Unbeteiligte vor ihm.

»Und welche Rolle spielst du?«, fragte Lennart.

»Einen der Sargträger.«

»Ist es eine größere Rolle?«

»Ben meint, alle Rollen sind groß.«

Sein gleichgültiger Tonfall irritierte Henry. Er fragte sich, ob der Junge überhaupt Begeisterung für das Theater hegte. Seiner Meinung nach musste man einiges an Mut besitzen, um auf der Bühne zu stehen. Er dachte an die Blicke der Zuschauer. Die

Scham wegen der körperlichen und seelischen Nacktheit sowie die immense Angst vor dem Versagen. Dann schien Lennart seine Gedanken zu erraten.

»Du machst mir nicht den Eindruck, als hättest du Bock aufs Theater.«

»Hören Sie«, begann Levin Blaschko. »Theater ist das Geilste auf der Welt. Bloß weil ich hier Pommes esse, bin ich kein Vollpfosten.«

»Das wollte ich nicht sagen.«

»Ich lerne die Texte genauso wie alle anderen.« Er wischte mit dem Finger den restlichen Ketchup vom Pappteller. »Und ich gebe mir genauso viel Mühe.«

»Entschuldige, Levin.«

»Schon gut.«

Lennart schluckte. »Ist dir auf der Feier irgendwas aufgefallen?«

»Nein.«

»Nichts Außergewöhnliches?«

»Nein.«

»Und wie war die Stimmung?«

»Feuchtfröhlich, würde mein Daddy sagen.«

»Und die Leute?«

Levin Blaschko zuckte die Achseln. »Also Ben war so still wie immer. Nur wenn wir Probe haben, ist er irgendwie cool.«

»Vielleicht ist ihm was über die Leber gelaufen?«

»Ich glaube, er mag einfach keine Erwachsenen. Deswegen verstehen wir uns ja so gut.«

»Würdest du ihn als Kumpel bezeichnen?«

»Nein, dazu ist er mir zu schwul.«

Das Gespräch mündete in Themen, die im Leben von Levin Blaschko aktuell waren. Die Schule und das neue Smartphone. Die Überlegung, sich im nächsten Jahr bei der Bundeswehr zu bewerben. Abgesehen vom Theaterspielen habe er keine Hobbys. Mit einem Grinsen offenbarte er, dass er nur der Mädchen wegen auf der Bühne stehe. Bisher laufe es in dieser Hinsicht spitzenmäßig. Als Beleg zeigte er ihnen auf seinem Smartphone die Fotos einiger Mädchen. Laut Levin alles Freunde auf Facebook. Henry erstaunte, welche Richtung das Gespräch eingeschlagen hatte. Er fragte sich, wo pubertäre Geilheit endete und Triebtätertum anfing. Wieder schoss ihm das Dreiergespann Schüler, Drogen, Scherze durchs Hirn.

Als sie ihren Müll entsorgten, meinte Levin Blaschko, die Miezekatze habe sich mit Marissa gestritten.

»Welche Miezekatze?«, fragte Henry.

»Dieser Hausmeister, oder was der sein soll.«

»Okay«, sagte Lennart, wobei er das Wort übertrieben dehnte. »Wann war das?«

»Da war es noch nicht so voll.«

»Also ziemlich früh?«

»Jep.«

»Weißt du, um was es ging?«

»Hat mich nicht interessiert. Der Typ war jedenfalls betrunken.«

Henrys Bleistift flog über seinen Block. Levin erzählte ihnen ausführlich, wie er Torsten Knaak beim Kotzen habe hören können. Auf der Toilette im Theater. »Ich glaube, der Typ hat geflennt.«

8

Im Dämmerlicht des frühen Abends erschienen Alina die Grabsteine wie bucklige Zwerge. Die goldfarbenen Inschriften wurden von der Dunkelheit allmählich ausradiert. Längst war der krüpplige Giebel der kleinen Feierhalle nicht mehr zu erkennen. Alina setzte sich auf die Bank, die sich im hinteren Teil des Ostfriedhofs befand. In ihren Ohren steckten Kopfhörer. Sie lauschte den Celloklängen von David Darling. Ben hatte ihr die Playlist zusammengestellt. Der Name des Komponisten war ihr bis dahin fremd gewesen. Im Musikunterricht hatte man ihr lediglich Mozart oder Beethoven näherzubringen versucht. Aber David Darlings Melodien entsprachen viel eher ihrer derzeitigen Gemütslage. In ihnen war nichts Pompöses, nichts, was einen aufschrecken ließ.

Der Ostfriedhof war zehn Fußminuten von ihrem Zuhause entfernt. Anderen Menschen begegnete man hier zu dieser Jahreszeit nur selten. Hin und wieder ein paar Greisen, die ihre Liebsten in stillen Selbstgesprächen betrauerten. Oder man erspähte den Gärtner mit Besen und Heckenschere. Eine Beerdigung hatte Alina noch nicht beobachten können. Für gewöhnlich tauchte sie erst bei Anbruch der Dunkelheit hier auf. Ihre Mutter wusste nichts von ihren häufigen Friedhofsgängen. Und falls sie doch etwas ahnte, konnte sie sich die Frage nach dem Warum sparen.

An einer einzigen Beerdigung hatte Alina bisher teilgenommen. Aber sie konnte sich nicht mehr daran erinnern. Sie war fünf Jahre alt gewesen. Was ein so junges Kind auf einem Begräbnis macht, rührte oft an ihrer Phantasie. Hatte sie womöglich zwischen den Steinen gespielt? Oder von fremden Gräbern die Blumen gezupft? Oder hatte sie stocksteif neben ihrer Mutter gestanden und auf die Urne ihres Vaters gestarrt?

Thomas Wagners Grabstelle lag nur wenige Meter von *ihrer* Bank entfernt. Man musste nicht davor stehen oder mühselig in die Hocke gehen. Außerdem blieb es für Fremde uneinsichtig, wem ihre Besuche galten.

Per Tastendruck sprang sie ein Lied weiter. Sie mochte die ruhigen Lieder, die dunklen und monotonen. Ihre Mutter hatte sie einmal gefragt, ob sie Depressionen habe. Als Alina hatte wissen wollen, weshalb sie das frage, war ihre Mutter sehr einsilbig geworden. Letztendlich hatte sie die Musik als Motivation herangezogen. Die Melodien seien so schwermütig, hatte ihre Mutter gesagt. Einsame Celloklänge und triste Molltöne. Nicht gerade das, was Mädchen in ihrem Alter hören sollten. Alina hatte ihrer Mutter entgegnet, sie finde die Musik einfach schön. Durch die Musik äußere sich das Gefühlsleben einer tiefen Seele. Erst später war Alina bewusst geworden, dass sie mit Bens Worten geantwortet hatte.

Sie schob sich von der Bank und schlenderte über die

schmalen Friedhofswege. Irgendjemand hatte das Grab ihres Vaters wintergerecht mit Tannenzweigen abgedeckt. Um diese Jahreszeit sehen fast alle Gräber gleich aus, stellte Alina fest. Ihrer Mutter würde es kaum gefallen, sie in einer derartigen Stimmung zu sehen. Allein und mit dieser grauenvollen Musik im Ohr. Dass sie regelmäßig das Grab ihres Vaters aufsuchte, würde ihr noch weniger gefallen.

Thomas Wagner war kein guter Mensch gewesen. So lautete das Urteil ihrer Mutter. Mehr gab sie nur selten preis. Es sei denn, sie war gleichzeitig betrunken und wütend. Oder gleichzeitig betrunken und wehleidig, was weitaus häufiger vorkam. In solchen Momenten lallte Bettina Wagner, er habe sie grün und blau geschlagen. Meistens sagte sie jedoch nicht »er« oder »Thomas«. Sie sagte stattdessen »*dein* Vater«. »*Dein* Vater hat mich grün und blau geschlagen, vergiss das nicht«, »*dein* Vater war ein brutales Schwein, damit du das weißt«, »*dein* Vater hat mein Leben auf dem Gewissen«. Immerhin habe »das Schwein« ein »anständiges Sümmchen« hinterlassen.

Thomas Wagner hatte eine mittelgroße Firma geleitet. Wagners Fliesen- und Mosaikverlegung. Die Firma hatte die Bäder und Küchen der halben Stadt gefliest. Laut ihrer Mutter hatte er gern große Töne gespuckt: »Jena hätte man nicht Lichtstadt taufen sollen, sondern Wagners Fliesenreich.« Nachdem er mit dem Auto tödlich verunglückt war, hatte ihre Mutter den Betrieb abgestoßen. Damals war Alina gerade eingeschult worden. An die Firma erinnerte sie sich ebenso wenig wie an die Beerdigung ihres Vaters.

Die Dämmerung ließ die Inschrift auf seinem Grab verschwimmen. Aber Alina konnte den Wortlaut dennoch hersagen. Ihr Gedächtnis für Texte aller Art war seit jeher beispiellos.

»Hier ruht in Frieden Thomas Wagner
In ewigem Gedenken und ewiger Liebe
Seine Familie«.

Und das alles im schönsten Blattgold auf poliertem Granit. *In ewiger Liebe* – für wen galt das? Für seine Eltern, deren Gesichter sie längst vergessen hatte? Für seinen Bruder, an den sie sich nicht einmal erinnerte? Und mit Gewissheit galten die Worte nicht für ihre Mutter. Alina selbst hatte noch nie um ihren Vater geweint. Sie verspürte aber den Drang, mit ihm zu reden. Ein richtiges Gespräch zwischen Tochter und Vater. Erst vor Kurzem hatte sie ein vergilbtes Foto von ihm im Wohnzimmerschrank entdeckt. Seine Gestalt glich darauf einem unförmigen Cello. Zudem trug er eine alte, abgewetzte Strickjacke. Und er lächelte breit. Ganz und gar nicht wie ein brutaler Schläger.

9

Team 2 der Kripo Jena hatte sich im Büro eingefunden. Lennart Mikowski hockte vor dem Computer und tippte die Aussagen des heutigen Tages ins Protokoll. Henry hielt Lindas Wiedergabe ihrer eigenen Befragung in Stichpunkten fest. Für heute stand ein letzter Hausbesuch auf dem Programm. Eine gewisse Familie Wagner, wohnhaft in Jena Ost. Sobald Linda ihren Bericht beendet hatte, wünschte sie Lennart einen schönen Abend. Henry setzte einen Punkt und folgte ihr.

Familie Wagner wohnte im Rabenstieg, am Fuße des Hausbergs. Aus der Ebene hatte man freie Sicht auf den Fuchsturm, eines der sieben Wunder von Jena. Nachdem Linda geklingelt hatte, gelangten sie durch einen Vorgarten zu dem Einfamilienhaus. Frau Wagner empfing die Kommissare mit frustrierter Miene. Sie trug ein aschfarbenes Kopftuch, was ihr Gesicht noch präsenter machte. Eine Frau mit einem derartigen Kopftuch war Linda das letzte Mal vor Ewigkeiten begegnet. Eine Zeugin von vierundachtzig Jahren, die sie in Kahla befragt hatte. Bettina Wagner war noch keine vierzig. Trotz ihres offensichtlichen Grolls ließ sich in ihrem Gesicht eine madonnenhafte Schönheit erkennen. Linda glaubte, der späte Besuch sei für ihre Missstimmung verantwortlich. Sie wusste, dass man es Zeugen nur selten recht machen konnte. Wurden sie in die KPI bestellt, maulten sie herum. Wurden sie morgens aufgesucht, grollten sie nicht weniger. Wurden sie nach der Arbeit befragt, sahen sie ihre Freizeit gefährdet. Für den Besuch der Polizei gab es keine willkommene Zeit.

Als sie ins Wohnzimmer traten, erklärte sich Bettina Wagner von selbst. »Meine Tochter hat angerufen. Sie schläft bei einer Freundin.«

»Hatten Sie sie über unseren Besuch informiert?«, fragte Linda.

»Ja, habe ich.«

»Und das war Ihrer Tochter egal?«

»Nein.« Bettina Wagner zuckte mit den Schultern. »Sie rief einfach an, und dann war nichts mehr zu machen.«

Der Verdruss über das Fernbleiben ihrer Tochter äußerte sich unverhohlen. Doch der Besuch war wohl nicht der eigentliche Auslöser für Frau Wagners Frust. Linda spürte, dass etwas zwischen Mutter und Tochter im Argen lag.

Obgleich Bettina Wagner die Beamten ins Wohnzimmer geführt hatte, bot sie ihnen keinen Platz an. Sie standen zwischen Couch und Schrankwand, als wären sie die Gäste einer Party. Als würde einer von ihnen im nächsten Moment zu tanzen beginnen. Linda fragte Bettina Wagner, welchen Beruf sie ausübe.

»Ich bin Witwe«, erwiderte Bettina Wagner.

Ihre Antwort war so einfach wie bestürzend. Aber weniger der Umstand ihrer Witwenschaft erschreckte Linda. Es war vielmehr die Betonung, mit der Frau Wagner geantwortet hatte. Linda hatte den Tonfall schon von einigen Müttern vernommen. Was machen Sie beruflich? Ich bin Mutter. Drei Wörter, die jedwedes Nachbohren zu unterbinden suchten. Die Beziehung zu einem anderen Menschen schien Aufgabe genug. Auch wenn es sich wie in diesem Fall um einen Toten handelte. Linda sah Henry den Bleistift ansetzen. In ihren Gedanken das Bild seiner akkuraten Schrift: Beruf Witwe. Punkt. Sie bemühte die Höflichkeitsfloskel vom herzlichen Beileid.

»Er ist vor neun Jahren gestorben«, sagte Bettina Wagner. »Bei einem Autounfall.«

»Und Sie waren und sind Hausfrau?«

»Nein, ich bin Lehrerin für Geografie und Sport.«

»Und an welcher Schule unterrichten Sie?«

»Ich nehme gerade eine Auszeit.«

Linda nickte. Die nächsten Worte wollten sorgsam gewählt werden. Schließlich sagte sie: »Auf Ihr eigenes Bestreben hin?«

»Auf Bestreben meiner Seele.«

»Sie sprechen von Burn-out?«

»Ja«, antwortete Bettina Wagner. »Die Lebensversicherung meines Mannes ermöglicht mir eine längere Auszeit.«

»Wie lange sind Sie jetzt zu Hause?«

»Zwei Jahre.«

Wie zur Rechtfertigung meinte Bettina Wagner, sie sei nur wegen ihrer Tochter im Theater gewesen. Seit Diagnose ihrer Krankheit pflege sie nur sporadischen Kontakt zu anderen Menschen. Für ihre vollständige Genesung sei Ruhe unabdingbar. Linda nickte verständnisvoll. Frau Wagner schritt ans Fenster und blickte hinaus in die Dunkelheit. Die Spiegelbilder der Kommissare lagen auf der Scheibe wie die flüchtigen Schemen zweier Hausgeister. Linda erkundigte sich, ob sie Caroline Meyer persönlich kenne.

»Nein«, sagte Frau Wagner. »Sie hat bloß ein paarmal angerufen, weil die Proben länger dauerten. Sie wollte mein Einverständnis.«

»Sie sind garantiert stolz darauf, dass Ihre Tochter Theater spielt.«

Statt Lindas Vermutung zu bestätigen, sagte Bettina Wagner: »Ich könnte das nicht. Ich kam schon mit dreißig Schülern nicht zurande. Stellen Sie sich mal vor, ich müsste auf einer Bühne stehen. Im Scheinwerferlicht und dazu die ganzen Leute.« Bettina Wagner wandte sich zurück ins Zimmer. »Kaum zu glauben, dass Alina meine Tochter ist.«

Linda empfand plötzlich Mitleid für diese Frau Gleichzeitig hoffte sie, Frau Wagner würde jetzt nicht zu weinen anfangen. Auf einen Gefühlsausbruch zum Feierabend konnte Linda verzichten. Dann schämte sie sich ihres egoistischen Wunsches. Sie versuchte ihr Gewissen zu beruhigen, indem sie Frau Wagner übertriebenes Verständnis entgegenbrachte. Indem sie sagte, dass der Unterrichtsraum ein viel härteres Pflaster sei als die Bühne. Aber das solle die Leistung ihrer Tochter keineswegs schmälern. Mit viel Können lenkte Linda das Gespräch wieder auf die Feier. Bettina Wagner sagte, sie habe an diesem Abend nur Augen für ihre Tochter gehabt. Sie müsse aber gestehen, dass sie diese Theaterleute bewundere. Es sei eine große Offenheit spürbar gewesen. Da werde niemand wegen seiner schiefen Nase oder seiner Schüchternheit verlacht.

In Erwartung des Klischees von der großen Familie unterdrückte Linda ein Seufzen. Der leidige Vergleich blieb jedoch aus. Sie stellte eine vorletzte Frage, die konkret auf Torsten Knaak und seine Trunkenheit abzielte. Bettina Wagner runzelte die Stirn. Auf Lindas Beschreibung hin meinte sie, ja, den habe sie gesehen. Ein großer Mann mit riesigem Schnauzer und zu kleinem Anzug. Sie habe ihn für einen Autor gehalten.

»Haben Sie gesehen, ob er mit jemandem eine Auseinandersetzung hatte?«

»Nein«, sagte Bettina Wagner. Sie habe überhaupt niemanden gesehen, der mit irgendwem aneinandergeraten war. Die Stimmung sei sehr friedfertig gewesen. Wie in einer großen Familie.

10

Ben Schilling saß in der fensterlosen Kammer, die den Schauspielern als Umkleide diente. Er hatte die Ellbogen auf die Knie gestützt, den Rücken zur Tür gewandt. Es roch nach pubertärem Schweiß und süßem Deodorant. Für ihn wurde der Geruch allmählich zu einem Aroma der Vergangenheit. Seit dem tragischen Unfall ruhten alle Werkstätten. Sämtliche Vorstellungen waren vorerst gestrichen worden. Bis zum kommenden Montag, hatte Marissa Kolp per Rundschreiben verkündet. Erst dann sollte der Alltag wieder ins Schlosstheater einziehen und mit ihm auch die Schüler und Schülerinnen. So die Hoffnung der vermeintlich Hoffnungslosen.

Inmitten seiner Grübeleien verspürte er plötzlich die Gegenwart einer Person. Er konnte sich denken, wessen Gestalt den Türrahmen ausfüllte. Neben ihm gab es nur eine weitere Person, die während der Schließzeiten durchs Theater geisterte. Doch Ben wandte sich nicht um. Stattdessen wartete er ab, was nun passieren würde.

Mit gespielter Höflichkeit klopfte Torsten Knaak am Türrahmen. Wie eine Kammerzofe, dachte Ben. Er fragte sich, ob der Hausmeister ein Idiot oder ein Komiker war.

»Ich will nicht stören …«, begann Torsten Knaak.

Allein die Einleitung ließ Ben seufzen. »Was Sie angeblich nicht wollen, habe ich bemerkt.«

Sofort sprang Knaaks Ton um. Statt der Kammerzofe meinte er nun, den Hausherrn spielen zu müssen. »Sie parken Ihr Auto wieder in der Auffahrt.« Er trat zögernd über die Schwelle. »Ich habe Sie schon des Öfteren auf die Unfallgefahr hingewiesen.«

Ben blickte über seine Schulter zur Tür. »Ich bin nicht verantwortlich für Ihre Kurzsichtigkeit.«

»Halten Sie sich zurück, junger Bursche.«

»Wenn Sie sich nützlich machen wollen, dann fegen Sie das Foyer.« Ben erhob sich vom Stuhl und besichtigte das dürftige Inventar. Die Schauspieler gingen hier ein letztes Mal ihren Text durch. Vor dem Ensemble nannte er den Raum gern die Fieberkammer. Damit spielte er auf das berüchtigte Lampenfieber an. Als er fand, wonach er gesucht hatte, wandte er sich an Knaak. »Ich glaube, der Kleiderhaken ist lose.« Er berührte ihn mit dem Finger, wackelte daran, grinste. »Könnten Sie das bitte in Ordnung bringen?«

Lässig schob er die Hände in seine Hosentasche. Dann schickte er sich an, den Raum zu verlassen. Doch Torsten Knaak gab die Tür nicht frei. Er bäumte sich nahe der Schwelle auf und fixierte Ben. Auch wenn ihm jedes Talent fehlte – die Physiognomie einer fetten Miezekatze besaß er allemal. Leider fiel Ben kein Zitat aus Tiecks »Der gestiefelte Kater« ein. Er sagte einfach: »Sie versperren mir den Weg, Herr Knaak.«

»Treiben Sie es nicht zu weit, sonst …«

»Was sonst?«

Ihre beiden Gesichter waren höchstens zwei Handbreit voneinander entfernt. Knaaks Schnauzbart hing ihm über die Lippen wie ein zerschlissener Bühnenvorhang. Unvermutet schien ihm der Text ausgegangen. Keine Antwort, keine Frechheit knallte Ben entgegen. Stattdessen bewegte sich Knaaks klobige Gestalt einen Schritt zur Seite. Ben trat hinaus und nahm den Korridor in Richtung Bühne. Auf halbem Weg stoppte er, ohne sich umzudrehen. Er lauschte, ob die Miezekatze ihm folgen würde. Nichts, alles still. Das Schloss war bis auf den Hausmeister und ihn, den Regisseur, leer. Als habe der Rote Tod alles mit sich genommen, dachte Ben in Anlehnung an Poe. Im Laufe seiner Bühnenkarriere hatte er einiges gelernt: So gab es Menschen, die spielten Theater, damit sie gesehen wurden. Und es gab Menschen, die lebten im Theater, weil es ihnen anderswo unmöglich war. Weil man sie ausgerechnet hier nicht wahrnahm. In dieser Hinsicht glich Ben der Miezekatze. Aber diese Ähnlichkeit war ihm ein Grauen. Er wünschte sich, Marissa würde Torsten Knaak kündigen.

»Ich kenne Ihr Geheimnis«, schrie ihm der Hausmeister hinterher. »Und ich werde dafür sorgen, dass das Schloss sauber bleibt.«

Ben markierte den Unbeeindruckten und lief weiter. Am Ende des Korridors trat er durch eine schwarze Tür auf die Bühne hinaus. Lediglich ein schwacher Scheinwerfer erleuchtete das Podium und den Zuschauerraum. Alle Plätze waren leer. Keine Techniker, die in ihrem Kabuff von einer größeren Bühne träumten. Keine Praktikanten, die gelangweilt mit ihren Handys spielten. Im raschen Tempo nahm Ben die Schräge empor zum Ausgang. Dann wieder die Stimme des Hausmeisters. Er musste jetzt die Bühne erreicht haben.

»Wenn der Wirrwarr stille schweigt.
Wer der Sieger ist, sich zeigt.«

Ben blieb in der Tür zum Foyer stehen. Mein Gott, dachte er. Die Miezekatze rezitiert tatsächlich aus »Macbeth«. Das Foyer lag schummrig vor ihm. Womöglich waren nicht alle Wandleuchten funktionstüchtig. Manchmal hatte Ben den Verdacht, der Hausmeister würde absichtlich einige Glühbirnen zerstören. So könne er sie später austauschen und nebenher seine Existenz gegenüber Frau Chefin rechtfertigen.

»Geben Sie es zu«, rief Knaak. »Geben Sie zu, was Sie getan haben!«

Ben spürte ein penetrantes Jucken auf seinem Unterarm. Er durfte jetzt über die Worte des Hausmeisters nicht nachdenken. Allein das Nichtnachdenken bewahrte ihn vor einer Affekthandlung. Am Vormittag hatte er noch darüber sinniert, dass sie alle im Schatten eines Vulkans lebten. Die ganze schöne Theaterfamilie. Torsten Knaak bekleidete offenbar die Rolle des Mahners. Desjenigen, der die Leute auf den Rauch hinwies, auf das Grollen aus dem Erdinneren. Aber Ben ließ sich nicht von ihm oder seinen Prophezeiungen einschüchtern. Denn der Mahner brauchte das Leben im Angesicht der Rauchsäulen. Wer würde ihm jenseits der Gefahr überhaupt Gehör schenken? Garantiert niemand, sagte sich Ben. Mit einer langsamen Bewegung drehte er sich um. Sein antrainiertes Lächeln blitzte auf, obgleich es von der Bühne wohl kaum zu erkennen war.

»Ich glaube, im Foyer ist eine der Glühbirnen defekt. Sie wissen ja, wie Ihre Aufgabe lautet.« Sein Lächeln wurde breiter. »Einen schönen Abend wünsche ich Ihnen.«

Erst nach der Verabschiedung beruhigte sich sein juckender Arm. Wie ein im Keller hausendes Niemandskind stelzte er durch das Foyer. Vorbei an der Bar, den hochgestellten Stühlen und weiter zu der zweiflügligen Tür. Er dachte an Virginia, und dieser Gedanke ließ sein Lächeln überdauern.

11

Lindas Passat hielt vor dem ehemaligen Hotel, in dem Henry wohnte. Der Plattenbau unterschied sich kaum von den Nachbargebäuden. Linda hätte unter keinen Umständen in Lobeda

Ost wohnen wollen. Sie wusste, dass Henrys Wahl seiner Vorliebe für Anonymität geschuldet war.

»Dann bis morgen«, sagte Linda und fasste nach dem Autoschlüssel. Henry löste zwar den Gurt, blieb aber sitzen. Er sagte: »Mir ist da was durch den Kopf gegangen.«

»Und was?«

»Als ich mit Lennart unterwegs war, kam mir die Idee ...«

Er stockte, worauf auch Linda ihren Gurt löste. Allein Henrys Zögern deutete an, dass es sich um eine interessante Spekulation handeln könnte. Nach zwei gemeinsamen Dienstjahren hatte Linda längst ein Ohr für die Intonation ihres Kollegen entwickelt. »Okay, ich höre.«

»Ich habe mal versuchsweise zwei Möglichkeiten ausgeklammert. Erstens, dass sie sich selbst vergiftet hat.«

»Warum?«

»Bisher gibt es keine Indizien auf Drogenkonsum.«

»Das beruht aber allein auf Frau Ulmers Aussage.«

»Ja, ich weiß.«

»Okay, weil du sie scharf findest, vertraue ich darauf.«

Henry starrte Linda entgeistert an.

»Das war nicht zu übersehen.«

Er schien in seinem Beifahrersitz versinken zu wollen. Nach einer Bedenkminute fuhr er fort: »Zweitens würde ich einen der Angestellten ausschließen. Dafür habe ich allerdings keine Erklärung parat.«

»Also worauf willst du hinaus?«

Das fahle Licht der Hausbeleuchtung drang durch das Fenster auf der Beifahrerseite. Vor dem Hintergrund glich Henrys Gesicht einer schwarzen, vom Mond verdeckten Sonne. Er sagte, nachdem man beide Möglichkeiten ausgeschlossen habe, komme nur einer der Gäste in Frage.

»Ja, die Zufallstheorie«, sagte Linda. »Die hast du schon erwähnt.«

»Nein, ich denke vielmehr ...« Und hier stockte Henry erneut. »Ich denke an einen der Schüler.«

Aus einem Reflex heraus schüttelte Linda den Kopf. Ein

Kind, dachte sie, und allein der Gedanke ekelte sie an. Das Bild ihres Sohnes begleitete diese dritte Möglichkeit. Nico, dreizehn Jahre alt, Berufswunsch Meeresbiologe. Die Darsteller von Ben Schillings Stück waren zwischen vierzehn und neunzehn Jahre alt.

Offenbar stand Linda der Ekel ins Gesicht geschrieben, denn Henry sagte: »Jesse Pomeroy hatte mit fünfzehn bereits zwei Menschen auf dem Gewissen. Nur seine Jugend hat ihn vor dem Galgen bewahrt.« Henry schwieg einen Moment, dann ergänzte er: »Und im Gefängnis war er Mitglied der hauseigenen Theatergruppe.«

Linda fröstelte. Sie versuchte, sich ihren Sohn als Giftmischer vorzustellen. Sosehr ihr auch der Gedanke zuwider war, so wenig ließ sich ein Fakt abstreiten: Die Intelligenz für eine solche Tat hatte ihr Sohn. War er jedoch auch imstande, sich K.o.-Tropfen zu besorgen? Oder welche aus gewöhnlichen Haushaltsmitteln zu mixen? Das konnte Linda nicht beantworten. Und dieser Umstand jagte ihr eine Scheißangst ein.

Letztlich sprach Henry aus, was sie nur ungern zugegeben hätte: »Wir haben beide keine Ahnung, an was Kinder heutzutage alles rankommen.«

»K.o.-Tropfen sind keine Kippen von Mama.«

»Die Zahl der jugendlichen Raucher ist rückläufig.« Henrys Stimme klang wie die eines Roboters. »Jugendliche interessieren sich heute für ganz andere Sachen. Wir sollten nicht unsere eigene Jugend als Maßstab nehmen.«

»Du hast recht«, sagte Linda leise. »Die Zeit, in der man sich über qualmende Kids aufgeregt hat, ist vorbei.«

»Eben.«

»Und wie bist du auf die Idee gekommen?«

»Die Arbeit mit Lennart hat meine Synapsen stimuliert. Wenn er mit den Kids redet, spüre ich eine Art Befremden. Ich habe mich gefragt, wie viel ich denn wirklich von den Jugendlichen weiß.«

»Wer weiß, ob wir sie richtig einschätzen können?«

»Genau, das meine ich.«

»Verdammter Mist«, seufzte Linda. »Vielleicht sollten wir uns bei Wenzel um eine Weiterbildung bemühen. Thema: eine Jugend ohne Kippen.« Sie legte den Kopf in den Nacken und wollte ihrem Sarkasmus ein Lachen folgen lassen. Aber es blieb ihr im Halse stecken. Sie musste wieder an ihren Sohn denken. Daran, dass er vorgestern bei einem seiner Kumpels übernachtet hatte. Angeblich wollten sie sich »einen Horrorfilm reinziehen« und danach »die halbe Nacht durchzocken«. Angeblich. Sie kurbelte das Fenster herunter und zündete sich eine Zigarette an. »Wenn wir die Möglichkeit ernsthaft in Betracht ziehen, sollten wir unseren Stil ändern.«

»Verstehe.«

»Wir fangen morgen damit an.«

»Gleich bei Familie Wagner?«

»Ja.«

»Ein Mädchen als Täter habe ich eigentlich ausgeschlossen.«

»Samurai Kilmer!« Linda nahm einen tiefen Zug von ihrer Zigarette. »Wenn wir unser antiquiertes Denken schon über Bord werfen, dann bitte auch die Klischeekiste.«

Sie wünschten einander einen schönen Abend, und Henry stieg aus dem Wagen. Linda beobachtete, wie sich vor ihm die elektrische Glastür öffnete. Dann entschwand er ihrem Blick. Samt Zopf, Flickenjackett und Umhängetasche. Nur seine garstige Theorie, die hatte er ihr zurückgelassen.

Statt den Wagen zu starten, schaltete Linda ihren MP3-Player ein. Sie zündete sich eine Zigarette an und wartete auf Tears for Fears. Beim Rauchen überließ sie sich ihren dunklen Phantasien. Kinder, die mit dem Feuer spielten. Eltern, die das Kinderzimmer nach verbotenen Substanzen durchwühlten. Kinder, die andere zu vergiften imstande waren.

12

Dass es vier waren, hätte er auch ohne Schulterblick sagen können. Vier Jungen in verwaschenen Jeans und blitzsauberen Turnschuhen. Drei, die sich um ein bösartiges Zentrum scharten. Einer, der das Wort führte. Das Zentrum hatte einen Namen, und der Name lautete Patrick Kramer.

Berlin Lichtenberg. Henry rannte die Münsterlandstraße hinunter bis zur Maximilianstraße. Auf dem Weg zu seinem einzigen Freund war er Patrick und seiner Clique begegnet. Sie hatten nicht lange gezögert. Noch bevor er hätte reagieren können, hatten sie die Jagd auf ihn eröffnet. Die Angst vor ihnen ließ ihn über sich hinauswachsen. Aber sie kamen schneller vorwärts, weil sie älter und kräftiger waren als er. Weil sie statt über dicken Büchern auf dem Bolzplatz schwitzten. Henry Kilmer steckte im Dilemma seines jungen Lebens.

Unversehens bot sich ihm die Chance, zwischen einigen Büschen zu verschwinden. Er schlug einen Haken nach links und huschte ins Gehölz. Vor ihm eine Mauer, über die er sich in waghalsigem Tempo hievte. Auf der anderen Seite befand sich ein Müllplatz mit mehreren Tonnen. Er schmiegte sich an die Mauer und lauschte. Seine Verfolger waren auf der Straße nahe dem Gebüsch stehen geblieben. Er konnte ihr Gemurmel hören. Patrick Kramer fluchte lautstark. Der Geruch des Abfalls begann Henrys Nase zu reizen. Vor den Mülltonnen lag wohl genauso viel Dreck wie in ihrem Innern. Braune Asche war über den Steinboden verschmiert. In der Asche Essensreste, auf den Essensresten grüner Schimmel. Daneben alte Windeln und Bierdosen. Als das Gemurmel endlich verebbte, linste Henry über die Mauer. Sie waren fort, die drei Jungen und ihr bösartiges Zentrum.

Während er ein Aufatmen unterdrückte, betrat eine nackte Frau den Müllplatz. Die Frau schob einen Tropf neben sich her. Dicke Nadeln stachen ihr in den Unterarm, dicke Schläuche ragten aus ihrer Nase. Um ihren Kopf trug sie eine schwere Bandage. Henry legte den Finger auf seine Lippen.

»Pst.«

Die Frau flüsterte, sie wolle nur den Müll wegschaffen. Henry blieb teilnahmslos an der Mauer hocken. Sie öffnete eine Mülltonne, zog von ihrem Po eine Windel und entsorgte das

Ding. Dann leerte sie den Infusionsbeutel über der Tonne aus. Sie flüsterte: »Das brauche ich jetzt nicht mehr. Es ist vorbei.«

Henry verspürte keinerlei Ekel. Er hatte vielmehr den Wunsch, der Frau zu helfen. Aber er wusste nicht, wie er es hätte anstellen sollen. Draußen auf der Straße waren vier Jungen, die ihn zum Freiwild erklärt hatten. Der Zwiespalt, der in ihm rumorte, zerrte an seinen Nerven. Vier Jungen, eine hilflose Frau und seine eigene unüberwindliche Angst. Mit leeren Schläuchen und offenen Venen verließ sie den Müllplatz.

Als Henry aufwachte, schrie er nicht, weinte er nicht, verkrampfte er nicht. Er schnappte lediglich nach Luft. Wie ein Taucher, der durch die Wasseroberfläche ans Licht drang. Aber sein Zimmer war und blieb stockfinster. Ohne den Kopf zu neigen, griff er nach dem Telefon auf der Bettkante. Sobald er das Display berührte, reflektierten seine Augen ein kühles blaues Licht. Er tippte einen Befehl, und der Name Jasmin leuchtete auf. Er überlegte, ob er sie anrufen sollte. Jetzt mitten in der Nacht, kurz nach halb vier. Er wusste, dass sie ihm das nicht verübeln würde. »Du kannst jederzeit durchrufen«, hatte sie schon mehrfach betont. »Ich meine, wenn du Probleme auf Arbeit hast oder so.« Er hatte sich für ihr Angebot bedankt, es jedoch insgeheim als unnötig abgetan. Jetzt schämte er sich seiner Arroganz. Sein Daumen hing unentschlossen über dem grünen Button. War der Schmerz so groß, dass er sich nicht allein ertragen ließ? War geteiltes Leid wirklich halbes Leid? Oder sprach aus der Redensart bloß die Hoffnung, alles im Leben könne teilbar sein? Henry wusste keine Antwort. Er legte das Handy beiseite und wartete darauf, dass das Display erlosch.

13

Ein Schwall kaltes Wasser riss ihn aus der Versenkung. Er musste abermals das Bewusstsein verloren haben. Das Wasser rann ihm über Hemd und Hose, abwärts auf die nackten Füße. Allein die hinter der Lehne gefesselten Hände blieben trocken.

Mit verschwommenem Blick starrte Ben durch die Fensteröffnung hinaus. Überall Nebel und im Nebel die Schemen gleichgültiger Bäume und Sträucher. Niemand hatte sich ihm gezeigt. Ben konnte nicht sagen, woher das Wasser stammen mochte. In der Angst, jeden Moment wieder ohnmächtig zu werden, irrte sein Blick umher.

Ringsum erhob sich grobes Mauerwerk. Kantige, von grünen Flechten benetzte Steinblöcke. Sechs oder sieben Schichten übereinander. Direkt vor ihm war die Fensteröffnung, weiter rechts ein niedriger Eingang. Bei jeder Bewegung spürte er am Hals die Drahtschlinge. Nur unter Schmerzen gelang ihm der Blick empor zur Deckenwölbung. Nirgends war das andere Ende des Seils auszumachen. Folglich musste es hinter ihm befestigt worden sein. Aber allein der Versuch, sich umzudrehen, schälte ihm die Haut vom Hals. Schon nach kurzer Zeit ließ ihn der Schmerz kapitulieren. Müde und resigniert blickte er wieder zum Fenster hinaus.

Das Programm war unverändert. Nebel, Nebel, nichts als Nebel. Die Außenwelt schien sich ihm aus purer Gehässigkeit zu entziehen. Wieder und wieder fragte er sich, was für eine grauenhafte Gegend das war. Aber es sollten Stunden verstreichen, bis er eins und eins zusammengezählt hatte. Bis er glaubte, den Ort einordnen zu können. Mit diesem Wissen verkehrte sich die Panik vor dem bösen Wolf in eine tiefere Angst: Jetzt fürchtete er den Jäger. Den gesetzestreuen Bauchaufschneider.

Donnerstag

1

»Was ich dir jetzt erzähle, darfst du niemandem sagen.«

»Okay.«

»Versprochen?«

»Ja, versprochen.«

»Dein heiligster Schwur?«

»Wenn ich's weitersage, darfst du die Sache mit Daniel ausplaudern.«

Sie waren auf dem Schulweg, und Alina betrachtete ihre Freundin verdutzt. Die Sache mit Daniel? Sie hatte nicht den blassesten Schimmer, wer das sein sollte. Geschweige denn, was *die Sache* bedeutete. Ein Daniel ging weder in ihre Klasse noch in eine der Nachbarklassen. Aber angesichts der Dringlichkeit schien ihr der Vorschlag annehmbar. Schon viel zu lange stand das Unausgesprochene zwischen ihr und Katja. Das Geheimnis würde sie in einem anderen Licht bei ihrer Freundin erscheinen lassen. So dachte Alina, und plötzlich lähmte ihr eine fiebrige Nervosität die Zunge. Sie schluckte, zauderte, öffnete die Lippen. Da fiel ihr Katja ins noch unausgesprochene Wort.

Ohne Aufforderung begann sie, von dem ominösen Daniel zu erzählen. Atemwolken pulsten aus ihrem vor Lippenbalsam glänzenden Mund. Bei jedem dritten Satz verdrehte sie affektiert die Augen. Alina hörte nur mit einem Ohr zu. Sie kämpfte unverdrossen mit dem, was ihr die Zunge lähmte. Das Unausgesprochene schien von Sekunde zu Sekunde schwerer zu werden. Sie dachte an »Morella«. Dachte ans Theater. An Caroline Meyer. Sie malte sich aus, wie sie an ihrer Stelle in einem Krankenhausbett lag und schlief. Ihre Mitmenschen reihten sich um das Bett wie bei einer Totenwache. Allesamt vergossen sie Tränen der Trauer. Ein Mann, der ihr Vater hätte sein können, kämmte ihr glattes Haar. Er war dabei sehr sanft, als bereite ihr die winzigste Grobheit böse Träume.

Katjas Gelaber zerrte Alina zurück in die Realität. Ihre

Freundin wandelte unverändert auf einem nur von Jungs bewohnten Planeten. Zunächst beschrieb sie Daniels plumpe Anmache, danach ihre Reaktion. Unterdessen fragte sich Alina, ob der Ausfall der Proben mit dem Unfall zusammenhing. Eine Rundmail von Marissa Kolp hatte alle Darsteller über die einwöchige Pause informiert. Alina hatte daraufhin Ben angeschrieben. Siebenundzwanzig Mails seit letztem Samstag. Doch eine Antwort war bislang ausgeblieben. Als wäre sein Postfach außer Funktion oder schlimmer: als ignorierte er ihre Nachrichten? Wenn sie jetzt daran dachte, hasste sie ihn. Sie malte sich nicht mehr aus, wie sie einer Toten gleich in einem Krankenhausbett lag. Nun wünschte sie sich sogar hinein und alle Besucher hinfort. Denn er allein sollte vor ihr knien und um Verzeihung bitten. Ben allein.

»Und dann habe ich Daniel geküsst«, erzählte Katja. »Er küsst wie ein Frosch. Ich denke, ich sollte ihn abschießen.«

»Dein Daniel geht mir am Arsch vorbei«, fuhr Alina dazwischen und erschrak selbst über ihren schroffen Kommentar.

Katja stoppte abrupt. Ihr blonder Pony schnitt wie ein Sensenblatt unter ihrer Wollmütze hervor. Ihre großen Kulleraugen waren mit Entsetzen erfüllt. Aus ihrem Blick tönte das Hassvokabular ganzer Mädchencliquen, aber sie sagte kein Wort.

»Das wollte ich nicht.« Alina stockte. »Es … es ist einfach aus mir herausgeplatzt.«

»Hat deine Mutter wieder Depressionen?«

Der plötzlich sensible Ton ihrer Freundin traf Alina noch härter als ihr Blick. Diesen Ton hatte sie nicht erwartet. Nicht von Katja Strobel.

»Irgendwas ist mit dir«, beharrte ihre Freundin. »Deine Ausbrüche sind doch nicht normal.«

»Kann sein.«

»Du bist der ruhigste Mensch, den ich kenne. Wenn du mal laut wirst, dann schwärmst du vom Theater.«

»Rede nicht vom Theater!«

»Warum nicht? Ich wollte ohnehin mal mitkommen.«

Katjas Ankündigung schnürte Alina die Kehle zu.

»Ich würde bestimmt eine gute Julia abgeben.« Katja präsentierte sich als Prinzessin, indem sie einen Knicks andeutete. »Oder eine … wie hieß sie doch gleich?«

In Alinas Brust hockte ein Schrei und gierte nach Luft. Ein Schrei, der von ihrer verschnürten Kehle blockiert wurde.

»War das nicht irgendwas mit M? Morta… Morta…«

Und dann öffnete sich Alinas Kehle gleich einem unter Druck stehenden Fass. »Sie heißt Morella, du blöde Kuh!«

Sie drehte sich um und rannte den Rabenstieg hinauf. Ließ ihre Freundin zurück, mit ihren Daniels und Marcels und wie sie alle heißen mochten.

2

Frank Wenzel, Leiter der KPI, thronte hinter seinem Schreibtisch und wartete auf Antworten. Neuerdings pflegte er die Marotte, mit dem Lineal seine Nagelhaut zu bearbeiten. Bei Wenzel hatten die Marotten Methode.

»Bisher läuft alles mies«, wiederholte Linda. Sie saß neben Henry und rang sich halbgare Erklärungen ab. Im Grunde ging ihr das ganze Theater um Caroline Meyer gegen den Strich. Nicht dass sie kein Mitleid mit dem Opfer hatte. Aber Wenzels Druck war eindeutig der gesellschaftlichen Stellung von Meyers Familie geschuldet.

»Eigentlich kommt jeder als Täter in Frage«, fuhr Linda fort. »Selbst unter den Schülern kann sich ein Irrer befinden. Wir ermitteln praktisch in alle Richtungen.«

»Ihr Vater will Ergebnisse sehen, das brauche ich Ihnen nicht vorzubeten.«

»Hat sich der Herr Vater auch mal gefragt, ob seine Tochter ein Drogenproblem hat?«

Sobald Henry und Linda in Wenzels Büro waren, führte sie das Wort. Nicht meistens oder oft, sondern immer. Sie und Wenzel kannten sich lange genug, um das Säbelrasseln des anderen erdulden zu können.

»Die Theorie ist vom Tisch, kapiert?« Wenzel hatte das erste Mal von seinen Nägeln aufgeschaut.

»Und wann dürfen wir Familie Meyer befragen?«

»Darum werde ich mich persönlich kümmern.«

Linda horchte auf. Wenzel wollte sich persönlich kümmern. Das hatte sie zum letzten Mal während der Ermittlung in der rechten Szene erlebt. Damals waren einige Köpfe gerollt, und Linda wusste, dass es viel zu wenige gewesen waren. Die ganze Ermittlung hatte sich sehr fragwürdig und undurchsichtig gestaltet. Ihrer privaten Meinung zufolge dank Wenzel.

Mit dem Lineal auf seinen Oberschenkel klopfend, fixierte er Henry. »Wie bewerten Sie eigentlich die Sache?«

Linda nickte Henry zu, der darauf seinen Block öffnete. Sein Gedächtnis funktionierte einwandfrei, vielleicht sogar besser als jedes andere. Der Block war ihm eine Art Schild, das hatte sie längst bemerkt.

»Bei Eisenach hat es vor Monaten einen ähnlichen Fall gegeben«, berichtete Henry. »Eine junge Frau, war mit dem Auto unterwegs gewesen. In einem Anfall plötzlicher Müdigkeit hatte sie am Straßenrand gestoppt und den Notarzt alarmiert.«

»Und?«, grummelte Wenzel.

»Es hatte sich Liquid Ecstasy in ihrem Blut gefunden.«

»Interessant.«

»Aber die Ermittlungen sind ins Leere verlaufen. Sagte zumindest das hiesige Kommissariat.«

»Ich hoffe, Sie haben denen nicht unser Problem dargelegt.«

Henry schüttelte auf Art braver Lämmer den Kopf.

Linda betete, dass Wenzel ihren Kollegen nicht in die Mangel nehmen würde. Ansonsten käme Henry wohl in Versuchung, seine Zufallstheorie auszupacken. Und die klang bekanntlich nach Serientäter und Serientäter nach medialer Aufmerksamkeit, was wiederum nach Ärger klang. Ärger und Stress, ausgelöst in Frank Wenzel und abgeladen auf den Schultern zweier Kommissare.

3

Ohne Schuhe und Jacke auszuziehen, setzte Ben sich auf die Couch. Unter der Dachschräge herrschte stetes Halbdunkel. Es gab keinen Sonnenstand, der den Winkel hätte erhellen können. Dementsprechend war es unmöglich, von einer anderen Wohnung aus diese Stelle einzusehen. Ben liebte seine geheime und doch so öffentliche Sitzecke. Oft dachte er daran, was auf dieser Couch schon alles geschehen war. *Süße Erinnerungen*, würde es in einem kitschigen Liebesroman heißen. Nur erzählten diese Romane nicht von solchen Sachen. Niemals.

Er schob den Laptop auf seine Oberschenkel und lehnte sich zurück. Eine leichte Nervosität verursachte ein Kribbeln in seiner Armbeuge. Seit seiner Kindheit litt er unter einer aggressiven Form von Neurodermitis. Die Bilder seiner aufgekratzten Haut waren Teil seiner frühesten Erinnerungen. Heute waren diese Bilder eng mit dem Bild seiner Mutter verknüpft. Seine Mutter war über die Jahre zu dem Gesicht der Krankheit geworden.

Oft hatte sie ihn dazu getriezt, langärmlige Kleidung zu tragen. Auch im heißesten Sommer, auch in der Schule. Die Erzieher hatten ihn wiederum gewarnt, er schwitze sich tot. Wenn er sich die Ärmel dann nicht hochkrempelte, folgte deren Totschlagargument: Sie seien wie immer unterbesetzt. Niemand habe die Zeit, mit ihm wegen eines Sonnenstichs ins Krankenhaus zu fahren. Das sei verantwortungslos gegenüber den anderen Kindern. Also könne er sich entscheiden: entweder die Ärmel hoch oder ab in den Schatten. Zum Beispiel dort unter den Baum. Oder gleich hinter die Bank, von der aus die Erzieher ihre Schäflein hüteten. Natürlich entschied sich Ben für das Hochkrempeln. Er war damals zehn Jahre alt. Wie die meisten Kinder hatte er Freunde. Zumindest gab es im Hort Kinder, die mit ihm spielten. Also hielt er sich zwischen ihnen auf, im heißen Sand, in der brütenden Sonne. Doch sich dem schützenden Schatten zu verweigern, machte alles nur schlimmer. Die anderen Kinder sahen, wie er sich die gereizte Haut erst schubberte, dann aufkratzte. Sie reagierten mit *Igitt* und *Vorsicht. Bitte, berühre mich nicht. Ich will nicht so was kriegen.* Irgendwann bereute Ben seine frühere Entscheidung. Er wählte neu, wählte diesmal den Schatten. Den Zuschauersaal. Das Leben hinter der vierten Wand. Derweil seine Mitschüler auf der Bühne tobten und fröhlich waren und das Licht genossen.

Ben öffnete ein Fenster und loggte sich in sein E-Mail-Konto. Sein Pseudonym war Prospero, eine Figur aus Poes Erzählung »Die Maske des Roten Todes«. In der Geschichte verschuldete Prinz Prospero durch Dummheit und Arroganz seinen eigenen Tod. Für Ben symbolisierte der Name eine Mahnung zur Vorsicht. Schaue dir die Leute genau an, die du in deine Gemächer einlädst. Gib acht, wem du Einblick in deinen Kopf gewährst.

Prospero bekam nur von einer Person Nachrichten. Niemand außer Virginia hatte diese spezielle Mail-Adresse. Für Ben war es praktisch, und Virginia fühlte sich ob dieser Sonderstellung geehrt. Noch immer in Jacke und Schuhen, streckte er die Beine unter den Couchtisch. Was er dann las, überraschte ihn.

Anscheinend hatte sich Virginias Ton gewandelt. Zu Beginn hatte sie ihm gedroht: Er solle sich melden. Wenn nicht, bleibe sie dem Theater fern. Sie hatte die Geschütze der enttäuschten Geliebten aufgefahren. Ein Verhalten, das offenbar kein Alter kannte. Doch jetzt war ihr Ton umgeschlagen, und das gefiel ihm. Während er die Nachricht das zweite Mal las, musste er lächeln.

Sie habe über alles nachgedacht. Und vielleicht habe sie überreagiert. Sicherlich sei das alles nicht so dramatisch. Sie wolle ihn unbedingt treffen.

Ihre Worte kamen ein wenig durcheinander daher. Aber eine andere Reaktion hatte er von ihr auch nicht erwartet. In ihrem Kopf musste ein großer Zwiespalt herrschen. Eigentlich tat sie ihm leid, und das schürte in ihm eine tiefe Zärtlichkeit.

Das Kribbeln in seiner Armbeuge wanderte seine Elle entlang. Die Innenseite seines Unterarms reagierte immer besonders empfindlich. Noch ehe Ben seinen Entschluss hätte durchdenken können, tippten seine Finger eine Antwort. Er wolle sich mit ihr treffen. Dort, wo der Hund begraben liegt.

Morgen schon. Mit steigender Anspannung überflog er seine Worte. Virginia würde den Namen ihres geheimen Treffpunkts zu deuten wissen. Die Erinnerung an ihr letztes Treffen beflügelte seine Phantasie. Er spürte, wie sich sein Penis gegen den Hosenstoff stemmte. Er dachte an Prinz Prospero und all die Gefahren, die um ihn lauerten. Das Risiko, dem er sich aussetzte, musste wohlkalkuliert sein. Er rieb den Jackenärmel über seinen Unterarm. In Zeiten der Pest durfte man keine Feste feiern, sagte er sich. Das wäre dumm und arrogant.

Mit einer gehörigen Portion Unwillen löschte er die Nachricht. Er hatte entschieden, sie warten zu lassen. Dann öffnete er einen Ordner, der ihren Namen trug. Virginia. Das war der Name von Poes dreizehnjähriger Cousine und Ehefrau. Er hatte ihr das Pseudonym für den Mail-Verkehr vorgeschlagen. Er klickte sich in ein Fotoalbum und suchte sein Lieblingsbild. Für ein derartiges Bild wanderte man in Deutschland nicht ins Gefängnis. Er wusste genau, was in diesem Staat erlaubt war und was nicht. Die Dinge, die das Bild *nicht* zeigte, stimulierten ihn. Er hatte bereits gesehen, was er nicht sehen durfte. Kein Gericht der Welt würde ihm diese Erinnerung mehr nehmen können. Er klemmte sich den Bund seiner Boxershorts hinter die Hoden und begann zu onanieren. Nach einer Weile senkte er die Lider. Seine Erinnerung genügte nun vollends. Auch ohne das Bild eines leicht bekleideten Mädchens.

4

Henry fragte sich, was Alina Wagner für ein Mensch war. Erst gestern hatte er ihre Mutter kennengelernt. Und heute hatten die Kommissare, um das Mädchen zu befragen, das Angergymnasium aufgesucht. Doch anstelle von Alina stand nun ihre Freundin vor ihnen.

Katja Strobel behauptete, Alina sei einfach weggelaufen. Weiterhin meinte sie, den Unterricht zu schwänzen sähe ihr nicht ähnlich. Alina gelte als vorbildlich. Sie sei eine Einserkandidatin, eine Musterschülerin und – das sagte sie hinter vorgehaltener Hand – eine Streberin.

In seiner Jugend hatte Henry oft dem Unterricht fernzubleiben versucht. Er hatte sich im Bett ausgemalt, wie er anstelle der Schulbücher seine Mörderbücher las. Wie er statt binomischer Formeln seine getrockneten Pflanzen studierte. Wie ein mürrischer Patrick Kramer die Gegend vergebens nach ihm abkämmte. In seiner Lieblingsphantasie hatte er einen geheimnisvollen Killer auf seinen Peiniger gehetzt. Einen, der Patrick in aller Kunstfertigkeit quälen würde. Letztlich war Henry jedoch immer zur rechten Zeit aufgestanden. Punkt sieben hatte er sich zum Frühstücken in der Küche eingefunden. Seine Mutter hatte zum Kaffee ihre erste Zigarette gequalmt. Der Tee war bereits aufgebrüht, seine Pausenbrote bereits geschmiert worden. Henry Kilmer hatte nie geschwänzt, weil er zu feige gewesen war.

Linda lief den Schulflur entlang und telefonierte mit Frau Wagner. Katja beteuerte gegenüber Henry, sie wisse nicht, wo sich ihre Freundin aufhalten. Sie reagierte im ständigen Wechsel zwischen Sorge und unverhohlener Sensationsgier. Ihr Mienenspiel wirkte auf Henry bühnenreif. Nebenher bemerkte er, dass Linda das Telefonat sichtlich schwerfiel. Offenbar wusste Frau Wagner ebenso wenig, wo Alina steckte. Mit sanfter Stimme versuchte Linda die Frau zu beruhigen. Nein, was passiert sei, könne sie nicht sagen. Sie sei einfach weggerannt. Aber keine Sorge, das sei bei Teenagern keine Seltenheit. Abschließend versprach Linda, sich zu melden, sobald sie neue Informationen habe.

Die Kommissare waren noch nicht aus dem Schulgebäude, als ein Junge sie anquatschte. Röhrenjeans, dicke Hornbrille, und seinen Rucksack trug er auf dem Bauch. Das Musterbeispiel eines Außenseiters, dachte Henry. Dann korrigierte er sich: früher vielleicht ein Außenseiter. Was der Typus heute darstellte, vermochte er nicht zu sagen.

»Versuchen Sie's mal auf dem Friedhof«, sagte der Junge.

»Meinst du den Ostfriedhof?«, hakte Linda nach.

»Ich meine *den* Friedhof«, sagte der Junge und drehte sich

um, rannte den Flur hinunter und verschwand. Henry betrachtete Linda, die nur mit den Schultern zuckte. Eigentlich gab es keinen Grund, dem Hinweis des Jungen nicht nachzugehen.

5

Torsten Knaak schloss die Tür zum Büro seiner Chefin auf. Er trat ein und ließ den Blick rundum schweifen. Sämtliche Poster und Aushänge waren ihm vertraut. Bei jeder dieser Vorstellungen hatte er im Zuschauerraum gesessen. Er hatte hier vor Marissa Kolp für Ordnung gesorgt und würde es auch nach ihrem Abgang tun. Denn der Mann für alles war in Wirklichkeit der Herr des Schlosses.

Er setzte sich an Marissa Kolps Schreibtisch und lauschte in die Stille. Das Haus war leer und würde leer bleiben. Die einzige Person, die diesen Frieden hätte durchkreuzen können, sollte seinen Gedanken fernbleiben. Insbesondere jetzt, während er nach dem Telefon langte.

Jeden Morgen um die gleiche Zeit rief er bei sich zu Hause an. Mal aus dem Büro, mal aus seinem Kabuff. Die Wahl des Ortes wurde allein von Marissa Kolps An- oder Abwesenheit beeinflusst.

»Und?«, fragte seine Frau.

»Still wie ein Muschelhorn«, antwortete er.

»Das freut mich.«

»Ja, die Ruhe ist ein Segen.«

»Das glaube ich dir. Nach all der Aufregung …«

Torsten Knaak seufzte wehmütig. Letztes Jahr hatten er und seine Frau Rubinhochzeit gefeiert. In trauter Zweisamkeit hatten sie unter einer Weide am Saaleufer gesessen. Im Picknickkorb eine Flasche alkoholfreien Sekt. Ihnen war eine freie Sicht auf den Jentower und die von ihm geliebte Kirche Sankt Michael vergönnt gewesen. Ein Leben ohne Eva Maria mochte sich Torsten nicht vorstellen. Er brauchte sie, wie er sonst nur das Theater brauchte.

»Hast du mit ihm gesprochen?«, fragte sie behutsam.
»Mmh.« Er druckste herum.
»Du musst, Torsten.«
»Ich weiß.«
»Es wird dich früher und später kaputtmachen.«
»Ja, du hast recht.«
»Dann nimm deinen Mut zusammen.«
»Gleich morgen, versprochen.«
Dann wechselte seine Frau das Thema. Sie erzählte ihm von einer Gartensendung, die im Fernsehen gelaufen war. Darin habe es geheißen, Schwarzwurzel könne man auch Ende Oktober aussäen. Torsten konzentrierte sich auf die Worte seiner Frau. Nichts half ihm mehr, seine dunklen Gedanken zu zerstreuen. Eva Marie war sein Lebenselixier und Gegengift. Nach zehn Minuten hängte er ein und verließ das Büro.

Er stieg die Treppe hinunter und schlenderte ins Foyer. Dort schob er seine stämmigen Arme auf den Tresen und sinnierte vor sich hin. Schwere Vorwürfe polterten in ihm. Solcherlei Vorwürfe, die allenfalls seine Frau hätte besänftigen können. Aus der Stille des Hauses presste sich ein Gemurmel, wie es manchmal im Publikum rumorte. Es war ihm unerträglich, und er floh hinter den Tresen. Erst gestern hatte er der Barbeleuchtung eine energiesparende LED-Birne verpasst. Ohne sein wachsames Auge, so dachte er bisweilen, würde das Theater längst rote Zahlen schreiben. Denn seine Chefin war blind auf beiden Augen. Sie belohnte den falschen Mann mit Dankbarkeit und Treue. Er bückte sich und öffnete das Vorhängeschloss am Kühlschrank. Einen einzigen Schluck wollte er sich gönnen. Ein Gläschen von dem klebrigen Kräuterlikör, den sie ohnehin nicht verkauften.

Beinahe zwanzig Jahre lang hatte er keinen Tropfen angerührt. Seine Abstinenz und auch die seiner Frau war seiner Krebserkrankung geschuldet. Nach einer erfolgreichen Behandlung hatten beide dem Alkohol abgeschworen. Sie hatten einander einen Schwur geleistet, der ihnen nicht weniger bedeutete als ihr Ehebund. Auf diese Weise wollten sie dem

Schicksal danken. Für eine neue Chance, für ein weiteres Leben. Gleichwohl hatten sie ihre Abstinenz nie an die große Glocke gehängt. Seines Erachtens war den Theaterleuten weder seine Leidensgeschichte noch deren Konsequenz bekannt. Als er auf der Feier getrunken hatte, schien das niemanden erstaunt zu haben. Außerdem war er nicht der Einzige gewesen, der kaum noch geradeaus hatte gucken können. Selbst die sonst so vernünftige Caroline war aus ihrer Rolle gefallen.

Aber das alles war angesichts seiner Lüge nebensächlich. Noch während der Feier hatte er mit seiner Frau telefoniert. Die Veranstaltung würde sich wohl in die Länge ziehen. Er würde im Theater übernachten müssen. Unten in seinem Kabuff. Einsam, doch pflichtbewusst. Schließlich sei er der Hausmeister und habe somit die Schlüsselgewalt. Eva Marie hatte nicht nachgehakt. Mitnichten hätte sie seine Verantwortung gegenüber den Räumen angezweifelt. Das war ihm klar gewesen. Umso schmerzlicher hatte ihn ihre tatsächliche Sorge getroffen: dass es zu einer Konfrontation zwischen ihm und Herrn Schilling käme.

Dieser Bursche tat alles Erdenkliche, um dieses schöne Schloss mit seinem Gift zu zersetzen. Nur deshalb hatte Torsten den Schwur gebrochen und griff immer wieder zur Flasche. Furchtsam wie ein verwundeter Kater kauerte er nun hinter der Bar. Er schützte sich vor den Blicken einer Welt, für deren Erhalt er sich verantwortlich fühlte. Mit einem schlechten Gewissen hob er das Gläschen unter die Nase.

6

Die Kommissare saßen schweigend im Auto, während Tears for Fears das Jahr des Messers beschworen. Der Passat parkte in der Auffahrt zum Ostfriedhof. Als Henry nach seiner Umhängetasche langte, ergriff Linda das Wort. Sie sagte, sie wolle allein mit dem Mädchen reden. Irgendwie habe sie das Gefühl, sie könne ohne ihn mehr ausrichten. Dann ergänzte sie, er brauche keinen Film zu schieben. Es läge nicht an seinen Verhörkünsten. Als so junges Mädchen hätte auch sie selbst von einer Frau befragt werden wollen. Einen anderen Grund gebe es nicht.

Henry nickte und zog aus der Tasche *seine* Akte. Linda verstand die Geste. Als sie nach ihrem Feuerzeug suchte, deutete er auf die Ablage unter dem Radio. Sie zwinkerte ihm zu und verließ das Auto.

Draußen schlug Linda den Kragen ihrer Lederjacke hoch. Obschon der Wind nur schwach wehte, lag in der Luft eine schneidende Intensität. Hinter vorgehaltener Hand entfachte sie eine Zigarette. Sie trat durch das eiserne Tor und nahm die Anhöhe vorbei an Gräbern und hüfthohen Hecken. Sie entdeckte Alina Wagner im Schatten zweier Kiefern, sitzend auf einer Bank. Noch ehe sie das Mädchen erreicht hatte, trafen sich ihre Blicke.

»Hallo, Alina«, sagte Linda und lächelte.

»Hallo.«

Es klang, als würden sich Tante und Nichte in gespielter Zufälligkeit treffen. Möglicherweise auf einer Familienfeier, wo niemand echtes Interesse für ein pubertierendes Mädchen zeigte. Linda fragte, ob sie sich setzen dürfe. Das Mädchen erwiderte, es sei nicht ihre Bank. Jeder könne sich setzen, wohin er wolle. Schließlich sei das ein Friedhof, und Friedhöfe seien für alle Menschen da. Alinas Stimme verriet weder Desinteresse noch Begeisterung über das Auftauchen der Kommissarin. Sie sprach gerade so, als sage sie lediglich, was ohnehin gesagt werden musste. Linda bedankte sich und rückte auf die Bank.

»Hast du was dagegen, dass ich rauche?«

»Petzen Sie's meiner Mutter, wenn *ich* rauche?«

Linda lächelte nun weniger aus Höflichkeit. Das Mädchen zündete sich eine Zigarette an und inhalierte zaghaft. Selbst ein Laie musste erkennen, dass sie Backe rauchte. Der Qualm blähte in hellen, formlosen Wolken aus ihrem Mund. Das hatte nichts von einem Lungenzug.

Linda strich die Asche an der Bank ab und fragte, ob sie oft hier sei.

»Ja.« Alina wies nach links auf einen Grabstein. »Da liegt mein Vater.«

»Das tut mir leid.«

»Danke.«

»Mein Vater ist auch schon tot.«

»Interessant«, sagte Alina sarkastisch. Und schwenkte abrupt um: »Sie sind wegen Caroline hier, oder?«

»Nicht nur.«

Linda bemerkte, dass Alina ihr Gesicht kaum merklich abwandte. Eine Flucht gepaart mit einem Aufhorchen. Meist ließ sich ein solches Verhalten beobachten, sobald unangenehme Wahrheiten an die Tür klopften. Einerseits will der Befragte nichts freiheraus absegnen. Andererseits will er über den Informationsstand des Gegenübers Bescheid wissen. In dieser Phase eines Verhörs musste sich ein Polizist vage halten. Bestenfalls vermochte er dem Zeugen zu suggerieren, man sei nicht ahnungslos.

»Glaubst du, dass es richtig war?«, fragte Linda unbestimmt.

Alinas Wangen färbten sich rot. Zögerlich schüttelte sie den Kopf.

»Andere Menschen machen sich Sorgen.«

»Niemand macht sich Sorgen.«

»Das glaube ich nicht.« Linda neigte sich zu dem Mädchen hinüber. »Deine Freundin Katja schien sehr besorgt zu sein.«

»Die schnallt doch nichts.«

»Was schnallt sie nicht?«

»Eben alles.«

»So wirkte sie nicht.«

»Die hat bloß Jungs im Kopf. Wenn die wüsste …« Alina verstummte.

»Wenn sie *was* wüsste?«, fragte Linda vorsichtig.

»Nichts.«

Alina senkte das Kinn auf ihre Brust. An der Manteltasche zeichnete sich ihre zur Faust geballte Hand ab. Linda wiederholte ihre Frage, doch Alina machte nicht den Eindruck, antworten zu wollen. Sie blieben nebeneinander sitzen, verschwiegen und lauernd zugleich. Als hätte die Tante ihrer Nichte das Geheimnis einer heimlichen Liebe entlockt. Nach einer Weile fragte Linda: »Du meinst, wenn sie das mit deiner Mutter wüsste?«

»Wieso meine Mutter?«

»Dass sie psychische Probleme hat und nicht mehr arbeiten kann.«

Bei dieser Antwort huschte ein Ausdruck der Verwirrung über Alinas Gesicht. Mit gesenktem Kopf murmelte sie: »Ja, wegen meiner Mutter.«

»Auch kranke Mütter sorgen sich um ihre Kinder.«

»Ja, okay.« Alina linste zur Kommissarin hinüber. Es sah so aus, als wollte das Mädchen Lindas Reaktion prüfen. »Ich renne nicht mehr weg. Versprochen.«

»Gut«, sagte Linda. »Dann ist das geklärt.«

»Mehr wollten Sie nicht?«

Und Linda erzählte ihr von dem gestrigen Besuch. Das Mädchen erwähnte mit keinem Wort, dass sie bei ihrer Freundin übernachtet hatte. Für Linda hatte die Information auch jede Relevanz verloren. Wichtig war, dass das Mädchen jetzt neben ihr saß. Dass sie ihr die Fragen stellen konnte, die sie gestern hatte stellen wollen. Also erkundigte sie sich, ob auf der Party irgendetwas Ungewöhnliches vorgefallen sei.

»Alle waren wie immer«, antwortete Alina.

»Kein Streit oder so?«

»Nein.«

»Und macht das Schauspielen Spaß?«

»Ja.«

Linda entsann sich der Worte einer anderen Darstellerin. Sie sagte: »Herr Schilling ist bestimmt ein sehr leidenschaftlicher Regisseur.«

Alinas Brustkorb hob und senkte sich deutlich unter ihrem Mantel. Für einen Moment glaubte Linda, das Mädchen atme heftiger. Sie erinnerte sich an Frau Wagners Kommentar bezüglich der Theaterleidenschaft ihrer Tochter. *Kaum zu glauben, dass Alina meine Tochter ist.* Das hatte Frau Wagner gesagt. Und Linda hatte sich eine enthusiastische Schauspielerin von vierzehn Jahren vorgestellt. Wild, freidenkerisch, ein bisschen vorlaut. Kaum das Porträt, das Alina Wagner zeichnete. Das Mädchen schien weder für den Regisseur noch für das Theater im Allgemeinen zu schwärmen. Dieses Verhalten befremdete Linda.

»Warum spielst du nicht im Schultheater?«, fragte sie.

»Weil da die anderen spielen.«

»Die anderen?«

»Meine Mitschüler.«

»Und die kannst du nicht leiden?«

»Kennen Sie den Spruch: Für jeden Topf gibt's einen passenden Deckel?«

»Es geht also um Jungs?«

»Ich rede vom Theater«, sagte Alina in altkluger Manier. »Die einen gehören auf die Schulbühne, ich gehöre ins Schlosstheater.«

»Und was ist dort anders?«

»Keine Ahnung.«

»So ein Schloss macht schon was her.«

Alina sagte nichts.

»Außerdem hat das Theater einen berühmten Regisseur?«

Alina hob die Zigarette, die sich allmählich selbst vertilgte, zum Mund. Die flüchtigen Rauchwolken bezeugten ihre hektische Atmung.

»Und Katja?«, fragte Linda. »Wo gehört die hin?«

»Für die ist jede Bühne zu klein.«

Linda brauchte nicht weiter zu bohren. Sie konnte sich mittlerweile ausmalen, welcher Konflikt Alinas Leben belastete. Das arme Kind wird es später nicht leicht haben, sinnierte sie. Irgendwann wird Alina zu alt sein für das Jugendtheater Thalstein. Sofern sich dann keine neue Bühne anbot, bliebe nur eine einzige übrig: das richtige Leben. Die Bühne der Katjas, der Schönen und Beliebten. Ein Streif von Alinas Zigarette löste sich und zerstob über der schwarzen Friedhofserde.

7

Linda kam mit Alina die Anhöhe zur Auffahrt herunter. Henry tat, als wäre er in seine Akte vertieft. Während Linda die Wagentür öffnete, riet sie dem Mädchen, heimzugehen.

»Ja, machen Sie sich keine Sorgen.«

»Ich werde bei euch zu Hause anrufen.«

»Nicht nötig. Ich beeile mich.«

Henry folgte dem Mädchen im Rückspiegel, bis sie zwischen den Häusern verschwand. Linda hatte sich mittlerweile angeschnallt. Sie bat ihn, bei Lennart durchzurufen.

»Der müsste im Büro sein«, entgegnete Henry.

»Ja, ich weiß«, sagte Linda. »Er soll alles über unser Wunderkind raussuchen.«

»Alina Wagner?«

»Nein, Ben Schilling.«

Henry schaute Linda verdutzt an, doch seine Kollegin starrte in Richtung Friedhof. Sie machte keinerlei Anstalten, ihren Beweggrund zu erläutern. Nachdem er Lennart unterrichtet hatte, gab ihm Linda das Gespräch zwischen ihr und Alina Wagner wieder. Nach ein paar Sätzen stockte sie. Ihre Pupillen hoben sich, und Henry konnte das Weiß in ihren Augen sehen. Er ahnte, dass sie in diesem Moment nach den richtigen Worten forschte. Derartige Situationen waren ihm bestens vertraut. Der Blick zur Zimmerdecke, das Knabbern an der eigenen Unterlippe. Augen, die einen Fixpunkt suchten. Zweifellos wollte sie einen Verdacht äußern, der sich nur mit Hilfe der Intuition begründen ließ. Es war stets die gleiche Misere in der Polizeiarbeit. Für den Umgang mit dem Bauchgefühl gab es kein Handbuch, keinen Leitfaden.

»Mir fehlen die Worte, aber …« Lindas Blick blieb nach draußen gerichtet. »… irgendwie gefiel mir ihre Reaktion nicht.«

»Wann?«

»Als ich den Regisseur erwähnt habe.«

»Meinst du, sie hat an dem Abend etwas gesehen?«

»Vielleicht.« Linda zuckte mit den Schultern. »Vielleicht auch nicht.«

»Dass sie gerade Probleme hat, ist offensichtlich.«

»Da ist noch was anderes im Busch.«

»Und was sagt dir deine Intuition?«

Linda wandte sich zum Beifahrersitz. »Ich denke, sie ist in Ben Schilling verknallt.«

8

Ben betrat das Café Immergrün in der Jenergasse. Die schummrige Atmosphäre weckte in ihm alte Erinnerungen. Dort das bordeauxrote Sofa, auf dem sie ihre Beine um die seinen geschlungen hatte. Hier der Tresen, an dem sein Kopf vor lauter Selbstzweifel zwischen ihre Brüste gesunken war. Mit betrübter Miene schob er die Erinnerungen beiseite. In ihm schlummerte die Gewissheit, das Treffen würde nicht anders ablaufen als die vorherigen. Marissas Stimme echote bereits in seinem Gedächtnis. Ihre immer gleichen Fragen würden nach Antworten verlangen, die fern der Wirklichkeit lagen. Er war es leid, ihr die Wahrheit in ständig neuen Variationen vorzukauen. Als er Marissa entdeckte, hatte er längst mit dem kommenden Gespräch abgeschlossen.

Sie umarmten einander nicht, gaben sich keinen Willkommenskuss. Die Zeiten der falschen Zärtlichkeit waren vorbei. Ben rutschte hinter den Tisch. Er zog sein Smartphone aus der Jacke und schob es zwischen sich und Marissa. Er entschuldigte sich für seine Verspätung.

»Kein Problem«, entgegnete Marissa. »Du wirst deine Gründe gehabt haben.«

Ihre unterkühlte Art berührte ihn ebenso wenig wie ihre früheren Annäherungsversuche. Seit ihrer Trennung schien sie derer nicht müde zu werden. Zweifellos war sie eine attraktive Frau. Ihre Natürlichkeit kannte offenbar kein Verfallsdatum. Irgendwann hatte er beim Sex sogar Spaß gehabt. Hatte er zumindest zeitweise geglaubt. Heute fragte er sich, ob ihn nicht eher Erfolg und Anerkennung erregt hatten.

»Warum haben wir uns nicht im Theater getroffen?« Er linste auf sein Smartphone. Aber nichts. Sie würde heute wohl nicht mehr schreiben. »Warum treffen wir uns ausgerechnet hier? Als hätten wir ein Date.«

»Betrachte es als Geschäftsessen«, sagte sie kühl.

»Wie es dir gefällt.«

»Ha, du bist noch nie witzig gewesen.«

»Ja und? Was haben wir Geschäftliches zu besprechen?«

»Früher oder später wirst du das Theater ruinieren. Aber ich werde das zu verhindern wissen.«

Damit hatte er nicht gerechnet. In der Regel waren ihre Drohungen die Folge unerwiderter Annäherungsversuche. Oft genug hatte sie ihren Mund an seinen Hals zu pressen versucht, doch er war ihr ausgewichen. Sie hatte ihm zwischen die Beine gefasst, und er war von ihr abgerückt. Zunächst hatte es Flüche gehagelt, darauf die üblichen Drohungen. Aber an diesem Donnerstag präsentierte sie ihm eine neue Facette.

»Deine Herzlosigkeit verletzt mich«, erwiderte er.

»Ach, unser Sensibelchen!«

»Ich meine das ernst.«

»Du hast bloß Schiss.«

»Und ist es verwerflich, Angst zu haben?«

»Du kannst dir dein Getue sparen! Das lässt mich kalt.«

Sie stützte ihre Ellbogen auf den Tisch und beugte sich leicht vor. Er hätte ihr direkt ins Dekolleté sehen können. Er wusste, dass sie genau das provozieren wollte. Allerdings würde er ihr den Gefallen nicht tun. Zudem würde der Anblick ihrer noch immer straffen Brüste bei ihm keinerlei Erregung verursachen. Hätte sie sich vor ihm entblößt, wäre ihm die Hose kaum enger geworden. Sie hätte ihre Brüste in eine Schuluniform quetschen können, ohne dass er scharf geworden wäre. Doch sicher war er sich in der zweiten Annahme nicht.

»Was willst du denn machen?« Es gelang ihm nicht, den Harten zu markieren. »Willst du mich vors Gericht schleifen? Mich bluten sehen?«

»Ich will einen Handel.«

»Einen Handel?«

»Wir brauchen den Erfolg, verstehst du?«

Das verstand er allzu gut. Das Gedächtnis der Theaterwelt ist ein Kurzzeitgedächtnis. Der aktuelle Erfolg lässt alte Niederlagen verblassen. Der aktuelle Misserfolg macht alte Erfolge nichtig. Er nickte bedächtig, und sie fuhr fort.

»Du reißt dich bis zum Ende der Spielzeit zusammen.«

»Das ist eine Ansage und kein Handel.«

»Hör mir zu!«

Er verstummte.

»Und ich werde dafür die Geschichte ruhen lassen.«

Die Geschichte – es war leicht zu erraten, dass sie nicht auf die Geschichte zwischen ihnen abzielte. Denn ihre Geschichte würde sie wohl niemals ruhen lassen. Er hätte Marissa Kolp jederzeit haben können. Jederzeit und allerorts und in unbändiger Leidenschaft. Mehrfach hatte sie ihm gepredigt, welches Potenzial sie als Team hätten. Nur sah sie dieses Potenzial nicht ausschließlich auf der Bühne, sondern ebenso unter der Bettdecke.

Er trank von seinem Mineralwasser, wobei sein Blick über das Smartphone huschte. Keine neue Nachricht. Dass das Display bei einer Mitteilung aufblinken würde, unterband seine Blicke nicht. Unablässig schwirrten ihm Virginias Zeilen durchs Hirn.

»Willst du dich dazu nicht äußern?« Sie drückte unmerklich ihre Ellbogen zusammen, sodass sich ihr Busen hob. »Unser großer Dichter ist doch sonst nicht so wortkarg.«

Er betrachtete ihr rosiges Gesicht, das im Widerspruch zu ihrer unterkühlten Art stand. Trotz der vielen Zigaretten, trotz des vielen Weins wirkten ihre Züge unverbraucht. Vielleicht kann sie mich ruhiger machen, dachte er und fand den Gedanken reichlich absurd.

Unverhofft lächelte sie.

Als hätte sie seine Gedanken gelesen.

Glaubhafter war jedoch, dass er selbst gelächelt hatte. Und sie war auf eine unbewusste Regung, die weniger ihr gegolten hatte, angesprungen. Sie schob ihre Hand ein Stück in seine Richtung. Ihre Finger waren schmal. Ihr Handrücken von rundlicher Form, kaum breiter als eine halbierte Aprikose. Er mochte ihre Hände und hatte sie immer gern betrachtet. Er mochte den Anblick ihrer kleinen, zarten Hände auf seinem Penis. Jetzt war er sich gewiss: Ja, sie würde ihn beruhigen.

Als sie sich Minuten später über seinen Schoß neigte, bereute er längst seine Entscheidung. Er hatte seinen Škoda auf einer Brachfläche geparkt. Hier würde ihnen niemand ins Auto glotzen. Mit nüchterner Bestimmtheit hatte sie ihm die Hose geöffnet. Kein Wort zwischen ihnen, keine Leidenschaft. Er versuchte sich auf seine Phantasie zu konzentrieren. Gern hätte er, wie es für ihn dazugehörte, den Rhythmus diktiert. Aber er mochte seine Hände nicht auf ihren Hinterkopf legen. Sie hatte lockiges Haar, das war das Gegenteil von dem, was er herbeisehnte. Seine Phantasie musste wider die äußeren Einflüsse standhalten. Ihr Haar, ihre Kleidung, die Enge seines Wagens. Da begann sie, ihre schmalen Hände einzusetzen. Sie waren ihm eine Liebesfrucht wie die Aprikosen im »Sommernachtstraum«. In Gedanken beschwor er Prosperos und Virginias geheimen Treffpunkt. Ein Ort, wo keine Hunde mehr bellten. Er dachte, Virginia. Meine Virginia. Und verkrallte sich Augenblicke später doch noch in ihrem Haar.

9

Lennart Mikowski saß an Henrys Schreibtisch. Neben seinem Laptop dampfte ein Becher Kaffee. Um den Becher herum lagen etliche Zettel, die mit Notizen bekritzelt waren. Henry zog sich einen Stuhl heran und ließ seinen eigenen Laptop hochfahren. Linda saß mit einer Pobacke auf der Schreibtischkante. Hin und wieder fischte sie aus ihrer Jackentasche ein Gummibärchen. Sie rollte es vor dem Verzehr zwischen ihren Fingern, als müsste sie es erst weich kneten.

»Und? Was rausgefunden?«, fragte Linda.

»Bis auf biografische Eckdaten nichts Besonderes«, antwortete Lennart. »Der Typ arbeitet halt am Theater. Da findet man eine Menge Zeug im Netz. Ankündigungen, Kritiken und ein paar Interviews. Ich habe alles, was mir relevant schien, ausgedruckt.«

Er wies auf einen Stapel DIN-A4-Blätter. Henrys Blick streifte den kleinen Buddha, dessen Schädel seine Kollegen mit Barbiehaaren entstellt hatten. Mit Hilfe eines Gummis war ihm sogar ein Zopf verpasst worden. Henry fühlte sich noch immer unangenehm berührt, wenn ihn jemand darauf ansprach. Die Leute fragten, ob er Buddhist sei. Oder sich den Samurai verbunden fühle. Oder habe er womöglich mangelnden Respekt vor der Religion? Ein Kollege hatte ihn sogar gefragt, seit wann er ein Faible für adipöse Frauen hege. Glücklicherweise hatte Lennart sein Repertoire an Witzen längst leer gefeuert. Zumindest, was die Buddha-Statue betraf.

»Schilling ist noch keine vierzig«, unterstrich Henry. »Kann er da schon so viel geleistet haben?«

»Mir kommt es so vor, als hätte er mit zwölf angefangen.« Lennart grapschte nach einem seiner Notizzettel. »Er hat bereits an drei Bühnen gearbeitet. Leipzig, Erfurt und eben Jena. In Erfurt traf er das erste Mal auf Marissa Kolp.«

»Hat sie dort auch zu tun gehabt?«

»Keine Ahnung. In einem Interview äußert er sich kurz dazu. Angeblich hatte er dort ihre Bekanntschaft gemacht. Als sie dann die Leitung im Schloss Thalstein übernahm, hat sie ihn zu sich gerufen. Den Rest kennt ihr ja. Gleich das erste Stück wurde ein Erfolg.«

»Wie war die Resonanz an den anderen Häusern? In Erfurt und Leipzig.«

Lennart berichtete, dass er in Erfurt am Theater Junge Generation tätig gewesen war. Seines Erachtens müsse es dort massive Probleme gegeben haben. Ben Schillings Interpretation von Shakespeares »Ein Sommernachtstraum« wurde groß angekündigt und dann aus irgendeinem Grund gestrichen. Er wischte vom Blätterberg den Print einer PDF-Datei. Sie zeigte einen alten Spielplan, der sämtliche Inszenierungen der Saison auflistete. Neben der Einlasszeit waren Inhalt und Ensemble des jeweiligen Stückes abgedruckt.

»Schillings Stück war der Headliner«, kommentierte Lennart. »Schon vor der Premiere hatten die regionalen Medien davon berichtet.«

»Wegen Shakespeare?«, fragte Linda ungläubig.

»Angeblich handelte es sich um eine sehr gewagte Inszenierung.«

»Der ›Sommernachtstraum‹ gewagt?«

»›Striptease am Jugendtheater‹, heißt es irgendwo.«

»Es hat also für Aufregung gesorgt.«

»Ja, die beste Werbung überhaupt.«

Linda überflog den Spielplan. »Und warum hat man das Stück gestrichen?«

»Laut einem Rundbrief der Intendanz ist Schilling schwer krank geworden.« Lennart zog aus seiner Zettelsammlung eine Notiz und las vor: »›Ohne den Regisseur kann die Balance des Stückes nicht gewahrt werden. Die Absetzung ist zwar ein radikaler Schritt, soll aber den Respekt vor der künstlerischen Vision demonstrieren …‹ Und so weiter und so fort.«

»Die künstlerische Vision«, wiederholte Linda. »Meine Vision von Polizeiarbeit habe ich vor Jahren an Wenzel abgetreten.« Sie rutschte vom Schreibtisch herunter. »Das kommt mir reichlich komisch vor. Seine Krankheit verhindert die Premiere, und dann landet er hier einen Hit.«

»Seine Krankheit hat ja nichts mit der Qualität des Stückes zu tun«, merkte Lennart an.

»Bei so viel Potenzial hätte man doch nur seine Genesung abwarten müssen.«

»Da ist was dran.«

Henry bedachte Linda mit forschendem Blick. Er entsann sich ihres auf Intuition beruhenden Verdachts: dass die vierzehnjährige Alina Wagner in Ben Schilling verliebt war. Selbst wenn dem so wäre, grübelte er, hatte das wohl kaum Schillings

Werdegang beeinflusst. Das Mädchen war über zwanzig Jahre jünger als der Regisseur. Während seiner Zeit in Erfurt hatte sie noch nicht einmal das Wort Theater buchstabieren können. Da gesellte sich ein zweiter Gedanke hinzu: Womöglich war Alina Wagner nicht das erste Mädchen, das sich in den Regisseur verguckt hatte. Er war eine charismatische Persönlichkeit, dieser Ben Schilling. Obendrein jung und attraktiv genug, um Mädchenherzen zu brechen. Wie handhabte man solche Beziehungen überhaupt in der Theaterwelt?

Henry dachte an Schüler, die ihre Lehrer umschwärmten. Mädchen und Jungen, die in geheimen Tagebüchern ihre Phantasien festhielten. Er dachte an Gero S., der seine Biologielehrerin erst gestalkt und dann mit einundzwanzig Messerstichen getötet hatte. Oder an Philip C. aus Massachusetts. Der hatte seine Mathematiklehrerin auf der Schultoilette vergewaltigt und ermordet. Neben der Leiche fand man einen handgeschriebenen Zettel, darauf die Worte: »Ich hasse euch alle!« Philip C. war zur Tatzeit vierzehn Jahre alt gewesen. Henrys Bild von Alina Wagner wollte sich allerdings nicht mit dem einer Giftmischerin vereinbaren lassen. Worin sollte ihr Motiv für eine solche Tat liegen? Eifersucht auf eine Rivalin, weil Caroline Meyer ebenso in Schilling verschossen war?

»Ich habe die Nummer des Erfurter Theaters«, durchbrach Lennart seine Grübelei. »Willst du ein bisschen auf gut Glück herumstochern?«

Linda ließ sich die Nummer geben. Sie stellte den Lautsprecher auf Mithören und wählte.

Binnen zwei Minuten erfuhren sie, dass die damalige Intendantin in Rente war. Linda bekam deren Nummer, doch meldete sich dort nur der Anrufbeantworter. Darauf rief sie bei Familie Wagner durch, um sich Alinas Heimkommen bestätigen zu lassen. Eine hörbar besorgte Mutter meinte, ihre Tochter sei nicht zu Hause. Lindas Tonfall blieb ruhig und schien um Entspannung bemüht. Frau Wagner solle sich nicht verrückt machen. Sicherlich sei ihre Tochter noch ein bisschen spazieren. Nach dem Friedhof wolle sie den Kopf garantiert von trüben Gedanken befreien. Alina sei doch ein vernünftiges Mädchen. Kaum hatte Linda aufgelegt, sagte sie laut: »Verfluchte Scheiße!«

10

Am späten Nachmittag traf Marissa Kolp auf Schloss Thalstein ein. Sie rief unbestimmt ein Hallo ins Foyer. Niemand reagierte, und dabei hätte ihr der schnorrende Bass von Torsten Knaak genügt. Vermutlich wuselte er irgendwo auf dem Gelände herum und reparierte kaputte Lampen.

Mit festem Schritt erklomm sie die Treppe zu ihrem Büro. Kaum dass sie durch die Tür trat, beschleunigte sich ihr Herzschlag. An der unterkühlten Art, die eigentlich ihrem Naturell widersprach, ließ sich nicht mehr festhalten. Wen hatte sie denn täuschen wollen? Einen Mann, mit dem sie mehrere Jahre liiert gewesen war. Der sie durchleuchtet hatte wie eine Figur aus einem seiner Stücke. In der Hoffnung, sich zu beruhigen, suchte sie einen Fixpunkt an der Wand. Doch in dem engen Raum war jeder Fluchtversuch zwecklos. Überall zeigten sich die Eckpfeiler ihrer Vergangenheit: Plakate, herausragende Kritiken, ein alberner Verriss vom MDR, der Thüringer Theaterpreis – eine Vergangenheit, die ohne ihn undenkbar war. Mit vor den Mund gepresster Hand rannte sie zum Schreibtisch. Sie zog den Papierkorb hervor, ging in die Knie, übergab sich. Noch während ihr die Spucke von den Lippen troff, begann sie zu weinen.

Es dauerte eine Weile, bis Marissa die Fassung wiedererlangte. Sie wischte sich den Mund sauber, öffnete das Fenster und stellte den Papierkorb auf das Gesims. Mit Hilfe eines Bonbons versuchte sie, den sauren Geschmack zu vertreiben. Die Übelkeit war einer stillen Wut gewichen, und die Wut infizierte jede ihrer Zellen. Marissas Blick fiel auf den Thüringer Theaterpreis. Kaum zu übersehen: die Unterschrift vom damaligen Kultusminister. Ein Siegel als Beweis der staatlichen

Anerkennung. Das Theater Schloss Thalstein auf dem Zenit. Sie löste das darunter angepinnte Foto von der Wand und setzte sich.

Viel zu oft hatte sie nach Entschuldigungen für sein Verhalten gesucht. Aber diese Last hätte sie sich nicht aufbürden müssen. Ben Schilling war ein intelligenter Mann. Er hatte ein Gewissen, auch wenn es sich tief in seinem Innern verbarg. Sie spuckte das Bonbon in eine Serviette und betrachtete das Foto. Ben und Marissa und das Lächeln eines siegreichen Paares. In ihr reifte ein Entschluss: Sie musste das Foto verbrennen. Das würde ihr mit Sicherheit helfen. Loslassen, so predigten Heiler und Therapeuten gern. Wer überdauern möchte, muss loslassen können. Von der Vergangenheit und den Menschen, die man nicht zu halten imstande war.

Sie stöberte in den Schubladen nach einem Feuerzeug, fand jedoch keines. Auch in der Vitrine wurde sie nicht fündig. Das Foto blieb unzerstört auf dem Schreibtisch liegen. Ben schenkte ihr unverändert sein schönes Lächeln. Ihre Wut wurde fast unmerklich lauter. Als höre man das Schnaufen des Fährmanns, ohne dessen Kahn ausmachen zu können. Sie verließ das Büro und suchte das Kabuff des Hausmeisters auf. Vorsichtig klopfte sie an seine Tür. Sie hatte immer das Gefühl, er mache irgendwas Verbotenes in seinem Kämmerlein. Schon vor ihrer Zeit am Schlosstheater hatte die Miezekatze den Raum genutzt. Die Miezekatze – den *Kosenamen* hatte Ben ihm verliehen. Jetzt hasste sie sich dafür, dass sie ihn bedenkenlos übernommen hatte. Was Knaak hinter der Tür auch anstellen mochte, musste im Vergleich zu Bens Vorlieben lachhaft sein. In Anbetracht seiner Neigungen war das meiste, was sie sich vorstellen konnte, lachhaft.

Als niemand reagierte, klopfte sie energischer. Torsten Knaak war jetzt ihr Verbündeter. Ihre Wut und sein Feuerzeug würden das Schloss vor dem Untergang bewahren. *Loslassen* ist der erste Schritt, ermutigte sie sich. Sie probierte die Klinke, und es war nicht abgeschlossen.

Beim Eintreten schlug ihr der Geruch einer alten, mit Kleidern vollgestopften Truhe entgegen. In zweieinhalb Meter Höhe befand sich ein winziges Oberlicht. Marissa stellte wieder einmal fest, dass das kein Arbeitsplatz für sie wäre. Aber Torsten Knaak war eben Torsten Knaak. Ihr Angebot, einen anderen Raum beziehen zu können, hatte er abgelehnt. Sie schaltete die Bogenlampe auf seinem Tisch an und hielt Ausschau nach einem Feuerzeug. Hier lag ein Paket mit Schrauben, dort eines mit Muttern. Glühbirnen unterschiedlicher Größe waren an der hinteren Wand aufgestapelt. Neben einer mit Schraubendrehern und Bleistiften bestückten Büchse stand ein gerahmtes Foto. Es zeigte Knaak und seine Frau. In ihren Gesichtern erstrahlte kein Lächeln. Sie guckten, wie es Kinder auf Daguerreotypien zu tun pflegten. Starr und emotionslos, mit einem Zug von Bitterkeit.

Marissa wurde klar, dass sie nichts über Knaaks Privatleben wusste. Für sie war er einfach nur der Hausmeister gewesen. Bestenfalls hatte sie ihn den »Mann für alles« genannt. Oder im Beisein ihrer großen Liebe schlichtweg »die fette Miezekatze«. Sie musste sich eingestehen, dass sie sich gern über ihn lustig gemacht hatte. In Bens Arme geschmiegt, war ihr kein Witz auf Knaaks Kosten zu billig gewesen. Sie hatte gelacht und dabei möglicherweise seinen Schwanz massiert. Hatte ernsthaft geglaubt, das Glück könne nicht schwinden. Ben und Marissa für immer. Doch jetzt, wo das Schnaufen des Fährmanns anschwoll, war sie klüger. In einer Schublade voller Krimskrams entdeckte sie eine Packung Streichhölzer. Sie dachte, alles hatte mit einem Feuer begonnen. Und sie dachte, alles würde mit einem Feuer enden. War das nicht immer so?

11

Über den gesamten Donnerstag hinweg hatte Team 2 die restlichen Schüler und deren Eltern aufgesucht. Jetzt waren alle Teilnehmer der Veranstaltung befragt worden. Sowohl die Angestellten als auch die Gäste. Frank Wenzel hatte seine Strippen gezogen, sodass das böse Wort nicht in die Medien gelangt war. Nirgends fiel die Bezeichnung K.o.-Tropfen. Nirgends war ein Bild von der Tochter des Bürgermeisters abgedruckt. Zwischen den Befragungen hatte Linda unermüdlich bei Familie Wagner durchgerufen. Aber es schien zwecklos. Laut Frau Wagner sei ihre Tochter nicht aufgetaucht. Henry musste mitansehen, wie Linda eine Zigarette nach der anderen rauchte.

»Ich habe keine Angst, dass Alina weggelaufen ist«, erklärte Linda. Sie blies den Rauch durchs offene Seitenfenster hinaus. »Ich ziehe selbst ein Kind groß. Wenn's mal später wird, springe ich nicht gleich im Dreieck vor Sorge.«

Henry blickte Mikowskis Fiat nach, der soeben vom Parkplatz der KPI rollte. Der Kollege hatte sich in den Feierabend verabschiedet.

»Vielleicht hätte ich sie einfach an der Haustür abliefern sollen«, fuhr Linda fort. »Das wäre für Alina zwar peinlich gewesen, aber wir hätten jetzt ein Problem weniger.«

Henry nickte stumm.

»Zumal die Zeit da gewesen wäre.« Sie inhalierte tief, berührte ihren MP3-Player, atmete aus. »Ich könnte kotzen.«

Henry hätte ihr gern die Sorge genommen oder die Situation wenigstens mit einem lockeren Spruch entschlackt. Er hatte jedoch keine Ahnung, was er seiner Kollegin in diesem Fall sagen sollte. Ihre Selbstkritik war berechtigt, aber ihre mütterliche Sorge für ihn nicht fassbar. Freunde, Kinder, Ehepartner. Beziehungen, die sich ihm seit jeher verschlossen. Wie ein gefräßiger Wurm kroch die kühle Abendluft ins Auto und unter seine Schuhsohlen. Nicht zum ersten Mal empfand sich Henry Kilmer als emotionalen Krüppel.

Linda schnippte die Kippe hinaus und startete den Wagen. Sie schaltete ihren MP3-Player ein. Während sie auf die Straße Am Anger schwenkten, sangen Tears for Fears von einer verrückten Welt. Das Scheinwerferlicht anderer Autos huschte über die Frontscheibe. Henrys Gedanken drifteten in die eigene

Kindheit ab, und Curt Smith stöhnte aus den Boxen: »When people run in circles …« Henry sagte: »Ich hatte Probleme mit einem Jungen.«

»Wann?«, fragte Linda.

»Auf der Realschule.«

»Und war's das Übliche?«

»So in etwa«, antwortete Henry. »Mein bester Freund und ich hatten unser Wohngebiet nach Zonen unterteilt. Sogenannte sichere und gefährliche Zonen.«

»Was war das denn für 'ne Gegend?«

»Berlin Lichtenberg.«

»Ist doch dieser Nazi-Bezirk.«

Henry zuckte die Achseln. »Jedenfalls hat sich in den gefährlichen Zonen dieser Junge herumgetrieben. Wir dagegen blieben in den sicheren Zonen. Und natürlich gab es auch ein geheimes Versteck.«

Als Henry stockte, fragte Linda: »Ein Versteck für dich und deinen Freund?«

»Ja, wir haben einen ungenutzten Garagenhof in Beschlag genommen.« Henry schüttelte den Kopf. »Na ja, auf was ich eigentlich hinauswill: Ich hing da auch ziemlich oft allein rum. Der Hof war quasi mein Lieblingsort in ganz Lichtenberg. Ich fühlte mich dort absolut sicher.«

»Und da hast du dann verbotene Spiele gespielt?« Linda grinste gegen die Windschutzscheibe.

»Nein, meistens spielte ich stundenlang Gameboy.«

Der Name der Spielkonsole rief offenbar auch bei Linda Erinnerungen wach. Sie lächelte, wie nur Menschen lächelten, die sich der alten Zeiten entsannen.

»Irgendwann ist allerdings dieser Schlägertyp aufgetaucht. Vielleicht hatte ihm ein anderer Schüler unseren Treffpunkt verraten.«

»Und was hast du gemacht?«

»Ich habe das Weite gesucht.«

»Weglaufen ist eben dein Ding.«

»Ist das dein Sarkasmus zum Feierabend?«

»’tschuldigung«, sagte Linda. »Ich habe kapiert, auf was du abzielst. Der Ostfriedhof wird wohl kaum Alinas Lieblingsort sein.«

»Sehr unwahrscheinlich.«

»Und wo fühlt sie sich dann am wohlsten?«

12

Mit großer Gewandtheit schlich Alina Wagner durchs Theater. Sie stieß sich nirgends den Knöchel, noch brachte sie einen der Stühle zu Fall. Die Dunkelheit trübte ihr kaum den Blick. Einmal hatte Ben ihr gegenüber bemerkt, ihr Wesen gleiche dem einer Nymphe. Deshalb gebühre ihr auch die weibliche Hauptrolle in seinem neuen Stück. Morella sei nämlich ein Mädchen von sanfter Wesensart und betörender Schönheit. Eben nicht anders als eine Nymphe.

Sie nahm den Korridor in den Südflügel. Unter toten Lampen blieb sie so leichtfüßig wie auf ihrem Weg durchs Foyer. Dann wurde sie überrascht: Torstens Kammer entströmte ein greller Lichtschein. Er ließ seine Tür nie sperrangelweit offen. Das käme einer Einladung gleich, hatte er behauptet. Viele Kinder waren vom Spiel auf einer echten Bühne völlig berauscht. Während der Probenpausen rannten sie wie Tollwütige im Theater umher. Aber das Schloss war kein Spielplatz, das sagte Torsten oft. Es war vorgekommen, dass die Kinder irgendwas in seine Kammer geblökt hatten. Böse, gehässige Sachen. »Vorsicht, die fette Miezekatze!« Oder: »Vorsicht, der Kinderfresser!« Ein Junge hatte ihn sogar gefragt, ob er einen der Riesen aus dem »tapferen Schneiderlein« spiele. Irgendwann war Torsten des Geschreis überdrüssig geworden. Seitdem hielt er die Tür tagsüber geschlossen. So hatte er es ihr jedenfalls erzählt.

Argwöhnisch stoppte Alina nahe der Tür. Mit einem flinken Blick linste sie in seine Kammer. Marissa Kolp, die Chefin des Hauses, kniete vor Torstens Arbeitstisch. Von dem Anblick erschrocken, zog Alina wieder den Kopf ein. Sie mochte nicht glauben, was sie soeben gesehen hatte. Vorsichtig riskierte sie einen zweiten Blick.

Die Leiterin kniete tatsächlich vor Torstens Arbeitstisch. Den Rücken der Tür zugewandt, neigte sie sich über einen Mülleimer. Rußige Flammen züngelten aus dem Eimer empor. Marissa Kolp schien ahnungslos, dass sie beobachtet wurde. Das Feuer fesselte offenbar ihre ganze Aufmerksamkeit. Alina war das alles unerklärlich. Sie hätte Frau Kolp fragen können, weshalb sie etwas in Torstens Kammer verbrannte. Aber dann hätte sie auch erklären müssen, warum sie im Theater herumschlich. Sämtliche Darsteller der laufenden Produktion hatten eine Mail von Marissa Kolp bekommen. Darin hieß es, die Proben fielen diese Woche aus. Solche organisatorischen Sachen hatte sonst immer Caroline erledigt. Alina trat einen Schritt in den Korridor zurück, lehnte sich gegen die Wand, lauschte. Ihr eigener Herzschlag dröhnte ihr in den Ohren. Absurderweise dachte sie an Hexen und geheimnisvolle Rituale. Schwarze Magie, von der Ben ihr berichtet hatte. Schwarze Magie und Schwarze Tollkirschen. Und sie dachte an den Schwarzen Nachtschatten. *La morelle noire.*

13

Mit gemischten Gefühlen sah Marissa das Foto zu einem klebrigen Klümpchen schmelzen. Der Rauch, der durch den Brand entstanden war, hatte in blauer Farbe geleuchtet. Er hatte giftig gerochen, nicht wie der Rauch von Zeitungspapier. Jetzt glomm das Klümpchen vor sich hin, als gäbe es darin noch geheime, nicht verkohlte Winkel.

Marissas Blick fahndete nach einer Wasserflasche. Nichts. Die Miezekatze trinkt wohl nur Milch, dachte sie leichtfertig. Dann bat sie einen imaginären Torsten Knaak um Verzeihung. Sie wollte ihn nicht mehr Miezekatze nennen. Sie würde es in Zukunft unterlassen. Aus Angst, die Glut könnte noch einmal aufflammen, entschied sie sich zu warten. Sie hievte sich hoch und stützte die Arme in die Hüfte. Doch sie wartete nicht nur darauf, dass die Glut erlosch. Sie sehnte vielmehr den Moment herbei, in dem ihre Bitternis umschlagen würde. Vielleicht in ein Glücksgefühl, in eine vage Euphorie. Oder wenigstens in ein wenig Stolz.

Aber nichts dergleichen geschah. Der erste Schritt des Loslassens war nicht von Fanfaren begleitet worden. Mit enttäuschter Miene trat sie an Knaaks klapprigen Aktenschrank. Papiere von oben bis unten. Rechnungen ansässiger Handwerksfirmen. Durchschläge und Quittungen. Im Grunde der gleiche Kram wie jener, der ein Stockwerk höher ihren Schreibtisch vollmüllte. Sie zog wahllos einen der Ordner heraus und öffnete ihn. Was sie darin entdeckte, erstaunte sie ungemein.

Neben alten Programmheften fanden sich fein säuberlich eingeklebte Zeitungsberichte. Ein Ordner gefüllt mit Ereignissen, die das Theater betrafen. Knaaks Gedächtnis und folglich auch das Gedächtnis des Schlosses. Die Aushänge in ihrem Büro bezeugten nur ihren eigenen Werdegang. Sie veranschaulichten allenfalls die jüngere Geschichte des Theaters. Aber dieser Ordner dokumentierte eine Entwicklung, die weit vor ihrer Zeit begonnen hatte. Sie war so beeindruckt, dass sie den Mülleimer und das glühende Klümpchen vergaß.

Als sie auf das Schwarz-Weiß-Foto eines jugendlichen Ensembles stieß, musste sie sich setzen. Das Foto entstammte zweifellos einer Zeitung. Garantiert aus DDR-Zeiten. Bis zur Wende hatte das Schloss ein Ferienwohnheim beherbergt. Die Bildunterschrift lautete: »Das Ensemble der Polytechnischen Oberschule Karl Marx aus Kahla«. Etwa zwölf Jugendliche, allesamt in Kostümen, posierten vor der Kamera. Offenbar hatten hier schon damals Aufführungen stattgefunden. Die Maskerade verriet, dass es sich um »Der gestiefelte Kater« handelte. Ein Junge trug einen weiten Schlapphut und einen aufgemalten Katzenbart. Ein anderer steckte in der Kluft eines Müllers. Doch Marissas vorrangiges Interesse galt der Prinzessin. In der reinen Jungengruppe hatte Torsten Knaak die einzige Frauenrolle übernommen. Vor lauter Erstaunen musste sie lächeln. Allmählich wurde ihr klar, weshalb das Schloss eine derartige Bedeutung für ihn hatte. Weshalb er wegen Ben tobte. Und nicht nur das: weshalb er sie bei jeder Gelegenheit zum Handeln nötigte. Das letzte Mal hatte er es auf der Feier versucht. Er war sturzbetrunken gewesen und sie kochend vor Eifersucht. Er hatte das Theater schützen wollen, sie ihr verletztes Herz.

Marissa zog ein Taschentuch aus ihrer Hose und spuckte hinein. Der Geschmack von Erbrochenem und Sperma löste sich nur schwer von ihrer Zunge. Allerdings war die Wut des Hausmeisters jetzt auch die ihre. Das machte nicht glücklich, spendete aber eine seltsame Art von Trost. Sie schob den Ordner zurück und langte nach einem Zettel. Sie schrieb: »Ich werde es tun.« Das war alles.

14

Sie stoppten an der Ampel Karl-Liebknecht-Straße/Jenzigweg. Die letzten Wehen des Feierabendverkehrs pressten sich über die Kreuzung. Lindas Fingerspitzen klopften vor Nervosität aufs Lenkrad. Das Mädchen am Theater zu finden war immerhin eine Chance. Vermutlich die letzte Chance am heutigen Tag.

»Ich glaube, ich spinne.« Sie klatschte Henry mit dem Handrücken gegen die Schulter. »Ist sie das da auf dem Fahrrad?«

»Eindeutig«, sagte Henry und klappte seinen Hefter zu. »Sie kommt aus der Straße Am Erlkönig.«

»Was nur eins bedeuten kann.«

»Dass sie im Theater war.«

»Prima, Kilmer! *Sie* haben recht gehabt.«

»Pures Glück.«

»Okay, okay«, rief Linda aus. »Noch mal lass ich mich nicht verarschen.«

Als die Ampel auf Grün sprang, öffnete Henry die Tür. Er

sagte seiner Kollegin, er werde zu Fuß die Straße abgehen. Vielleicht habe Alina Wagner jemanden am oder im Theater getroffen. »Wenn er an mir vorbeifährt, notiere ich sein Kennzeichen.«

»Und ich bleibe an ihr dran.«

»Dann bis gleich.«

Mit einem kurzen Sprint überquerte Henry die Kreuzung in Richtung Thalstein. Linda wendete den Wagen, um dem Mädchen zu folgen. Es war Donnerstag, der 12. November. Vor vier Tagen hatte er mit Lennart Mikowski an ebendieser Straße gehockt. Gemeinsam hatten sie den Unfallhergang zu rekonstruieren versucht. Damals war es vormittags gewesen. Jetzt hingegen sträubte sich eine wolfsgraue Dunkelheit über die Straße Am Erlkönig. Mit geweiteten Pupillen taxierte Henry die Umgebung.

Links der Straße erstreckte sich das Grundstück einer Gärtnerei. Riesige, scheinbar leer stehende Gewächshäuser zerteilten die Landschaft. Das Glas so grau wie die Zäune, der Asphalt, die Nacht. In seiner Phantasie wurde Henry von Caroline Meyer begleitet. Er zu Fuß, sie auf dem Fahrrad. Marissa Kolp hatte gemeint, sie sei stets pünktlich und zuverlässig gewesen. Bestimmt hatte sie nie einen Gedanken daran verschwendet, was ihr auf dieser Straße alles zustoßen könnte.

Henry hob die Arme in Lenkerhöhe und imitierte einen Radfahrer. Er tat es, ohne darüber nachzudenken. Ganz aus dem Unterbewusstsein heraus. Rechter Hand folgte das Schutzgebiet Mittleres Saaletal, linker Hand eine Laubenkolonie. Rostiger Stacheldraht krümmte sich über marode Zäune. Am Stamm einer toten Birke hing eine zerfledderte Dartscheibe. In keinem der Verschläge brannte Licht. Alles wirkte sich selbst überlassen. Als Henry das Nahen zweier Scheinwerfer bemerkte, trat er ins Buschwerk. Er wartete, bis ihn das Auto passiert hatte. Dann schritt er zurück auf die Straße und spähte nach dem Kennzeichen. Doch der rasche Lichtwechsel vom Hellen ins Dunkle irritierte seine Augen. Er notierte sich ein J und drei Zahlen, abschließend ein Fragezeichen.

Zehn Minuten später erreichte er Schloss Thalstein. Finster, wie von einem Grabtuch umhüllt, lag das Gebäude da. Er stellte sein imaginäres Fahrrad ab und stieg auf die Terrasse. Er drückte sein Ohr gegen die schwere Eingangstür und lauschte. Alles still, beinahe. Hinter ihm aus dem Wald ein Knacken, als verlören die Bäume nach den Blättern auch die Zweige. Er lugte in eines der unteren Fenster. Dort offenbarte sich ihm ebenso wenig. Entweder hatte Alina Wagner hier allein Zuflucht gesucht – so wie er vor zwanzig Jahren in den Garagen. Oder derjenige, mit dem sie sich hier getroffen hatte, war längst fort. Henry dachte an das Auto, das ihm entgegengekommen war. Während er in das nächste Fenster zu gucken versuchte, angelte er sein Telefon heraus. Er wollte Linda kontaktieren. Wollte ihr seine Ernüchterung kundtun. In dem Moment, als das Display aufleuchtete, traf ihn ein Gegenstand. Ein harter Schlag in die Seite und Henry Kilmer sackte zusammen.

15

Linda sah Alina Wagner die Pforte zur Hausnummer 6 aufschieben. Die Kommissarin hielt in der zweiten Reihe, einige Autolängen entfernt von Familie Wagners Adresse. Sie kurbelte das Fenster herunter und rauchte eine Zigarette. Das Mädchen schloss sein Fahrrad an und verschwand ins Haus. Keine Minute später leuchtete ein Licht im ersten Stockwerk auf. Alina erschien in einem der Fenster. Sie schaute auf die Straße hinunter, sodass sich Linda für einen Moment entdeckt glaubte. Aber der Blick der Vierzehnjährigen wirkte leer, als nähme sie die Außenwelt nicht wahr. Womöglich betrachtete sie in der dunklen Scheibe ihr eigenes Spiegelbild. Erst nach einer ewig langen Minute wandte Alina sich ab und verließ das Zimmer. Linda konnte sich leicht ausmalen, wie die Mutter im Wohnzimmer auf der Couch saß. Mit übereinandergeschlagenen Beinen und einer Miene, die zwischen Frust und Erleichterung schwankte.

Garantiert hatte sie beim Eintreffen der Tochter den Ton des Fernsehers abgestellt. Nun verlangte sie bestimmt nach Erklärungen. Warum bist du so lange weg gewesen? Und wo hast du dich überhaupt herumgetrieben? Bist du noch bei Trost? Sag mal, spinnst du? Schlimmstenfalls blieben die befriedigenden Antworten aus. Oder Alina lehnte einfach von vornherein jede Rechtfertigung ab. Mutterdasein, dachte Linda. Und fragte sich nicht zum ersten Mal, weshalb sich Abermillionen Frauen diesen Wahnsinn antaten.

16

Henry kniff vor Schmerz die Augen zu. Unter seinen Lidern war es heller, als die äußere Finsternis vermuten ließ. Flirrende Punkte blitzten durch seinen Schädel. Er versuchte, auf Hände und Knie gestemmt, Klarheit zu gewinnen. Da traf ihn ein Fuß. Von unten gegen die Bauchdecke. Die Punkte in seinem Schädel zerstreuten sich wie ein Feuerwerk. Plötzlich war die Dunkelheit heiß und grell. Ohne jede Körperspannung klatschte Henry auf den Boden. Er hob die Hände schützend zum Gesicht und in der Bewegung ein Moment Klarheit:

Er lag auf der Terrasse.

Vor dem Theater.

Wehrlos.

Dann traf ihn der Fuß abermals. Das Feuerwerk in seinem Schädel blendete jede Gewissheit:

Er lag irgendwo.

Vor irgendwas.

Wehrlos.

Ein weiterer Tritt. Schmerz und Feuerwerk.

Er lag.

Wehrlos.

Und allein.

Als ein nächster Tritt ausblieb, verglomm das Feuerwerk. Henry rollte sich gegen die Fassade. Es gelang ihm, die Pistole aus dem Holster zu zerren. Dabei presste er sich rücklings an den Backstein. Er zielte in die Finsternis, brüllte, er sei Polizist. Er drohte seinem Angreifer mit einem Schuss. Aber die Dunkelheit schien ihn nur zu verhöhnen. Sie lachte mit der Stimme eines Jungen, der einen beim Fangenspielen erwischt.

Ich hab dich.

Du bist raus.

Haha.

17

Unter dem Bett war sie nicht. In der Ecke, wo sie sonst ihre Dreckwäsche deponierte, ebenso wenig. Ihre Mutter musste in ihrem Zimmer gewesen sein. Sicherlich hatte sie unter dem Vorwand der Reinlichkeit herumspioniert. Wie sie es jeden Morgen tat. Aber Alina war längst darüber hinaus, das Verhalten ihrer Mutter zu tadeln. Jetzt hatte sie für die Frau, die meist im Wohnzimmer die Couch hütete, allenfalls Bedauern übrig.

Denn diese Frau war krank. Das rief sie sich immer dann ins Gedächtnis, wenn ihre Mutter sie aufbrachte. »Sie leidet an ihrer Labilität«, hatte er gesagt. »Sie meint es nicht böse.« Seine Worte waren sanft und voller Mitgefühl gewesen. Niemals hatte er sie oder ihre Mutter verunglimpft. Bisweilen dachte sie, ihr Vater hätte wohl auf die gleiche Weise mit ihr gesprochen. Ihr Vater hätte sicherlich auch verstanden, wozu ihre Mutter nicht fähig war. Alinas Liebe zur Bühne. Die Liebe zu einem älteren Mann. Die Liebe zur Liebe. Um das Unverständnis ihrer Mutter zu erfassen, genügte ein Blick auf ihr trauriges Dasein. Zwischen dem Leben ihrer Mutter und ihrem eigenen lagen Welten. Bettina Wagner besaß keine Hobbys, geschweige denn eine Leidenschaft. Bettinas Alltag sah wie folgt aus: Frühstück machen. Wäsche waschen. Im Zimmer ihrer Tochter herumspionieren. Glotze anstellen. Einen toten Mann verfluchen. Ihre Mutter war eine kranke, leidenschaftslose und oft unsichtbare Frau. Dagegen führte Alina ein ganz anderes

Leben. Ganz offensichtlich. Alinas Leben besaß Leidenschaft, große Leidenschaft.

Ohne angeklopft zu haben, öffnete ihre Mutter die Zimmertür. Sie schob ihren Kopf durch den Spalt. Auf ihrem Gesicht lag der befremdliche Ausdruck ernsthafter Sorge. Wie in einem Spiel mit vertauschten Rollen: ihre Mutter die Gesunde, sie selbst die Kranke.

»Schatz?«

»Ja.«

»Ich habe mir Sorgen gemacht.«

»Wieso?«

»Weil du nicht da gewesen bist.«

Bettina sagte nicht: weil du die Schule geschwänzt hast. Auch nicht: weil niemand wusste, wo du dich herumtreibst. Kein Vorwurf, keine Zurechtweisung. Alina hätte darauf wetten können, dass ihr die Polizistin zu dieser Methode geraten hatte. Um einen neutralen Tonfall bemüht, sagte sie: »Ich bin schon lange hier.«

»Ich weiß«, erwiderte ihre Mutter.

»Und?«

»Ich wollte dir nur eine gute Nacht wünschen.« Sie verharrte in der Tür. »Und falls du reden willst, ich bin im Wohnzimmer.«

Alina vermochte nicht zu sagen, ob ihre Mutter getrunken hatte oder nicht. Sie klang vernünftig und schien sich nicht aufdrängen zu wollen. Aber womöglich hatte sie der Alkohol im Griff. Zunächst stellte er Bettina immer ruhig. Die Wut und das Gezeter waren den Abendstunden vorbehalten. Alina meinte schließlich, sie werde schlafen gehen.

»Okay, ich klopfe morgen früh.«

Der Kopf verschwand aus der Tür.

»Mutti?«

Er tauchte wieder auf. »Ja?«

»Hast du meine Strickjacke gesehen?«

»Welche?«

»Na, die graue.«

»Ach, das stinkende Ding.« Alinas Mutter rümpfte die Nase. »Das habe ich einmal durchgespült. Bis morgen ist es trocken.«

»Was hast du?«

»Ich habe die Strickjacke gewaschen.«

»Bist du bescheuert?«

Alina stürmte an ihrer Mutter vorbei ins Bad. Dort riss sie die Strickjacke von der Leine. Dann rannte sie zurück in ihr Zimmer und schlug Bettina die Tür vor der Nase zu. Sie warf sich aufs Bett und schnüffelte an der Jacke. Statt nach ihm roch die Wolle nun nach billigem Weichspüler. Das war nicht mehr *seine* Jacke, und ihre kranke, leidenschaftslose Mutter trug daran die Schuld.

18

Henry lehnte an der Balustrade und verzog vor Schmerzen das Gesicht. Der Schlag mit dem Brett hatte ihn mehr erschreckt als wirklich verletzt. Erst die Fußtritte hatten ihn beinahe ausgeknockt. Sein Bauch fühlte sich an wie ein mürbe geklopftes Stück Rinde. Wir sind Scheiß-Amateure, pflegte Linda bei Versagen zu schimpfen. Jetzt musste er den Plural in den Singular setzen. Hier gab es weit und breit nur einen Amateur. Einen einzigen Scheiß-Amateur.

In eisiger Ernüchterung schaute Henry sich um. Zwei Schritte entfernt lag das flache Brett. Mit einem halbherzigen Tritt kickte er es über die Terrasse. Er war sich sicher, dass sein Angreifer längst die Flucht ergriffen hatte. Ihm in der Dunkelheit nachzuspüren, schätzte er als sinnloses Unterfangen ein. Sein Blick wanderte hinauf in den Himmel. Vereinzelte Sterne glommen kalt und nervös wie die Augen von Tiefseefischen. Laut Wetterbericht sollte es Nebel geben. Das prognostizierte man zumindest seit zwei Tagen. Henry griff nach seinem Handy, ließ den Finger übers Display gleiten, hielt inne.

Ob er nun Linda anrufen sollte oder nicht, durfte eigentlich nicht zur Debatte stehen. Die einzig geltende Antwort lautete:

Ja, er sollte. Und das sofort. Darüber hinaus hätte er der KPI Meldung machen müssen. Angriff auf einen Polizisten. Vielleicht sogar versuchter Mord. Doch letztere Möglichkeit erschien ihm kaum plausibel. Seines Erachtens hatte der Angreifer ihn nicht umzubringen versucht. Hätte ihm daran gelegen, wäre die Situation anders ausgegangen. Henry war am Boden gewesen, der Angreifer über ihm. Henry wehrlos, der Angreifer mit einem Brett bewaffnet.

Nein, spekulierte er, hier wollte ihm jemand einen Denkzettel verpassen. Damit schied ein Täter, der nach dem Prinzip Zufall agierte, aus. Es sei denn, er hatte zum Ort seines Verbrechens zurückkehren müssen. Nicht wenige Täter lenkte ein solcher Drang. Nur wäre in diesem Fall der »Zufallstäter« rein zufällig auf einen Polizisten gestoßen. Absurd, dachte Henry kurz und knapp. Für ihn besaß die Rechnung buchstäblich einen Zufall zu viel. Aber die Spekulation löste mitnichten seinen Gewissenskonflikt. Erneut ließ er das Display seines Telefons aufleuchten.

Ein einziger Anruf hätte den Großeinsatz der Kripo zur Folge. Das stand außer Zweifel. Wenzel würde höchstpersönlich anrücken, um die Untersuchung zu koordinieren. Angriff auf einen Polizisten. Da bliebe selbst Wenzels Forderung nach einer Nachrichtensperre eine Illusion. Die Crux an dieser Entwicklung: Der Täter würde wahrscheinlich von der Polizeipräsenz verschreckt werden. Die Ermittlungen würden nichts als Lärm und Blaulicht bringen. Noch immer ratlos wartete er darauf, dass das Display wieder erlosch. Das Ziffernblatt seiner Uhr sollte ihn beruhigen. Er wollte dreißig Sekunden abwärts zählen. Wollte dem unhörbaren Ticken seiner Uhr lauschen. Nach etwa fünfzehn Sekunden vernahm er das Geräusch eines Autos. Henry Kilmer duckte sich hinter die Balustrade.

19

Während Linda die Stufen zur Terrasse nahm, kam Henry hinter der Balustrade hervor. Er materialisierte sich wie ein melancholischer Geist aus der Dunkelheit. Mit Hilfe seines Mobiltelefons schien er den Boden abzuleuchten.

»Und, was gefunden?«, fragte Linda.

»Nein, absolut nichts«, erwiderte Henry.

Sie kramte in ihrer Jackentasche nach den Zigaretten. Entgegen ihrer Gewohnheit hatte sie die Schachtel im Wagen liegen gelassen. Kopfschüttelnd fragte sie, ob noch jemand hier gewesen sei.

Henry antwortete nicht. Er hatte ihr den Rücken zugewandt und leuchtete nun von der Terrasse herunter.

»Hey, Kilmer.«

»Ja?«

»Bist wohl schon zu Hause?«

»Nein, nein«, entgegnete er rasch. »Als ich eintraf, war alles stockfinster.«

»Also alle ausgeflogen?«

»Ja, genau. Keiner da.«

Sie setzte sich auf die Balustrade, und Henry unterrichtete sie über das Auto. Leider sei das Kennzeichen nur mit Bedacht zu genießen. Linda meinte, sie würde es prüfen lassen. Dann erzählte sie ihm von ihrer »Verfolgungsjagd«. Sie staunte selbst über ihre Wortwahl. Sie hatte es tatsächlich Verfolgungsjagd genannt. Dabei hatte sie lediglich ein vierzehnjähriges Mädchen beschattet.

Nachdem sie einander informiert hatten, schritten die Kommissare um das Schloss herum. Die Lichtkegel ihrer Handys wanderten über das Mauerwerk und die knochige Vegetation. Als sie die Auffahrt zum Schlosshof erreichten, leuchtete Linda abwärts. »Wir sollten sämtliche Reifenspuren festhalten.«

»Um sie mit dem Kennzeichen abzugleichen?«

»Ja, dann wissen wir, ob der Fahrer überhaupt von hier kam.«

»Hätte ich bloß genauer hingeguckt.«

»Henry, es war dunkel.« Linda seufzte. »Außerdem hätten wir uns nicht trennen dürfen.«

Sie sank in die Hocke und leuchtete flach über den Boden. »Einer von der SpuSi soll hier antanzen.«

»Das kann ich auch machen.«

»Ist aber nicht deine Aufgabe.« Ohne es zu wollen, hatte ihre Stimme an Strenge gewonnen. Henrys Übereifer stieß ihr unangenehm auf. Sie entsann sich eines Falls im letzten Jahr. Henry hatte weit über das Ziel hinausgeschossen. Am Ende war er nur glimpflich davongekommen. Jetzt zeigte er in Ansätzen die gleichen Auffälligkeiten wie damals. Sein erschöpftes Gesicht behagte ihr ganz und gar nicht. Henry »Schlaflos« Kilmer. Dann schob sie ihre Sorge auf die Dunkelheit und den Stress der letzten Tage. Unter Umständen malte ihre Wahrnehmung ein zu finsteres Bild.

Sie erhob sich und sagte: »Wir haben keinen Verdächtigen. Wir suchen praktisch die Nadel im Heuhaufen.« Sie kramte erneut nach ihren Zigaretten. »Wir haben nicht mal ein Indiz dafür, dass sich überhaupt eine Nadel im Heuhaufen befindet.«

Frustriert schaltete sie ihre Handylampe aus. Henry hockte unverändert am Boden. Per Hand übertrug er die Reifenprofile in seinen Block. Linda sagte, sie wolle ihre Zigaretten aus dem Wagen holen. Doch in Wirklichkeit musste sie schleunigst Abstand gewinnen. Sonst würde sie Henry womöglich noch am Zopf in den Feierabend zerren.

20

Jasmin war nicht begeistert von Henrys Aktion. Sie nannte es idiotisch, selbst für einen Hitzkopf wie ihn. Henry rutschte auf die Bettkante. Er sagte, er wolle nicht mehr darüber reden. Es sei ohnehin fahrlässig von ihm, eine Zivilperson einzuweihen. Jasmin bedachte ihn mit hochgezogenen Brauen. Sie meinte, was *er* getan habe, sei fahrlässig. Er sei Polizist und seiner Kollegin und Partnerin Rechenschaft schuldig. Darauf stieg er aus dem Bett, um in der Küche Ruhe zu suchen. Während er die Zimmertür öffnete, wünschte Jasmin ihm eine gute Nacht. Er drehte sich um und sah, wie sie ihren Keats aufschlug. Ohne ein weiteres Wort verließ er die Schlafstube.

Auf dem Weg zur Küche zog er aus der Ledertasche *seine* Akte. Er setzte sich an den Tisch und blätterte ziellos in den Papieren herum. Die Fotos von Caroline Meyer und dem Theater versuchten ihm eine Geschichte zu erzählen. Schlimmstenfalls, so dachte er mutlos, würde er die Zusammenhänge niemals begreifen.

Eines hielt Henry jedoch für erwiesen: Hier war kein Serientäter am Werk. Das hatte ihm der heutige Übergriff gezeigt. Der Kampf von Angesicht zu Angesicht passte nicht ins Profil eines Giftmischers. Menschen, die ihre Opfer vergiften wollten, folgten in der Regel ausgeklügelten Plänen. Unter Umständen probierten sie ihre Tinkturen sogar an Tieren oder anderen Menschen aus. Sie scheuten einen vorschnellen Kontakt mit dem eigentlichen Opfer. Giftmischer operierten eher aus dem Verborgenen. Die direkte körperliche Auseinandersetzung war ihnen ein Gräuel. Erst wenn das Opfer wehrlos gemacht worden war, kam es zur Demaskierung. Henry notierte sich: »Eventuell Einzeltat. Eventuell kein notorischer Giftmischer.« Allein diese Vermutung ließ ihn eine Brücke zu der abendlichen Attacke schlagen.

Über die Akte gebeugt, gähnte er aus vollem Hals. Der anstrengende Tag zeigte Wirkung, und sein Kopf wurde schwer. Er schaute durch das Küchenfenster auf die Quergasse. Eine einzelne Laterne streute kerzenähnliches Licht. Im Nachbarhaus mussten die Mieter bereits schlafen. Die Fenster waren so dunkel wie verkohlte Haut. Alle Welt bis auf ihn schien zu schlafen. Plötzlich schämte sich Henry seiner hölzernen Art. Er hatte Jasmins Sorge mit Füßen getreten. Er wusste, dass sie es nur gut gemeint hatte. Aber sie verstand einfach nicht, von welcher Wichtigkeit die Ermittlungen waren. Eine Frau lag im Koma, und diese Frau musste gerettet werden.

Er schloss die Akte und griff nach der Zuckerdose, dem Salzstreuer und der Pfeffermühle. Der Zucker versinnbildlichte Alina Wagner, der Pfeffer den Fremden. Das Salz sollte ihn selbst symbolisieren. Indem er alles hin und her schob, begann er die Konstellationen durchzuspielen. Einmal standen Pfeffer und Zucker beieinander, trennten sich, und das Salz kam dazu. Ein andermal traf Pfeffer auf Salz, ohne dass sich Zucker und Pfeffer begegnet waren. Vielleicht, so dachte Henry, hatte sich der Fremde verspätet. Er hatte am Theater umsonst auf Alina gewartet, weil sie längst den Heimweg angetreten hatte. Dann hatte ihn Henrys Erscheinen so sehr bedrängt, dass ihm die Sicherung durchgebrannt war.

Noch während Henry weitere Varianten erwog, zeichnete sich auf seinen Oberschenkeln eine Gänsehaut ab. Die Heizung war aus, das Stuhlholz hart und kühl. Doch Henry merkte davon nichts. Gefangen in einem Strudel aus wilden Spekulationen, sanken seine Lider tiefer und tiefer. Bisweilen zwinkerte er heftig, als ließe sich so die Müdigkeit überlisten. Dann sackte sein Blick auf den Bauch hinab. Er raffte das Unterhemd hoch und betrachtete das Hämatom. Ihm kam der Gedanke, dass er der Blessur wegen das Bett verlassen hatte. Weil er Jasmin die Folgen des Angriffs nicht hatte zeigen wollen. Während er mit zwei Fingern das Hämatom betastete, kam ihm ein böser Verdacht. Vielleicht hatte nicht er das Ziel des Angreifers sein sollen. Was, wenn Alina auf halbem Weg umgekehrt war? Was, wenn sie sich plötzlich vor dem Treffen gefürchtet hatte? Die Finger unverändert auf der Bauchdecke, dachte er: Womöglich hatte sie Glück gehabt. Großes Glück. Nicht auszudenken, wenn der Angreifer sie statt ihn erwischt hätte.

Von träger Wirrnis gegängelt, schleppte sich Henry ins Bett. Er schlief augenblicklich ein. Etwa zwei Stunden später begann er unkontrolliert zu zucken. Er wachte auf, und noch ehe er sich hätte bremsen können, sagte er einen Namen. Er wandte den Kopf nach rechts und sah Jasmin direkt ins Gesicht. Ihre Augen schimmerten wie zwei Kieselsteine auf dem Grund eines tiefen Brunnens. Da kroch ihre Hand unter der Bettdecke hervor und strich ihm über den Haaransatz.

»Du hast schlecht geträumt.«

»Tut mir leid«, flüsterte er.

»Du brauchst dich nicht zu entschuldigen.«

»Ich wollte dich nicht aufwecken.«

Unter den Kieselsteinen formte sich ein sanftes Lächeln. Sie nahm die Hand von seinem Kopf und berührte stattdessen sein Schlüsselbein. Sie fragte: »Wer ist Patrick?«

21

Wie Schmieröl legte sich der Angstschweiß zwischen seine wunde Haut und den Draht. Immerhin gelang es ihm dadurch, den Kopf leicht zu wenden. Aus dem rechten Augenwinkel erkannte Ben das hinter ihm befindliche Loch. Es war in etwa drei Meter Höhe ins Gemäuer geschlagen worden. In früherer Zeit hatte er diesem Loch keinerlei Beachtung geschenkt. Das alte Bauwerk war für ihn stets nur ein Treffpunkt gewesen. Ein geheimer Ort, von dem in Jena allenfalls Historiker oder ältere Menschen wussten. Vor hundert Jahren hatte das Loch als Oberlicht oder primitive Lüftung gedient. Damals waren Fensteröffnung und Eingang noch verschlossen gewesen. Jetzt erfüllte das Loch allerdings einen anderen Zweck. Jemand hatte aus der Höhe ein Seil um seinen Hals gespannt. Aber er begriff den Sinn dieser Konstruktion nicht. Er wusste nur, dass sie ihm ungeheure Schmerzen bereitete.

Da vernahm er ein Geräusch. Draußen im Nebel … im Wald … im Revier frommer Jäger. In dem Versuch, sich zu konzentrieren, riss er die Augen auf. Ängstlich wie ein verschrecktes Geißlein starrte er durch das Fenster hinaus. Er hörte das Rascheln von Laub. Daneben Zweige, die unter vorsichtigen Schritten zerbrachen. Das Schmatzen feuchter Stiefelsohlen. Als belauerte der emsige Bauchaufschneider die Gruft.

Plötzlich war ihm der offene Eingang eine Bedrohung. Vielleicht sogar eine größere als die Drahtschlinge. Er dachte an den Unbekannten, der ihm vor Ewigkeiten das Wasser entgegengeschleudert hatte. Der sich ihm nicht zeigte und stattdessen durch Wald und Nebel schlich. Doch sobald Ben sich auf den Eingang konzentrierte, entglitten die Geräusche seiner Wahrnehmung. Es fiel ihm äußerst schwer, gleichzeitig zwei Eindrücke zu erfassen.

Der Eingang, die Geräusche.
Die Geräusche, der Eingang.
Der Eingang, die Fensteröffnung.
Die Fensteröffnung, die Geräusche.
Der Wald und die abrupte Stille.
Und in der Stille eine grelle Panik.

Zweiter Teil

LES MOIRES

… Ein Kater ohne Bart ist
nur ein verächtliches Geschöpf …
»Der gestiefelte Kater«, Ludwig Tieck

Freitag

1

Bettina Wagner blieb unentschlossen am Spülbecken stehen. Eigentlich wollte sie den Frühstückstisch abräumen. Ihre Kaffeetasse, ihren Teller. Das unbenutzte Geschirr ihrer Tochter. Wenigstens hatte Alina hier geschlafen und nicht Reißaus genommen. Da fiel ein Frühstück, das schon lang kein gemeinsames mehr war, kaum ins Gewicht. Mit diesem Wink versuchte Bettina sich selbst zu ermuntern. In dieser Nacht war ihr Schlaf sehr unruhig gewesen. Bis kurz nach vier hatten ihre Gedanken gleich krawallschlagenden Kindern getobt. In ihrer Anspannung hatte sie den Atem ihrer Tochter durch die Wand zu hören geglaubt. Und das trotz des laufenden Fernsehers. Die Zeit, in der sie ohne die Glotze hatte einschlafen können, lag gefühlte hundert Jahre zurück. Selbstverständlich hasste sie das Programm. Alle Menschen hassten das Programm. Doch war der Groll anscheinend nicht Grund genug, abzuschalten.

Immerhin funktionierten ihre Hände ungeachtet der widrigen Umstände. Die jahrelange Routine hatte Bettina einen Automatismus gelehrt, der das Gewissen beruhigte. Auch wenn sie Nacht für Nacht in ein Loch fiel, würde sie ihrer Tochter die Schulbrote schmieren. Sie würde den Tisch decken, Tee und Kaffee machen. Eine schlechte Mutter zu sein, konnte ihr niemand vorwerfen. Das hätte nicht einmal ihr verstorbener Gatte gewagt, und der war zu fast allem fähig gewesen. Zumindest zu allem, was man einer Frau antun durfte, ohne dafür eine Haftstrafe zu riskieren.

Keine fünf Minuten später zog sie unter Alinas Bett den Laptop hervor. Dort hatte ihn ihre Tochter schon des Öfteren hingeschoben. Bettina konnte über die Einfachheit des Verstecks nur den Kopf schütteln. Ehe sie den Laptop öffnete, horchte sie in die Wohnung. Von der eigenen Tochter überrascht zu werden hätte unweigerlich zum Streit geführt. Welche Ausrede wäre für eine derartige Situation denn plausibel? Vielleicht: Ich mache mir halt Sorgen. So lautete zumindest die Standardausrede im Hause Mutter.

Bettina fuhr den Computer hoch, konnte aber kein Programm starten. Der Zugang war durch ein neues Kennwort geschützt. Sie probierte zweimal ins Blaue. Erst den Namen ihrer Tochter, darauf den des neues Stücks. Beide Versuche blieben wirkungslos. Jäh befiel sie die Angst, irgendeine Sperre auszulösen und sich somit zu verraten. Sie schüttelte den Kopf. Sie hatte ihre eigene Tochter wohl unterschätzt.

2

Frau Löwinski, die ehemalige Intendantin der Erfurter Jugendbühne, hatte sich gemeldet. Daraufhin hatte Linda kurzerhand entschieden, die Gelegenheit beim Schopfe zu packen. Wer weiß, so hatte sie angemahnt, wann die Frau wieder Zeit für uns aufbringt. Henry war ihr Tatendrang willkommen. Die letzte Nacht hatte ihre Spuren nicht nur auf seiner Bauchdecke hinterlassen.

Die Kommissare verließen Jena über die B88 in Richtung Norden. Nach etwa zehn Minuten überquerten sie die Saale. Sie fuhren nun ostwärts, bis sie einen Ort namens Golmsdorf passierten. Von dort an folgten sie der Gleise, einem Nebenfluss der Saale. Die bewaldeten Hochflächen kündeten von der Einsamkeit des Holzlandes. Von der Einsamkeit und der stagnierenden Zeit. Gestern war hier heute und heute eine Gegenwart ohne Morgen.

»Seltsame Gegend«, sagte Linda, als sie in die Ortschaft Senkheim einfuhren. »Irgendwie bedrückend.«

»Gibt es viele solcher Dörfer hier?«

»Das Holzland ist ein einziges Dorf.«

Je tiefer sie in die Ortschaft gelangten, desto niedriger wurden die Häuser. Normalerweise schrumpfte alles Fliehende, während das Nahende an Größe gewann. Doch als Henry durch die Heckscheibe schaute, erschienen ihm die Gebäude in der

Flucht von gleicher Höhe. Wie die grob gepinselten Häuser auf dem Tuschebild eines Kindes.

»Willst du deinen Literaturgeschmack erweitern?«, fragte ihn Linda.

»Wie kommst du darauf?«

»Ich sehe dich ständig mit dem Buch rumlaufen.«

Auf der Fahrt hatte er zum wiederholten Mal die Geschichte von Morella gelesen. Kleine Markierungen waren über die Seiten gekritzelt. Hier hatte er ein Wort unterstrichen, dort ein Fragezeichen platziert. Seit Jasmin ihm ihre Interpretation dargelegt hatte, war es für ihn eine Geschichte von Inzest und Pädophilie. Gleichwohl hatte Jasmin ihre Interpretation an eine Warnung gekoppelt. In Poes Geschichten ließe sich alles Erdenkliche hineindeuten. Deshalb sei Poe auch ein derartiger Meister. Henry hatte gedacht, damit wäre eine Freundschaft zwischen ihnen ausgeschlossen. Zwischen Mr. Poe und ihm. Zwischen dem, der die Lücken erschuf, und dem, der die Lücken zu füllen suchte.

»Das lese ich bloß zur Ablenkung«, antwortete Henry leichtfertig.

»Ablenkung von der Arbeit.« Linda grinste. »Wer's glaubt, wird selig.«

Sie erreichten den Krugweg, die einzige Nebenstraße in Senkheim. Durch einen Vorgarten gelangten sie zur Tür eines winzig anmutenden Hauses. Henry blickte die schmale Straße zurück. In Richtung Dorfausgang wirkte die Perspektive verzerrt und irreal. Er zwinkerte mehrfach, aber es wollte nicht helfen. Senkheim blieb ein seltsames Dorf.

»Guten Tag, Kripo Jena. Sie haben uns angerufen.« Linda lächelte einer etwa siebzigjährigen Frau entgegen.

Was sie in den nächsten Stunden erzählt bekamen, glich einer Nummernrevue in Theatergeschichte. Aber Rita Löwinski käute keine beschönigte Laufbahn wieder. Im Gegenteil: Frau Löwinskis Erinnerungen klangen nach gelebter Geschichte. Heute allerdings, so erklärte sie, mied sie die Gesellschaft anderer Menschen. Ihre turbulenten Zeiten seien vorbei. Sie wohne lieber in trauter Dreisamkeit mit ihren Katzen. Herr

Löwinski war vor fünf Jahren in der Saale ertrunken. Seitdem frönte sie der Malerei. Überall im Haus hingen Aquarelle, die eine eigenartige Friedfertigkeit ausstrahlten. Auf allen Bildern schien das gleiche Motiv verewigt. Ein rosafarbener Fluss, ein spärlich bewachsenes Ufer.

Frau Löwinski schüttete Gebäck in eine Schale, und Linda langte sofort zu. Henry beäugte voller Skepsis den Puderzucker auf dem Teig. Er beherrschte sich und fragte: »Hatten Sie Ben Schilling ans Theater geholt?«

»Er wurde mir empfohlen«, erwiderte Rita Löwinski. »Von einem Kollegen aus Berlin. Außerdem gefiel mir sein Konzept.«

»Die Negierung des Abstrakten.«

»Sie sind offenbar informiert.«

Nicht ohne Genugtuung sah Henry, dass Linda erstaunt die Brauen hob. Er hatte sich tatsächlich informiert. Oder genauer: die von Lennart angehäuften Fakten sorgsam studiert. Zu viele Stunden in einer kalten Küche, zu wenige Stunden unter der warmen Bettdecke neben Jasmin.

»So seltsam es klingen mag«, fuhr Rita Löwinski fort. »Aber das Traditionelle brachte frischen Wind in den Betrieb. Irgendwann wird man auch der Innovation müde.«

Linda nickte, wobei sie ein Stück Gebäck in ihrer Hand wog. »Wenn Sie von dem Regisseur so begeistert waren, weshalb haben Sie dann die Premiere abgeblasen?«

»Herrn Schilling hatte eine furchtbare Krankheit ereilt. Ein Virus oder dergleichen.«

»Muss wirklich furchtbar gewesen sein. Ich meine, gleich das Stück vom Spielplan zu streichen. Das macht man bestimmt nicht alle Tage.«

»Nein, das macht man nicht.« Rita Löwinski ließ eine der Katzen auf ihren Schoß springen. »Es war wirklich furchtbar gewesen.«

Das sonore Schnurren der Katze erwärmte die Stube. Aber von einer gemütlichen Atmosphäre konnte nicht die Rede sein. Noch während Henry nach einem neuen Ansatz suchte, preschte Linda vor.

»Wenn es so furchtbar war, findet sich garantiert eine Krankenakte.«

Henry war keineswegs über Lindas Offensive erstaunt. Sie bemühte den fragwürdigen Schuss ins Blaue – eine Strategie ratloser Polizisten. Und wohl eher eine Verhörmethode aus dem inoffiziellen Lehrbuch.

Frau Löwinski drückte das Rückgrat der Katze durch, gleichzeitig stemmte sich das Tier hoch. Sie wisse nicht, ob er zum Arzt gegangen sei, sagte die ehemalige Intendantin. Ben Schilling sei ziemlich eigen.

»Also ich würde mir ein Attest zeigen lassen«, sagte Linda. »Vielleicht ist das in Ihrer Branche unüblich, aber mit der Streichung verlor das Theater garantiert eine Menge Geld.«

Rita Löwinski übte stärkeren Druck auf den Katzenrücken aus. »Was wollen Sie eigentlich? Ich bin im Ruhestand. Was damals geschah, ist lange her.«

»Ich habe das Gefühl, Sie wollen uns etwas sagen.«

»Da täuschen Sie sich.«

»Sie haben die Sache damals geregelt. Wahrscheinlich zur Zufriedenheit aller. Aber jetzt ...« Linda schob sich das Gebäck in den Mund und kaute mechanisch. Sobald sie runtergeschluckt hatte, sagte sie: »Jetzt sind Sie allerdings im Ruhestand. Fehlende Professionalität wird Ihnen niemand mehr vorwerfen können.«

»Gewisse Entscheidungen lassen sich ohnehin nicht korrigieren. Was geschehen ist, ist geschehen.«

»Sie wissen, dass ich Ihnen die Floskel nicht abnehme.« Linda deutete auf die Aquarelle an der Wand. »Was geschehen ist, sucht früher oder später seinen Ausdruck.«

Rita Löwinski erwiderte nichts. Die Katze hatte sich mittlerweile auf ihren Beinen ausgestreckt. Ihr Schnurren klang wie ein tiefer Tinnitus, der die Stille brauchte, um zu schmerzen.

»Ich werde Ihnen eine Frage stellen«, sagte Linda, »und wir werden sehen, was die Katze meint.«

Rita Löwinski bedachte Linda mit einer Miene offener Ratlosigkeit.

»Ich habe das Gefühl, die Katze würde für ein Ja das Köpfchen heben.«

In Frau Löwinskis Gesicht wechselte der Ausdruck. Die Ratlosigkeit schien einer vagen Erkenntnis zu weichen.

»Gut, ich fange an«, sagte Linda.

Rita Löwinski nickte.

»War Ben Schilling der Grund für die Streichung des Stückes?«

Frau Löwinski ließ ihre Linke unter das Kinn der Katze fahren. Sie streichelte das Tier, bis es lustvoll den Kopf hob.

»Diente Schillings ›Krankheit‹ nur dazu, den Ruf des Hauses zu schützen?«

Wieder die gleiche Geste, wieder das Heben des Kopfes. Dann glitt Rita Löwinskis Hand zurück auf den Rücken der Katze. Henry wagte es kaum, den Notizblock zu bewegen. Er war von der Befragung gleichermaßen fasziniert wie erschüttert. Was hier geschah, widersprach jeglicher Verhörnorm. Dagegen wirkte die Anwendung von Suggestivfragen lächerlich.

»Hat er etwas nicht Tolerierbares getan?«, wollte Linda wissen.

Die Hand blieb auf dem Rücken der Katze ruhen. Die Anspannung in der kleinen Stube war kaum auszuhalten. Langsam fuhr Frau Löwinskis Hand unter das Köpfchen, und die Katze bejahte Lindas Frage.

»Hatte es mit einem der Darsteller zu tun?«

Die Katze bejahte auch diese Frage.

»Mit einem der Mädchen?«

Plötzlich sprang die Katze vom Schoß ihrer Herrin. Rita Löwinski äußerte in unmissverständlicher Weise, sie werde den Namen des Mädchens nicht preisgeben. Offenkundig hütete sie ein Geheimnis, das sich den Wasserfarben verwehrte. »Das habe ich versprochen«, sagte sie schließlich. »Nicht ihm, sondern ihr.«

Als sich die Kommissare erhoben, blieb Frau Löwinski sitzen. Sie schüttete das restliche Gebäck zurück in eine Dose. Dabei murmelte sie wie nebenher: »Ich habe gewusst, dass Sie irgendwann kommen.«

»Das kann ich mir denken«, sagte Linda unterkühlt.

»Nein, nicht aus dem Grund, den Sie vermuten.«

»Und warum dann?«

»Ein Mann hat vor Monaten angerufen.«

Linda wandte sich von der Tür ab. »Und was wollte er?«

»Das Gleiche wie Sie.«

3

Noch im Bett war er sich unschlüssig gewesen, ob er ihr antworten sollte. Die Stimme seines Verlangens hatte sich auf eine simple Formel beschränkt: Es kann nichts passieren. Immer wieder: Es kann nichts passieren. Kein Mensch wusste von ihrem E-Mail-Verkehr. Niemand wusste, dass sie Virginia war und er Prinz Prospero. Wer sollte ihnen also auf die Schliche kommen?

Sobald Bens Füße den kalten Boden berührten, kehrten Verstand und Vorsicht zurück. Er würde einen klaren Kopf behalten, und das hieß in der Konsequenz: ausharren. Er stemmte sich von der Bettkante und tapste ins Bad. Durch das Fenster flutete helles Sonnenlicht. Es würde ein schöner Tag werden, dachte er in einem Anflug von Optimismus. Vielleicht würde er noch ein wenig am letzten Akt feilen. Ein bisschen mehr Leidenschaft hineinpacken. Die dramatische Schraube anziehen. Aber zunächst musste er der Wagnergasse einen Besuch abstatten. Er hatte dort einen Termin mit einem Presseheini. Der wollte für die Ostthüringer Zeitung einen Artikel über sein aktuelles Stück schreiben.

Gemeinhin wurden Beiträge zeitnah vor oder nach der Premiere veröffentlicht. Ein regulärer Probenbeginn fand im Normalfall kein Presseecho. Er versuchte, das verfrühte Interesse mit seiner Reputation zu begründen. Garantiert erinnerten sich einige Journalisten seines ersten in Jena aufgeführten Schauspiels. Der erfolgreiche Einstand der Partnerschaft Kolp und Schilling. Stets hatte sich Schloss Thalstein gegenüber dem Theaterhaus im Stadtzentrum behaupten müssen. Das

Theaterhaus favorisierte das Experiment, und das mochten die Kritiker. Um sich von der Konkurrenz abzugrenzen, musste das Schlosstheater die traditionelle Linie fahren. Und genau dafür war Ben Schilling der richtige Mann. Sein Theater glaubten auch die Dummbarden von der Regionalpresse zu verstehen.

Derweil er sich die Zähne putzte, beschlich ihn ein furchtbarer Verdacht. Womöglich hatte die Presse Wind von Caroline Meyers Unfall bekommen. Vielleicht witterte ein Reporter die große Story. K.o.-Tropfen am Jugendtheater. Schloss Thalstein im Herzen Thüringens, eine Sexburg? Bretter, auf denen die Sünde verkehrt. Eltern, haltet eure Kinder fest! Ben starrte seinem Spiegelbild in die hellblauen Augen.

Diese Augen waren fähig, Dinge zu verheimlichen. Das hatten ihn Schmerz und Verzicht über Jahrzehnte hinweg gelehrt. Angefangen hatte seine Lehre bereits in der Kindheit. Als er allein im Schatten hatte ausharren müssen. Als ihn die Altersgenossen mieden, weil er krank war. Und Kranksein schien gleichbedeutend mit Anderssein. Unwillkürlich rieb er seinen Unterarm über den Hüftknochen. Der geschulte Blick registrierte sofort die vernarbte Haut. Früher hatte er sich blutig gekratzt, weil ihn das Jucken gereizt hatte wie ein Sonnenbrand. Dann hatte er die Wunden aufgekratzt, weil er von der Welt ausgeschlossen worden war. Kein Kind hatte mit ihm im Sandkasten spielen wollen. Kein Freund hatte ihm liebevoll ein Stoffbändchen ums Handgelenk geschnürt. Kein heimliches Küssen. Kein Fummeln im Gebüsch. Am Ende hatte er ihn akzeptiert, den Teufelskreis aus Schmerzen und Verzicht. Er konnte sich nicht mehr daran erinnern, was ihn zuerst geprägt hatte: die Schmerzen oder der Verzicht. Manchmal glaubte er, beide Zustände würden sich hinter einer anderen Macht einreihen. Im Anfang steckte wohl immer die Mutter. Entweder machte sie etwas, oder sie machte etwas nicht. Es begann und endete mit Mutter. Sein Erbteil war ein brennendes Jucken und weit mehr als eine langärmlige Garderobe.

Ben schlüpfte in seine Röhrenjeans, streifte sich ein kariertes Hemd und einen Pullunder über. Er wusste, dass er das Interview meistern würde. Es war zweitrangig, was diesen Presseheini letztlich zu einem Treffen motivierte. Er schaute seinem Spiegelbild erneut in die Augen und atmete durch. Als er mit wiedererlangter Zuversicht die Wohnung verließ, wäre er beinahe auf ein Kuvert getreten.

Er brauchte den Umschlag nicht zu öffnen. Er hätte den Absender blind erraten können. Es gab nur eine Person, der er diese klassische Form zutraute. Nur eine Person, die romantisch genug war, überhaupt Briefe zu schreiben. Sofort verlor das Interview jedwede Bedeutung. Er machte kehrt und schloss von innen die Tür.

Er setzte sich auf die Couch und lehnte sich zurück. Der Brief in seiner linken Hand, das Smartphone in seiner rechten. Von einer Minute zur anderen war ihm jedes weitere Ausharren ein Gräuel geworden. Gleichwohl gedachte er Prosperos Schicksal. War der Tod erst einmal ins Schloss eingekehrt, ließ er sich nicht mehr hinausjagen. Dann sprach eine fiebrige Stimme, dass jedes Begehren ein Risiko in sich trage. Nur wer etwas riskiere, bekäme die Chance, seine Lust zu stillen. Alles andere sei von vornherein zum Scheitern verurteilt.

Er legte das Smartphone beiseite und strich über den Brief. Er glaubte, ihre Handschrift durch den Umschlag fühlen zu können. Das geschwungene L, das bauchige S. Eine Unterschrift, zärtlich und verspielt, wie sie nur pubertäre Mädchen zustande brachten. Ihm schoss das Blut zwischen die Schenkel. Vor dem Risiko, so sinnierte er, kommt die Sehnsucht. Und die Sehnsucht wird beflügelt von einer zügellosen Phantasie. Er lächelte in sich hinein und öffnete den Umschlag. Überflog den Inhalt, sprang auf und schrie: »Diese verdammte Fotze!«

4

»Das Schwein geht nicht ran.«

Linda musterte ihr Mobiltelefon, als glaubte sie es defekt. Dann probierte sie erneut, durchzukommen.

»Hast du deine Nummer unterdrückt?«, fragte Henry.

»Klaro.«

»Komisch.«

»Nichts ist komisch.« Linda klang absolut humorlos. »Er will sich verpissen.«

Bald darauf standen sie in der Zwätzengasse. Linda klingelte bei Ben Schilling Sturm. Aber niemand öffnete die Tür. Sie drückte die anderen Klingeln, bis ihnen jemand Einlass gewährte. Auf leisen Sohlen stiegen die Kommissare empor ins Dachgeschoss.

Während Henry an der Tür horchte, kniete Linda vor dem Briefschlitz.

»Zugeklebt«, flüsterte sie. »Hat wohl was zu verbergen.«

»Drinnen ist jedenfalls alles ruhig.«

»Das Schwein versteckt sich vielleicht.«

»Oder ist wirklich nicht da.« Henry rückte von der Tür ab. »In dem Fall können wir nichts machen.«

»Nichts machen?« Linda richtete sich auf und starrte Henry an. »Wir müssen. Das Schwein will sich bestimmt absetzen.«

»Wohin denn?«

»Was weiß ich? So ein Typ hat Freunde und Gönner.«

»Er ahnt doch nichts von unserem Verdacht.« Henry kam sich vor, als spräche er mit der Stimme seiner Kollegin. »Was auch immer in Erfurt passiert ist, muss nichts mit unserer Sache zu tun haben.«

»Ein Mann bedrängt ein Mädchen und verliert seinen Job. Eine junge Frau, die am selben Ort arbeitet wie der Mann, wird vergiftet. Mit K.o.-Tropfen. Der Vergewaltigerdroge! Ich sehe da eindeutig einen Zusammenhang.«

Henry setzte sich auf die oberste Stufe und blätterte in seinen Notizen. Der neuerliche Ehrgeiz seiner Kollegin verwunderte ihn nicht im Geringsten. Seit sie mit Alina Wagner gesprochen hatte, schien ihr Visier ausgerichtet. Zum damaligen Zeitpunkt hätte sie ihre Position wohl kaum in dieser Offenheit betont. Das wäre ihrem Arbeitsethos zuwidergelaufen. Ferner hätte ein derartiges Bekenntnis ihre Professionalität in Frage gestellt.

Mittlerweile war die Falte, die seit dem Friedhofsbesuch ihre Stirn durchpflügte, tiefer geworden. Henry bat darum, einen Vorschlag machen zu dürfen.

»Nur zu, Samurai Kilmer.«

»Wir sollten uns noch mal Torsten Knaak vorknöpfen.«

»Weshalb Torsten Knaak?«

»Der Junge hat gemeint, der Hausmeister hätte sich mit Marissa gestritten.«

»Welcher Junge?«

»Levin Blaschko, den ich mit Lennart befragt habe.«

»Und?«

»Vielleicht hat sie Schilling gewarnt.«

Linda nickte langsam. Henrys Gedankengang schien ihr auch ohne weitere Erklärung einzuleuchten. Sie kündigte an, Lennart zu informieren. Der solle sich baldmöglichst vor Schillings Hauseingang zur Observation einfinden. »Und wenn das Schwein zurückkommt, schnappen wir's.«

5

Schon der Anruf mit der unterdrückten Nummer hatte ihn stutzig gemacht. Als wenig später auch noch die Klingel schrillte, erstarrte er in seiner Wut. Er verharrte nahe der Tür und horchte in Richtung Treppenhaus. Nicht anders, als er befürchtet hatte, vernahm er bald darauf den Schritt der Polizisten. Einer von ihnen versuchte sogar durch den Briefschlitz zu linsen.

Ben hätte gern über ihre naiven Methoden gelacht. Aber die Wut verkrampfte ihm gleichermaßen Kiefer und Herz. Als die Polizisten endlich das Haus verließen, beobachtete er sie vom Fenster aus. Er hätte es sich denken können: Es war das Duo, das ihn vor drei Tagen befragt hatte. Er sah die beiden ins Auto steigen und davonfahren.

Er begann durch die Wohnung zu streunen wie ein angeschossener Wolf. Binnen der letzten Stunde hatte alles in diesen vier Wänden seine Attraktivität eingebüßt. Das elegante Parkett, die frei liegenden Balken. Das luminöse Bad inklusive einer freien Sicht auf Jena. Alles, was ihn umgab, hätte der wahr gewordene Traum eines Mittdreißigers sein können. Doch Bens Blick wurde allein von einer Sache angezogen: dem Brief auf der Couch.

Mit wutverzerrtem Gesicht pflanzte er sich wieder unter die Dachschräge. Auch ein nochmaliges Lesen machte den Brief nicht erträglicher. Die Botschaft war eindeutig. Ohne sich zu erheben, trat er nach dem Couchtisch. Die Wucht des Trittes schleuderte ihn gegen einen der Stützbalken. Ein dumpfer Knall folgte, aber der Tisch blieb heil. Der Balken war ebenfalls unversehrt. Im Parkett nicht die Spur eines Kratzers. Der Mangel an Kraft ließ seine Wut noch anschwellen. Er hievte sich von der Couch und durchmaß mit zornigen Schritten das Zimmer. Ein weiterer Tritt stieß die kleine Yuccapalme um. Dann stoppte er vor der Bücherwand. Sein Blick senkte sich auf den Brief in seiner Faust. Statt der herbeigesehnten Handschrift prangten dort fette Druckbuchstaben:

»Ich werde alles melden. Außer du tust, was ich sage. Warte heute Abend am Theater. Ich liebe dich!«

6

Warum sie nur diese hässliche Strickjacke trage, wollte Katja wissen. Alina zog die Stirn kraus, während sie ihren Mantel bis zum Hals zuknöpfte. Im Rücken das Angergymnasium, liefen sie die Karl-Liebknecht-Straße heimwärts. Katja hatte ihre Wollmütze ein Stück nach hinten gerafft, sodass ihr Pony im Wind tanzte. Von der Kälte waren ihre Wangen leicht gerötet. Anstelle eines Rucksacks trug sie neuerdings eine breite Schultertasche. Trotz ihrer vierzehn Jahre ähnelte sie schon jetzt einer Studentin. Oder einer Austauschschülerin aus Frankreich. Jedenfalls stellte sich Alina so eine Französin ihres Alters vor.

»Ich mag die Jacke«, antwortete sie nach einer Weile. »Und außerdem ist sie von meinem Opa.«

Sie hoffte, die Lüge würde weitere Fragen seitens ihrer Freundin verhindern. Rasch fügte sie noch hinzu, dass ihr Großvater vor Jahren gestorben sei.

»Oh, das tut mir leid«, entgegnete Katja.

»Er hatte Krebs.«

»Hattest du ihn gern?«

»Geht so.«

»Mein Opa erzählt mir immer Geschichten von früher.«

»Ach wirklich?«

Alina wünschte sich, ihre Freundin würde das Thema an sich reißen. Normalerweise konnte sie ihren Narzissmus nicht lange im Zaum halten.

»Und dein Großvater?«, fragte Katja. »Hat er dir auch Geschichten erzählt?«

Alina hob flüchtig die Schultern. Eine Frage von Katja Strobel hatte sie ganz und gar nicht erwartet. Sie dachte an den Besitzer der Strickjacke und sagte: »Ja, oft.«

»Kriegsgeschichten, nicht wahr?«

»Nein.«

»Was dann?«

Katjas Interesse irritierte sie. Hatte ihre gestrige Flucht irgendetwas in ihrer Freundin ausgelöst? War sie jetzt dabei, ihre mitfühlende Seite zu entdecken? Obwohl Alina misstrauisch blieb, antwortete sie: »Geschichten von früher. Aus der Zeit vor dem Krieg.«

»Wie alt ist er denn geworden?«

»Keine Ahnung. Wir reden zu Hause nicht von ihm.«

»Und die Jacke hat er dir vererbt?«

Alina zuckte mit den Schultern.

»Oder deiner Mutter?«

»Nein, mir.«

»Also kanntest du ihn?«

»Ich habe doch gesagt, dass er mir Geschichten erzählt hat!« Alina verfluchte innerlich ihren gereizten Tonfall. Im Grunde hatte sie nur das Thema wechseln wollen, mehr nicht. Als sie die Karl-Liebknecht-Straße überquerten, fragte Alina: »Hast du dich nun mit diesem Jungen getroffen?«

»Welchem?«, wollte Katja wissen.

»Na, diesem einen?«

»Ach, du meinst Marco!«

Es funktionierte, und Katjas Ausbruch an Empathie war vergessen. Ohne Punkt und Komma begann ihre Freundin von *diesem einen* zu erzählen. Alina krallte ihre Finger von innen in die Jackenärmel. Es war, als ob sie unter dem Mantel eine zweite Haut trug. Nur hatte diese Haut ihren unverwechselbaren Duft verloren. Wenn Alina die Strickjacke auch immerfort trüge, würde der Geruch nicht zurückkehren. Die Jacke würde irgendwann lediglich nach Alina Wagner riechen. Während Katja detailliert ihre letzte Knutscherei beschrieb, fing sie zu weinen an. Sie wusste nicht, weshalb es ausgerechnet hier und jetzt geschah. Sie spürte nur die Tränen, die der eisige Wind von ihren Wangen leckte. Spürte nur den Stoff der Strickjacke unter ihren Nägeln.

7

Torsten Knaak hatte gesagt, er sei im Theater. Bis mindestens sechzehn Uhr. Als die Kommissare um halb vier aus dem Wagen stiegen, schloss Knaak bereits hinter sich die Tür. Aus der Entfernung schien seine Gestalt zu groß, um durch den Türrahmen zu passen. Er trug einen formlosen Anzug und einen Schal, dessen Fransen im Wind flatterten. Stunde um Stunde wurde es kälter. Linda hoffte, sie müssten die Befragung nicht draußen durchführen.

»Da haben wir ja Glück gehabt«, rief sie ihm entgegen.

Er wirkte nicht erleichtert darüber, dass ihn die Polizisten noch abgepasst hatten. Unter seinem Schnurrbart kroch ein tiefes Knurren hervor. Linda war es mittlerweile egal, ob sie die Tagespläne anderer Menschen durchkreuzten. Taktgefühl und rücksichtsvolle Einleitungen konnten ihr gestohlen bleiben. Sie sprach ihn direkt auf den Streit mit seiner Chefin an.

»Ich kann mich nicht erinnern«, antwortete Knaak. »Ich war schon oft mit Frau Kolp aneinandergeraten. So was passiert halt in einer …«

»Familie«, beendete Linda genervt den Satz.

»Samstag, der 7. November«, präzisierte Henry. »Auf der Feier zum Probenbeginn. Unsere Quelle ist zuverlässig.«

»Ihre sogenannte Quelle ist vielleicht einem Trugbild erlegen. Das kann im Theater schon mal vorkommen.«

»Also leugnen Sie, dass Sie sich gestritten haben?«

»Ich kann mich einfach nicht erinnern«, wiederholte Knaak. Er betrachtete die Kommissare voll Argwohn. Dann strich er sich über den Schnurrbart und sagte: »Frau Kolp und ich hatten ein konstruktives Gespräch. Mehr nicht.«

»Wollen wir nicht drinnen weiterreden?« Beide Hände in die Jackentaschen geschoben, nickte Linda in Richtung Tür. »Oder wollen wir uns in mein gemütliches Auto setzen?«

Knaak resignierte mit einer pathetischen Geste. Er schloss die Tür auf und geleitete die Kommissare in sein Kabuff. Am Eingang klebte ein DIN-A4-Blatt mit dem Vermerk: privat. Linda fragte sich, weshalb er sie hierher gelotst hatte. Ihretwegen hätten sie die Befragung auch anderorts durchführen können. Das Foyer machte einen ungleich gemütlicheren Eindruck. Mit einem Fingerzeig bot Knaak ihr einen Hocker an.

Linda setzte sich, Henry blieb stehen.

»Entschuldigen Sie die Enge. Aber hier lässt es sich wenigstens ungestört reden«, rechtfertigte Knaak den Platzmangel. Sein Ton bemühte sich plötzlich um Freundlichkeit. Ja, sagte er, Marissa und er hätten einen kleinen Disput gehabt.

Aus Frau Kolp war schlagartig Marissa geworden. Linda vernahm, dass Henry sich eine Notiz machte. Zwei Schafe, ein Gedanke, dachte sie halb amüsiert. Sie bedeutete Knaak, fortzufahren.

»Es ging um die Barbeleuchtung.«

»Um die Barbeleuchtung?«, hakte Linda ungläubig nach.

»Ja, wir brauchen neue Glühbirnen. Aber Marissa meinte, es würden noch genügend brennen.«

»Ist das Theater in Geldnot?«

»Für die Künstler ist immer Geld da.«

»Also ging es um mehr als die Glühbirnen?«

Torsten Knaak führte lang und breit aus, an welcher Stelle sich sparen ließ. Das Thema schien ihn zu erhitzen. Andererseits hatte Linda den Verdacht, dass er seinen Frust als Deckmantel einsetzte. Dass er die Empörung über eine unerhebliche Situation benutzte, um Natürlichkeit vorzutäuschen. Die Masche war Linda bekannt. Solche Finten bekam man beim Wochenendseminar für Psychologie erklärt. Oder beim Lebensseminar in Sachen Mutterschaft. Sie fragte ihn, weshalb die Glühbirnen ausgerechnet auf der Feier ein Thema gewesen seien.

»Ich war betrunken und innerlich aufgebracht. Sie wissen doch, wie das ist.« Torsten Knaak mimte den Vertrauensseligen. »Zu tief ins Glas geschaut, und der Ärger bricht sich Bahn.«

Dass Knaak alkoholisiert gewesen war, hatten einige Zeugen bestätigt. Zumindest in diesem Punkt log er nicht. Um ihn aus der Reserve zu locken, musste man ihm offenbar einen Knochen vorwerfen.

»Wir wissen, dass Caroline Meyer in Ben Schilling verliebt ist.«

Knaak schaute betreten zu Boden. Seine Pranken strichen seine noch mächtigeren Hosenbeine glatt. »Kann sein«, grummelte er nach einer Pause. »Um so was kümmere ich mich nicht.«

»Ja, wir wissen Bescheid. Sie kümmern sich bloß um Glühbirnen und lockere Schrauben.«

»Genauso ist es.«

»Wie ist eigentlich Ihr Verhältnis zu Ben Schilling?«

»Ich bin der Hausmeister, er ist der Starregisseur.«

»Streng genommen sind Sie von seinem Erfolg abhängig, oder?«

»Das Haus wäre ohne ihn besser dran.«

»Entscheidet das nicht allein das Publikum?«

»Ein Haufen Mist lockt auch Fliegen an.«

Knaaks Erregung schien sich von den Glühbirnen zum wahren Kern hingeschaukelt zu haben. Linda hakte behutsam nach, worauf denn seine Äußerung abziele. Ohne Umschweife klagte er über Schillings Methoden. Auf diese Weise könne man kein Stück inszenieren. Nicht mit Kindern und Jugendlichen. Die armen Geschöpfe würden noch nichts von der Macht der großen Bühne ahnen. Sie seien ihm quasi ausgeliefert. Dieser Schilling sei nichts weiter als ein übler Scharlatan.

»Entschuldigen Sie«, sagte Linda. »Aber offensichtlich stehen Sie mit Ihrer Meinung allein da.«

»Wer schenkt schon der Meinung eines Hausmeisters Gehör?«, antwortete Knaak resigniert.

Linda war enttäuscht. Sie hatte sich bereits ausgemalt, wie Knaak den Regisseur auf andere Art belasten würde. Letztlich standen sie einem von Missgunst zerrütteten Mann gegenüber. Ein Hausmeister, der gern Regisseur wäre. Der meinte, seine Wahrheit im Suff der Welt verkünden zu müssen. Die schöne Familie entsprach anscheinend mehr, als Linda erahnt hatte, einer richtigen Familie.

8

Während sie die Straße Am Erlkönig entlangfuhren, brummte Lindas Handy. Lennart Mikowskis Nummer leuchtete auf. Der Kollege saß in seinem Fiat Bravo und observierte Schillings Adresse.

»Gerade ist die Leiterin aufgetaucht«, meldete er. Sie habe mehrfach bei Schilling geklingelt und sei dann abgezischt. Zu Fuß in Richtung Zentrum. Seiner Einschätzung nach sei Frau Kolp in Eile gewesen. Sie habe ununterbrochen auf ihr Handy gestarrt.

»Und Schilling selbst?«, erkundigte sich Linda.

»Bisher keine Spur.«

»Wir sind auf dem Weg zu dir. Hast du Hunger?«

»Ja, auf Sushi.«

»Euer Wunsch sei mir Befehl.«

Indes Lennarts Dank durchs Telefon hallte, legte Linda auf. Die beiden Kommissare fuhren in Richtung Zentrum. Linda erzählte Henry von Frau Kolps Auftauchen. Sie meinte, die Frau führe irgendwas im Schilde. Enttäuschte Frauen seien nämlich zu allem fähig. Dann stellte sie das Radio lauter. Aus den Boxen dröhnte Tears for Fears' »Woman in Chains«. Der Einbruch der Dunkelheit machte die Befürchtung einer stundenlangen Observation nicht erträglicher.

9

Als die Klingel schrillte, durchschnitt der Lärm Alinas Gedanken. Reflexartig klappte sie den Laptop zu und drapierte die Bettdecke darüber. Sie duckte sich unters Fenster, lugte hinaus. An der Pforte zum Vorgarten stand Marissa Kolp. Alina konnte sich keinen Reim darauf machen, weshalb die Frau hier klingelte. Wollte sie mit ihr reden? Oder noch schlimmer: mit ihrer Mutter? Wusste sie vielleicht, wer sich hinten den Namen Prospero und Virginia verbarg? Aber woher? Das war ihrer beider Geheimnis. Er würde es niemals preisgeben. Nein, sagte sie sich, niemals.

Unter dem Fenster wartete sie darauf, dass Marissa Kolp wieder verschwinden würde. Allein die Straßenlaterne vor dem Haus erhellte das Zimmer. Alina hoffte, den Bildschirm schnell genug heruntergeklappt zu haben. Verunsichert wanderte ihr Blick über die hintere Zimmerwand. Die Grünlilie auf der Fensterbank warf scharfkantige Schatten gegen die Tapete. Alina fürchtete sich vor dem, was Marissa Kolp womöglich wusste. Warum war die Frau ausgerechnet heute hier aufgetaucht? Heute, wo sie sich vorgenommen hatte, die Sache zu klären. Dann riss die Stille sie aus ihrer Grübelei. Offenbar hatte es zu klingeln aufgehört. Ließ Frau Kolp sie tatsächlich in Ruhe?

Sie streckte sich zum Fenster hoch, und in diesem Moment läutete das Haustelefon. Vor Schreck zuckte sie heftig zusammen. Dabei prellte sie sich das Kinn an der Fensterbank. Beinahe hätte sie vor Schmerz aufgeschrien. Mit auf den Mund gepresster Hand linste sie hinaus. Marissa Kolp stand noch immer an der Pforte. Sie hielt ein Telefon in der Hand, während sie unermüdlich das Fenster fixierte. Alina rutschte ein Stück tiefer. Sie war sich nun sicher, dass die Leiterin Bescheid wusste. Vielleicht hatten ihre Augen das Licht der Straßenlaterne reflektiert. Wie bei einer durch die Nacht tänzelnden Waldnymphe. Ben hatte oft behauptet, sie habe viel mit einer Nymphe gemein. Deshalb sei sie auch die einzig wahre Morella.

Irgendwann verstummte das Läuten des Telefons, und Alina wagte einen weiteren Blick. Statt der Leiterin sah sie das Aufleuchten roter Rücklichter. Aber Alina traute dem Frieden nicht. Sie blieb auf dem Boden in Deckung. Kroch zu ihrem Bett und zog sich den Laptop heran. Im Posteingang befanden sich keine neuen Nachrichten. Ein Gefühl zwischen Wut und Enttäuschung verdrängte ihre Angst vor Marissa Kolp. Sie warf sich die Bettdecke über die Schultern und schlang die Arme um ihre Knie. »Das Einzige, was zählt, ist meine Empfindung«, flüsterte sie in die Stille hinein. »Oder war das gelogen?«

Es war der schönste Sommer ihres Lebens. Prinz Prospero und Virginia saßen nebeneinander auf der Treppe vor dem Theater. Obgleich die Strauchpappeln noch blühten, wehte ein kühler Wind von Norden her. Das Licht der Abendsonne hing in den Baumkronen gleich roten Glassplittern. Virginia trug das Kostüm einer einfachen Bäuerin. Die anderen Darsteller waren längst auf dem Heimweg. Mit ihren dreizehn Jahren zählte Virginia zu den Jüngsten in der Riege. »Die schwarze Spinne« war ihr erstes Stück. Nach dem Urteil des Prinzen überragte ihr Talent das der anderen Schauspieler.

»Das Mysterium liegt im Jetzt«, sagte Prospero. Er sprach so leise, dass seine Stimme beinahe vom Wind verschluckt wurde. Virginia musste sich zu ihm neigen, um jede seiner Silben zu verstehen. »Nur wer das Jetzt akzeptiert, wird Freiheit erlangen.«

Virginia nickte.

»Den Moment zu akzeptieren, bedeutet nichts weniger, als zu fühlen. Verstehst du das?«

Aber Virginia begriff nur die Hälfte von dem, was der Prinz sagte. Dennoch rang sie sich ein Nicken ab. Sie hatte Angst, er würde verstummen und seine Meinung über ihr Talent widerrufen. Schlimmstenfalls könnte er ihr eine kleinere Rolle geben.

»Jetzt flunkerst du.« Aus seiner Stimme tönte keinerlei Vorwurf. Als Virginia den Kopf schüttelte, sagte er: »Nehmen wir zum Beispiel deinen Körper …«

Sie hoffte, er würde ein anderes Beispiel wählen. Die Vorstellung, mit einem Mann über ihren Körper zu reden, fand sie befremdlich. Als säße sie neben ihrem Vater, der ihr den Zyklus erklären wollte. Die Vorstellung erschien ihr nicht nur befremdlich, sondern auch abwegig. Ihr Vater war seit Jahren tot.

»… und denken wir uns, du würdest deinen Körper nicht mögen«, sagte Prospero. »Du betrachtest dich im Spiegel, und der Anblick ist dir unangenehm. Du willst niemals nackt sein. Du willst dich lieber mit Gewändern verhüllen und …«

Virginia nickte nach jedem seiner Sätze. Einerseits war es ihr unangenehm, ihn über ihren Körper reden zu hören. Andererseits wollte sie nicht, dass er verstummte. Mit sanfter Stimme riet er ihr, sie solle sich von den negativen Gefühlen befreien. Angst erzeuge nämlich Unsicherheit, und Unsicherheit sei hinderlich für ein Bühnenleben. Ihre Scheu nähre sich allein von der Auffassung, sie sei nicht attraktiv. Aber das sei großer Mist, sagte der Prinz. Denn sie sei alles andere als unattraktiv.

Er spannte eine Pause, um ihr einen Kaugummi anzubieten. Virginia bedankte sich. Obgleich sie keinen Appetit auf Kaugummi hatte, aß sie ihn. Er schmeckte nach trockener Erde und verdorrten Wurzeln. Sie war sich unsicher, ob sie den Geschmack mochte. Dennoch kaute sie weiter, als erwarte sie unter Wurzeln und Erde ein verborgener Geschmack. Ein Aroma, das es zu entdecken galt.

Während Prospero fortfuhr, drang aus seinem Mund der erdige Atem. Virginia saß ihm so nah, dass der Geruch kaum zu ignorieren war. Je länger sie allerdings kaute, desto weniger nahm sie ihn wahr.

»Was zählt, ist der Moment«, bekräftigte er. »Und sobald du das akzeptiert hast, wirst du Freiheit finden. Dein Körper wird lernen, frei von Scham zu existieren …«

Plötzlich berührten sich ihre Fingerspitzen. Dann glitt seine Hand unter die ihre, als hätte Alina nach seiner Hand gegriffen. Er flüsterte ihr ins Ohr, das sei das Jetzt. Unveränderlich. Der reine Augenblick. Theater. »Und das Einzige, was zählt, ist deine Empfindung.«

Virginias Blick blieb in den Baumkronen haften. Am Himmel keine Sonne mehr, nur ein Funkeln unterm zitternden Laub. So fühlt es sich also an, dachte sie. So und nicht anders.

10

Ben Schilling hielt mitten auf der Einfahrt. Er schaltete den Motor ab und schaute in den Rückspiegel. Die Straße Am Erlkönig lag in Finsternis. Es war ihm schleierhaft, weshalb der Kommunalservice die Straße nicht mit Laternen ausstattete. Er stierte durch die Frontscheibe, und auch das Schloss war von Dunkelheit umhüllt. Dafür ließ sich die Stadt nicht haftbar machen. Die fehlende Hausbeleuchtung hatte allein die Miezekatze zu verantworten. Aber die gefiel sich eher in der Rolle des verkannten Schauspielers. Das von aller Welt ignorierte Talent. Mit einem Seufzen streifte er die Gedanken an den Hausmeister ab. Im Moment erwartete ihn eine Konfrontation, die Knaaks Narzissmus zur Lachnummer degradierte.

Als er sah, dass sich auf der Straße nichts tat, knipste er die Innenbeleuchtung an. Dann zog er aus der Jacke sein Manuskript und begann darin zu lesen. Seines Erachtens reifte ein

Stück nur selten zu einer definitiven Fassung heran. Noch während der Proben konnte sich ein Text verändern. Oft hieß es: revidieren und korrigieren. Den Darstellern eine Zeile auf den Mund schreiben. Oder ihnen mit spontanen Ergüssen den letzten Nerv rauben. Er mochte diesen Teil der Arbeit. In ihm steckte etwas Organisches. Genau wie Morellas schleichende Wiederkunft aus dem Reich der Toten.

Im zweiten Akt entdeckte er einen Buchstabendreher. Er lächelte, weil ihn niemand darauf hingewiesen hatte. Die Kinder liebten es, ihren Regisseur in großer Runde zu verbessern. Meist mimte Ben dann den Ertappten. Jetzt allerdings betrachtete er sein persönliches Exemplar. Darin duldete er nicht den kleinsten Fehler. Als er in seiner Jackentasche keinen Stift zum Korrigieren fand, schaute er ins Handschuhfach. Auch dort wurde er nicht fündig. Er fragte sich, wo er bloß seinen Kopf hatte. In der Regel trug er wenigstens einen Bleistift bei sich. Er knickte die Seite am oberen Rand ein, das sollte vorerst genügen.

Dann ein erneuter Blick in den Rückspiegel. Alles schwarz, dachte er, schwarz wie die Nacht. Der ausgelutschte Vergleich passte zu seiner Laune. Sie war buchstäblich im Keller. Ihm schwante, dass das Miststück ihn aus reiner Berechnung warten ließ. Das gehörte zu ihren kleinen Bosheiten, um ihn fertigzumachen. Dass ihre Methode auch noch funktionierte, war das Schlimmste daran.

Nervös schaute er in den Rückspiegel. Wieder nichts. Er widmete sich weiter seinem Manuskript. Je stärker die Anspannung in ihm stieg, desto häufiger rieb er seinen Unterarm. Vielleicht war das Treffen von vornherein zum Scheitern verurteilt. Die eine wollte er ruhigstellen, um der anderen nicht entsagen zu müssen. Beinahe schon romantisch, dachte er und grinste über seine Naivität. Er blätterte zur vorletzten Szene. Der ergreifende Höhepunkt in einer ergreifenden Geschichte. Der Held trägt das Mädchen Morella zu Grabe. Hinein in jene Gruft, wo zuvor ihre eigene Mutter bestattet worden war.

Ein schneller Blick in den Rückspiegel und siehe da: Eine

Gestalt bewegte sich die Einfahrt herauf. Nach einer Stunde Warterei wollte er kaum seinen Augen trauen. Um sie besser sehen zu können, schaltete er die Innenbeleuchtung aus. Aber die Person blieb schemenhaft. Der Gedanke an den gestrigen Nachmittag flammte in ihm auf. Garantiert hatte sie denselben Gedanken lange vor ihm gehabt. Weshalb hätte sie sonst unterhalb der Einfahrt parken sollen? Sie wollte wieder zu ihm ins Auto steigen. In seinen kleinen, kuschligen Škoda. Dessen war er sich gewiss. Ihre Taktik entsprang einem einzigen Klischee. Ich Frau, du Mann. Ich blase, du willenlos. Vor Ekel kratzte er sich den Unterarm wund. Doch ein Gefühl der Erleichterung wollte sich nicht einstellen.

Dann identifizierte er die graue Strickjacke. Im Bruchteil einer Sekunde waren Nervosität und Ekel verflogen. Statt derer explodierte in ihm ein Zorn, der aus jeder Wohnung ein Trümmerfeld gemacht hätte. Als die Beifahrertür geöffnet wurde, verstand er die Welt nicht mehr.

11

Du öffnest die Tür und steigst mit größter Selbstverständlichkeit in das Auto. Der Anblick seines Gesichtes macht dich glücklich und zornig zugleich. Glücklich seiner Ratlosigkeit wegen. Zornig, weil es das Gesicht ist, das du am meisten verabscheust.

Draußen hast du auf deinem Handy seine Nummer angewählt. Jetzt fasst du in deine Hosentasche und drückst die Anruftaste. Sobald er auf das Klingeln seines eigenen Telefons reagiert, kommt deine Chance: Er ist abgelenkt, und du jagst ihm die Spritze in den Oberschenkel. Nebenher nimmst du sein Telefon an dich. Für einen Moment kannst du dich mit seinem Gesicht tatsächlich anfreunden. Aus ihm spricht echte Ratlosigkeit. Aber das soll es nicht gewesen sein. Das »Buch der Liebe« hat dir schon hundertfach aufgezeigt, wohin die Reise gehen kann. Die Ratlosigkeit wird sich in Angst verwandeln und die Angst in noch stärkere Angst.

Angst ist der Anfang, aber nicht das Ende.

Denn das Ende hat keinen Platz für Angst. Dort herrscht allein der Schmerz, und das unter den Augen einer teilnahmslosen Welt.

Du beugst dich vor, um dir seinen Autoschlüssel zu schnappen. Dann steigst du aus dem Wagen und verschließt sämtliche Türen. Seine Schreie verstummen recht schnell. Trotzdem hast das du Gefühl, der Situation nicht gewachsen zu sein. Allein der Hass lässt dich an deinem Plan festhalten. Nicht mehr lang und seine Muskeln werden erschlaffen. Darauf wird er das Bewusstsein verlieren. Eine Überdosis könnte eine Atemdepression verursachen und die wiederum zum Herzstillstand führen. Aber das willst du nicht. Er soll auf eine andere Art sterben.

Samstag

1

Ohne sich umdrehen zu müssen, wusste sie, dass er das Bett längst verlassen hatte. Sie schloss die Augen und vergrub ihr Gesicht ins Kopfkissen. Im Grunde hätte sie liegen bleiben können. Der Wecker zeigte sieben Uhr dreißig, und es war ihr freier Tag. Sie hatte sich für ihn ebenso ein stinknormales Wochenende gewünscht. Ausschlafen, frische Brötchen vom Bäcker, eventuell ein Spaziergang. Aber nichts dergleichen würde geschehen. Der Fall, in dem er gerade ermittelte, schien von großer Dringlichkeit. Immerhin hatte er die halbe Nacht in der Küche über seinen Notizen verbracht. Er glaubte tatsächlich, sie würde seine Rastlosigkeit nicht bemerken. Sie würde tief und fest schlafen, während er sich aus dem Bett stahl. Aber Jasmin kannte Henrys Übereifer. Und sie kannte den Namen, der für so vieles stand. Vorgestern hatte er ihn im Schlaf gerufen, als würde er einen toten Bruder beschwören.

Sie warf die Bettdecke zurück und wankte in den Flur. Aus dem Badezimmer drang das Geräusch der Dusche. Seine Tasche stand gepackt neben seinen Schuhen. Das Jackett mit den Flicken an den Ellbogen hing am Haken. Um sich die Haare zu richten, benutzte sie einen verglasten Bilderrahmen als Spiegel. Dann ging sie in die Küche, stellte den Brotkorb auf den Tisch, ein Stück Butter, ein Glas Marmelade. Sie wusste, dass er ohnehin nichts essen würde. Henry Kilmer zu einem Frühstück überreden zu wollen, war ein sinnloses Vorhaben.

»Hab ich verschlafen?«, begrüßte er sie. Er schaute verdutzt auf seine Armbanduhr.

Für Jasmin war schon der Anblick ungewohnt. Verließ sie vor ihm das Bett, wollte sie entweder aufs Klo oder ihm einen Vers hinterlegen. Die Sache mit dem Vers war ihr Gutenmorgengruß.

»Hast du zehn Minuten?«, fragte sie.

»Ja.«

Er setzte sich ihr gegenüber. Ohne Notizblock und Ledertasche wirkte er in seiner Arbeitskleidung ziemlich verloren. Der leere Teller auf seiner Seite unterstrich den Eindruck. Sie warnte ihn, dass es wahrscheinlich die falsche Zeit sei. Für was, fragte er, und sie erwiderte: für ein ernstes Gespräch. Am Freitag habe sie noch geglaubt, sie könne es ignorieren. Aber heute wisse sie, dass sie sich getäuscht habe. Rasch erkundigte er sich, ob etwas Schlimmes auf Arbeit passiert sei. Ein Familienunglück kam für ihn wohl nicht in Frage. Oder die Tatsache, dass ein Arztbesuch ebenfalls Kummer auslösen konnte. Stattdessen dachte er sofort an Arbeit, weil die Arbeit sein Leben war.

Jasmin erhob sich und schenkte ihnen beiden Kaffee ein. Mit ihm zugewandten Rücken sagte sie: »Ich will eine Antwort. Und zwar jetzt.«

Henry erwiderte nichts.

»Du weißt genau, was ich meine.«

Er schwieg sich weiter aus, was ihr Unbehagen nur verstärkte. Sie gab einen Schuss Milch in seinen Kaffee und schob ihm die Tasse hin.

»Wer ist Patrick?«

Plötzlich glich Henrys Gesicht einer Maske, die zugleich zweierlei Züge offenbarte. Der eine ließ Zuneigung erahnen, der andere strotzte vor Kälte. Dieser kalte Teil beherrschte seine Augenpartie. Blaue Äderchen wurden unter seinen Wimpern sichtbar. Er schickte sich an, seine Arme zu verschränken, hielt jedoch im nächsten Moment inne. Er legte die linke Hand auf sein Knie, während die rechte die Tasse umfasste.

»Patrick Kramer starb vor langer Zeit«, sagte er emotionslos. »Er wurde entführt und umgebracht.«

»Von wem?«

»Von einem Mann, den ich Walkman nenne.«

Jasmin lachte auf. »So wie das Kassettending?«

»Genauso.«

»Und was hast du damit zu tun?«

»Ich habe ihm gesagt, wo er Patrick finden wird. Ohne meinen Hinweis würde der Junge noch leben.«

Jasmin versuchte, sich auf das Gesagte zu konzentrieren.

Doch in ihrem Kopf schwirrte das Bild des lesenden Henry herum. Wie er im Bett neben ihr lag und sich unermüdlich dieser Edgar-Allan-Poe-Geschichte widmete. Vielleicht hatte er sich ihrer Wirkung nicht entziehen können. Er wäre nicht der Erste, dachte Jasmin besorgt. Sie sah ihm in die Augen und ließ den Verdacht sogleich fallen. In ihnen war kein Wahnsinn, nicht das Geflacker wilder Trugbilder. Aus ihnen sprach nur der kalte Blick in die Vergangenheit.

Henry erzählte von einem Mann, dem er angeblich begegnet war. Dessen Gesicht könne er leider nicht beschreiben. Womöglich verdränge er sein Aussehen, oder es sei ihm schlichtweg entfallen. Er wisse aber noch, dass er einen alten Mantel getragen habe und um den Mantel einen Gürtel. Und das ungeachtet der hohen Temperaturen. Es war der 22. Juni, einen Tag nach Sommeranfang. Das Datum würde er nie vergessen. Er hatte damals geglaubt, es sei der glücklichste Tag seines Lebens.

Henry trank einen Schluck Kaffee und schwieg. Jasmin hatte Angst, er würde in seine Gedankenwelt abdriften. Doch dann fuhr er in seiner nüchternen Erzählweise fort: Der Fremde habe am Gürtel einen Walkman getragen. Das hatte Henry schon als Kind absurd, beinahe lächerlich gefunden. Der alte Mantel in Kombination mit dem seinerzeit noch modernen Walkman. Die Kopfhörer hatte der Mann auf den Hals hinabgeschoben. Aus ihnen drang ununterbrochen derselbe Song. Wenn Henry von der Begegnung träumte, glaubte er, die Melodie wiederzuerkennen. Sobald er allerdings aufwachte, war sie nicht mehr fassbar. Leider sei das die präziseste Erinnerung an den Mann, so erklärte Henry. Deshalb nenne er ihn einfach *Walkman*. Ihm sei bewusst, wie bescheuert das klingen mochte. Aber bisher musste er nur allein mit dem Namen zurechtkommen. Der Walkman sei eben sein eigener Dämon. Sein Schwarzer Mann im Wandschrank. Sein für ihn reservierter Kinderschreck. Bei diesen Worten war Jasmin nicht mehr nach Lachen zumute.

»Er hat mich gefragt, ob ich Zigaretten habe«, setzte Henry fort. »Und da wusste ich, dass der Mann böse war. Ich kann es leider nicht begründen. Nenn es meinetwegen kindliche

Intuition.« Er schaute Jasmin unsicher an. »Irgendwie spürt man doch, ob die Großmutter vor einem steht oder der böse Wolf.«

Jasmin nickte mechanisch.

Henry sagte, er habe dem Mann keine Zigaretten geben können. Er sei ja kein Raucher gewesen. Aber einen Tipp, wo er welche bekäme, habe er ihm gegeben. Nein, korrigierte sich Henry. Was er getan habe, sei mehr als ein Tipp gewesen. Unter großer Angst habe er den Mann auf ein Garagengelände geführt. Ein Gelände, das er zu einer früheren Zeit seinen Lieblingsort genannt hatte. Dann habe er dem Fremden geraten, die letzte Garage aufzusuchen. Dort sitze ein Junge, der rauche wie ein Schlot. Als der Mann ihm scheinbar aus Dankbarkeit die Hand auf die Schulter gelegt habe, sei Henry weggerannt. Schnurstracks nach Hause.

»Und abends im Bett konnte ich nicht einschlafen«, sagte Henry. »Ich war so glücklich. Mein Herz hämmerte wie wild. Dieselbe Intuition, die mich vor dem Mann gewarnt hatte, verriet mir: Patrick Kramer ist für immer aus meinem Leben verschwunden.«

Jasmin wollte ihn mit einem Schwall rationaler Erklärungsversuche belegen. Doch Henry schaute flink auf seine Uhr, um sich dann ebenso flink zu erheben. Er müsse los. Die Arbeit rufe, und Linda warte bestimmt schon. Jasmin erhob sich ebenfalls. Sie fasste nach seinem Ärmel. Ihres Erachtens gab es gerade Wichtigeres als einen pünktlichen Dienstantritt. Mit einem Ruck voll blinder Grobheit befreite sich Henry aus ihrem Griff. Dann verließ er fluchtartig die Küche.

Geschockt betrachtete Jasmin die Stofffasern unter ihren Nägeln. Sie kannte Henry Kilmer, und sie würde ihn zu verstehen lernen. Doch war ihr auch bewusst, dass sie ihn niemals würde auffangen können. Dazu hätte sie ihn lieben müssen. Dazu hätte er sie lieben müssen. Aber Henry Kilmer liebte nur die Toten. Die Unerreichbaren. Sie folgte ihm in den Flur und sagte: »Verlier dich nicht!«

2

André Baumbach war ein Mann mit den Beinen eines Tänzers. Er überragte Torsten Knaak allenfalls um einen halben Kopf. Seine Beine reichten ihm jedoch bis zum Bauchnabel. Gern hätte ihn der Hausmeister darauf angesprochen. Ob er in seiner Jugend vielleicht Ballett gemacht hatte oder eine andere Tanzform. Dann entdeckte er auf Baumbachs Hals den tätowierten Totenschädel und verkniff sich derlei Fragen.

»Ich soll ihn wirklich abschleppen?«, fragte André Baumbach.

»Ja«, sagte Knaak bestimmt. »Deshalb habe ich Sie ja gerufen.«

»Wird denn die Auffahrt stark benutzt?«

»Wie meinen Sie das?«

»Ich meine, heute ist Samstag.«

»Es geht ums Prinzip«, antwortete Knaak.

Dieser Baumbach vermittelte den Eindruck, als wollte er sich vor der Arbeit drücken. War es nicht Aufgabe des Städtischen Abschleppdienstes, falsch parkende Autos zu entfernen? Warum geriet die Welt gerade aus den Fugen? Torsten Knaak hatte das Gefühl, der Nebel würde den Menschen nicht nur die Sicht rauben.

»Vielleicht ist der Halter im Theater«, entgegnete Baumbach.

»Ausgeschlossen. Ich habe sämtliche Räume durchsucht.«

Baumbach zuckte die Achseln.

»Außerdem sind alle informiert worden, dass die Einfahrt frei zu bleiben hat«, sagte Knaak bestimmt. »Wir haben einen Stellplatz im Hof.«

Baumbach stemmte seine Arme in die hohe Hüfte und spähte durch den Nebel. Dann schritt er bedächtig um den Kleinwagen herum. Er musterte ihn, als könne sein fachkundiger Blick einen Hinweis auf den Verbleib des Fahrers finden. Mit stoischer Ruhe probierte er die Vordertüren.

»Sind abgeschlossen«, brummte Knaak verärgert. »Denken Sie, die hätte ich nicht selbst probiert? Der Typ ist garantiert besoffen nach Hause gelaufen.«

»Und wie kommen Sie darauf?«

»Ich kenne den Halter persönlich. Der ist hier Regisseur.«

»Ach, Regisseur«, erwiderte Baumbach.

»Ja, Künstler. Wie die sich aufführen, ist doch kein Geheimnis. Nase hoch und Rücksicht runter.«

Baumbach zuckte erneut die Achseln.

»Ich fahre nichts ahnend zur Arbeit, was schon wegen der Suppe problematisch ist.« Knaak deutete die Einfahrt hinunter. »Und dann brettere ich ihm fast hinten rein.«

»Noch mal Glück gehabt, was?«

»Hören Sie, selbst wenn ich unten an der Straße parke, bleibt der Wagen eine Gefahr. Außerdem ist das eine Feuerwehrzufahrt.«

Baumbach schlug mit der Stiefelspitze gegen den linken Hinterreifen. Wohl eine dieser Gesten, die ihn als Fachmann ausweisen sollten. »Sind Sie befugt, widerrechtlich parkende Autos abschleppen zu lassen?«

»Ich bin hier seit zwanzig Jahren der Mann für alles. Ich bin zu allem befugt.«

André Baumbach nickte, wobei der Totenschädel auf seinem Hals zu grinsen schien. Dann machte er kehrt und entschwand in den Nebel. Knaak glaubte das missliche Thema in einer halben Stunde aus der Welt. Schillings Škoda würde nicht mehr lang den Boden beschmutzen. Vor Genugtuung formte sich unter seinem Schnauzer ein Lächeln.

Wider Erwarten tauchte dieser Baumbach erneut ohne seinen Abschleppwagen auf. Diesmal war er jedoch nicht allein. Mit ihm traten zwei Personen aus dem Nebel.

3

»Und der Wagen stand schon hier, als Sie angekommen sind?« Linda unterdrückte ein Gähnen. Wochenende bedeutete beim Ehepaar Liedke normalerweise Ausschlafen. Der Weg zum Bäcker und ein Glas Sekt vor der Glotze. Aber seit gestern pendelte das Team 2 unter ihrer Leitung zwischen Zwätzengasse und Schloss Thalstein. In mehrstündigem Wechsel galt es, Schillings Adresse zu observieren. So war es ihnen von Frank Wenzel aufgetragen worden. Der machte sich mittlerweile nicht mehr die Mühe, die Dringlichkeit des Falls hervorzuheben. Eine Woche ohne handfeste Ergebnisse hatte seine Augenringe bis in die Mundwinkel gezogen. Anstatt mit dünnen Erklärungen den Schein zu wahren, feuerte er nur noch Befehle ab. Linda hatte erfahren, dass es um die Tochter des Bürgermeisters nicht gut stehe. Ärzte und Familie berieten über die schwerste aller Entscheidungen. Und als wäre das nicht genug, stand sie nun einem patzig antwortenden Hausmeister gegenüber.

»Ich bin ihm fast hinten reingebrettert.«

»Und wann war das?«

»Vor zwei Stunden. Ich habe sofort den Abschleppdienst gerufen.« Knaak nickte zu dem Mann hin, der in einiger Entfernung telefonierte. Der erklärte seinem Chef sichtlich gelangweilt die Situation. Er habe seinen Wagen starten wollen, um das Fahrzeug abzuschleppen. Da sei hinter ihm ein anderes Auto aufgetaucht. Zwei Polizisten seien ausgestiegen und hätten ihn nach dem Grund seines Erscheinens gefragt. Jetzt stünden sie alle vor dem Theater beisammen. Als er aufgelegt hatte, notierte sich Henry seine Personalien. Danach stieg André Baumbach in seinen Abschleppwagen und wendete. Mit gelber Warnleuchte glitt er in den Schleier wie eine dampfende Pinasse.

Nun waren sie zu dritt. Henry Kilmer, Linda Liedke und Torsten Knaak. Von Ben Schilling nirgends eine Spur.

»Müssen Sie das Auto denn gleich abschleppen lassen?«, fragte Linda.

»Das habe ich alles schon dem Typen erklärt.« Mit einer ausholenden Geste zeigte Knaak dorthin, wo jetzt nur der Nebel wallte. »Ich wäre fast in Schillings Auto reingebrettert. Vielleicht hätten Sie nicht so viel Glück gehabt.«

»Wir fahren vorsichtig, Herr Knaak.«

»Sie wissen, was ich meine. Man sieht die eigene Hand vor Augen nicht.«

Er hielt demonstrativ seine Pranke in Gesichtshöhe. Diese

Hand würde man wohl auch im dichtesten Nebel sehen, dachte Linda. In Anbetracht ihrer Abscheu gegenüber dem Gesuchten begrüßte sie jedoch Knaaks Reaktion. Von ihr aus hätte der Hausmeister den Wagen mit dem Hammer verschönern können. Ben Schilling hatte die Spitzenposition auf ihrer persönlichen Abschussliste erobert. Sie befühlte ihre Zigarettenschachtel und sah nach Henry. Der schlich um Schillings Auto herum und inspizierte die Karosserie. Seine Umhängetasche stand auf der feuchten Erde nahe der Fahrertür. Er ist im Tunnel, dachte Linda. Bei dem Gedanken an Schilling und den gestrichenen Samstag war ihr selbst Henrys Übereifer willkommen.

»Und was machen wir nun mit dem Auto?«, wollte Knaak wissen. »Die Unfallgefahr ist nicht gebannt.«

»Ben Schilling wird im Augenblick gesucht.« Es klang offizieller, als Linda beabsichtigt hatte. Offizieller, als es in Wirklichkeit war. Schnell versuchte sie, ihre Antwort abzumildern. »Reine Routine. Wir haben bloß ein paar Fragen an ihn.«

»Wegen Carolines Unfall?«

»Nein.«

»Also wegen etwas Schlimmerem?«

»Gibt es denn etwas Schlimmeres?«

Knaak sog seine Unterlippe ein, wodurch sein Schnauzer noch stattlicher wirkte. Er schien seine Antwort genau abzuwägen. Schließlich meinte er zu Linda, ihr Tonfall habe so dramatisch geklungen.

Anstatt seine Äußerung zu kommentieren, fixierte ihn Linda eindringlich. Knaak hielt ihrem Blick für einige Sekunden stand. Dann sagte er, dass er nicht aus Vergnügen sein Wochenende hier verbringe. Es gebe allerhand Arbeit. Ein paar Glühbirnen müssten ausgetauscht werden. Am Montag wolle Frau Kolp wieder die Türen öffnen. Die Kinder trügen nämlich keine Schuld an dem Unglück. Schillings Auto fand keine Erwähnung mehr. Wie der letzte Ritter eines geschlagenen Heeres zog Torsten Knaak von dannen.

»Bingo«, schallte Henrys Stimme durch den Nebel.

»Wo bist du?«, rief Linda.

»Na, hier.«

Linda umrundete das Auto und fand Henry auf dem Boden kauernd. Er streifte sich einen Latexhandschuh über und langte unter das Auto. Dann richtete er sich wieder auf.

»Das Deckblatt von Schillings Manuskript.« Henry präsentierte ihr eine zerknitterte Seite.

Linda las die von Dreck verschmierten Druckbuchstaben. »ORELLA. Nach einer Geschichte von Edgar Allan Poe.« Ein achtloser Riss hatte den Titel verfremdet. Sie fragte, weshalb es ausgerechnet Schillings Deckblatt sei. »Das kann auch von einem der Schüler stammen.«

»Nein, da bin ich mir absolut sicher.«

»Identifiziert dein Röntgenblick jetzt schon Fingerabdrücke?«

Henry lachte humorlos auf. »Hier findet sich nirgends sein Name. Alle anderen Texthefte sind dagegen mit Namen versehen. Quasi der Beleg seiner Autorschaft. Und außerdem …«, an dieser Stelle hob Henry den Finger, »… ist der Titel mit Schreibmaschine getippt worden.«

Linda besah sich die Buchstaben genauer.

»Bei unserem ersten Treffen erwähnte Schilling das Prozedere. Irgendwas mit Originalfassung …« Henry war im Begriff, seinen Notizblock zu zücken.

»Lass stecken«, winkte Linda ab. »Ich erinnere mich.«

»Okay, dann schau mal hier.« Er leuchtete in den Innenraum des Wagens. Zwischen Fahrer- und Beifahrersitz lag das deckblattlose Manuskript. »Warum sollte er die erste Seite wegwerfen?«

»Vielleicht gefiel ihm der Titel nicht mehr.«

»Dann hätte er ihn wohl durchgestrichen.«

»Oder er fand ihn plötzlich zum Kotzen. Ich meine, so, dass er ihn gleich zerreißen musste.« Linda deutete auf den Riss, der sich von der rechten Seite in die Mitte zog. »Der Selbsthass eines Künstlers. Am Ende wollen die immer ihre eigenen Werke zerstören.«

Henry verstaute das Fundstück in einen Beweisbeutel. Seine penible Art bewirkte in ihr kaum noch Erstaunen. Ein Viertel aller Dinge, die sie ihn hatte eintüten sehen, fand früher oder später Gebrauch. Nach ihrem Ermessen ein guter Schnitt. Und lieber hundertmal umsonst eingetütet als ein Mal zu wenig. Sie sah ihn erneut das Auto inspizieren. Er spähte hierhin und dorthin, bis er von der Bildfläche verschwand. Sie folgte ihm, und wieder kniete er auf dem Boden. Er schien Gefallen daran zu finden.

»Heiratsantrag während der Arbeit?«, fragte Linda amüsiert und zündete sich eine Zigarette an.

»Ich wollte gerade den Beutel in meine Tasche räumen, da …«

Er beendete den Satz nicht. Stattdessen präsentierte er ein weiteres Stück Papier. Diesmal war es ein Fetzen in der Größe eines Daumennagels. Er wischte den Dreck von der Oberfläche, und Linda erkannte einen einzigen Buchstaben. Ein mit der Schreibmaschine getipptes M. Sie dachte automatisch an M wie Mörder. Und dann hätte sie beinahe gelacht.

4

Sobald Ben den Kopf auch nur minimal neigte, führte das zu Schmerzen. Das offene Fleisch und das Drahtseil waren inzwischen zu einer blutigen Masse verschmolzen. Einzelne Hautfetzen stachen hervor wie geraspelte Walnüsse. Noch teilweise benommen blickte er zur Fensteröffnung. Zeichnete sich in dem Nebel eine Gestalt ab? Etwa ein Mensch oder doch nur fleischloses Astwerk? Vielleicht hatte der Bauchaufschneider genug vom Versteckspiel. Sollte Ben nun den Zweck der Konstruktion erfahren? Warum man ihn hierher geschafft hatte? Weshalb man ihm das antat?

Da tauchte die Gestalt unter das Fenster. Für einen Moment erblickte Ben das alte Programm: Wald und Nebel, Nebel und Wald. Als die Gestalt wieder hochkam, trug sie einen klobigen

Gegenstand bei sich. Ben glaubte, einen Eimer zu identifizieren, einen simplen Eimer. Dennoch traf ihn das Wasser völlig unvorbereitet. Ihm war es nicht einmal gelungen, rechtzeitig die Augen zuzukneifen. Das Blut von seinem Hals wurde über seine Kleidung gespült. Seine nassen Haare hingen ihm auf Nasenhöhe. Mit trübem Blick erfasste er die Fensteröffnung. Was sich aus dem Nebel geschält hatte, war wieder in ihn zurückgekehrt. Bis auf die Konturen schwarzer Bäume alles leer. Voller Verzweiflung lallte er: »Wo bist du?« Stammelte: »Zeig dich!« Fragte, obgleich er die Antwort wusste: »Was habe ich dir getan?«

5

Sie saßen zu dritt in Lennart Mikowskis Fiat und frühstückten. Henry reichte seiner Kollegin einen Becher Kaffee auf die Rückbank. In der Enge des Zweitürers war eine unangenehme Spannung spürbar. Sicherlich wollten zwei der Kommissare schleunigst nach Hause. Linda klärte Lennart über die Situation am Theater auf. Sie hätten Schillings Auto dort stehen gelassen. Ein Warndreieck in der Einfahrt müsse als Hinweis genügen. Die Gegend nach Schilling abzusuchen erschiene ihr sinnlos. Sie könne sich nicht vorstellen, was er dort draußen treiben sollte. Er war Künstler und kein Pfadfinder. Obendrein würde die Witterung jede Suche unmöglich machen.

»Aber weshalb sollte er sein Auto dort abstellen?«, fragte Lennart. Auf seinen Lippen klebten die feinen Splitter eines Croissants. »Der Weg vom Theater hierher ist doch nicht kompliziert.«

Linda zuckte mit den Schultern. Ob aus ihrer Geste Desinteresse oder Unverständnis sprach, konnte Henry nicht sagen. Als Lennart von Linda keine Antwort mehr zu erwarten schien, wandte er sich an ihn.

»Vielleicht war er betrunken«, antwortete Henry. »Knaak hat gestern mit uns gemeinsam das Schloss verlassen. Direkt nach der Befragung.«

Linda grummelte zustimmend.

»Wäre doch denkbar«, fuhr Henry fort, »dass Schilling abends im Theater war.«

»Um zu saufen?«

»Womöglich hatte er Sehnsucht nach der Bühne. Schilling tickt eben anders.«

»Und dann ist er zu Fuß heimwärts?«

Henry nickte verunsichert.

»Weil er ein ach so vorbildlicher Autofahrer ist?«

Henry nickte abermals.

»Angenommen, du hast recht«, sagte Lennart. »Dann tun sich allerdings zwei Fragen auf. Erstens: War er allein dort? Zweitens: Warum habe ich ihn nicht gesehen, als er heimgekommen ist?«

»Weil das Schwein getürmt ist«, raunte Linda von der Rückbank herüber. »Irgendjemand hat ihn gewarnt. Bestimmt die Kolp. Dass die Frau ihm nachtrauert, sieht ein Blinder.«

»Das würde erklären, weshalb sie hier geklingelt hat«, untermauerte Lennart den Verdacht.

»Nach eurer Theorie hat Marissa Kolp ihn also am Theater getroffen.« Henrys Finger strichen über einen fast leeren Beweisbeutel. Der Inhalt ein Fetzen Papier mit einem aufgetippten M. »Und anschließend hat sie ihrem Ex-Geliebten zur Flucht verholfen?«

Linda und Lennart sagten nichts. Nach einer Pause meinte Henry, es sei ziemlich dumm, den Wagen dort abzustellen.

»Schön und gut, Kilmer«, reagierte Linda. »Aber hast du eine bessere Idee?«

Henry berührte die Narbe hinter seinem Ohr. Er dachte an unglückliche Kinder und böse Männer. Daran, dass manchmal Kinder verschwanden und böse Männer ebenso. Schlimmstenfalls auch beide gemeinsam, Hand in Hand.

»Okay, unsere Präsenz hat Staub aufgewirbelt. Ben Schilling muss sehr vorsichtig sein, deshalb ist die Wohnung in der Zwätzengasse für ein Treffen keine Option mehr. Also trifft sich Schilling mit …« Hier stockte er, als könnte das bloße

Aussprechen ihres Namens den Verdacht offiziell machen. »Er und das Mädchen treffen sich Freitagabend im Theater.«

»Klingt plausibel«, warf Lennart dazwischen und leckte sich einen Krümel von der Lippe.

»Jedenfalls werden die beiden fast erwischt. Von Marissa Kolp. Oder von einem der Angestellten, der irgendwas im Schloss vergessen hat. Schilling schafft es gerade so, ungesehen zu verduften. Mit Alina Wagner und eben ohne Auto.«

»Die Formulierung, dass ›beide erwischt werden‹, gefällt mir nicht.« Linda hatte sich eine Zigarette angezündet. »Das klingt nach einem heimlichen Liebespaar.«

Auch wenn Henry es nicht so gemeint hatte, entschuldigte er sich für seine Ausdrucksweise. *Gemeinsam erwischt werden* ließ sich leicht in Richtung Romantik und beiderseitigem Einverständnis deuten. Gemäß Faktenlage durfte man noch nicht offiziell vom Gegenteil sprechen. Allerdings sagte das Alter des Mädchens genug. Alina Wagner war minderjährig. Wenn einer erwischt werden konnte, so war es Ben Schilling.

6

Lennart riss auch die Nachmittagsschicht vor Schillings Adresse ab. Er hatte sich dankbar gezeigt, dass seine Kollegen bereitwillig den Papierkram übernahmen. Linda und Henry saßen sich an ihren Schreibtischen gegenüber. Aus kleinen Boxen, die Lindas Mann gesponsert hatte, beklagten Tears for Fears eine ungerechte Welt. Henrys Gesicht schien lediglich aus zwei Augenringen zu bestehen. Er kam aus seinem Tunnel nicht mehr heraus. Er verlor sich wieder in einem Fall. Was genau dieses Verhalten oder besser diese Distanzlosigkeit auslöste, war Linda unbegreiflich. Auch nach einem Jahr intensiver Zusammenarbeit.

»Willst du dich nicht ein bisschen aufs Ohr hauen?«, fragte Linda.

»Hier im Büro?«

»Ich dachte an die Liegen vom Bereitschaftsdienst.«

»Nein«, antwortete Henry übertrieben heiter. »Ich bin fit. Außerdem brauche ich jetzt die Aufmerksamkeit meiner Kollegin.«

Sobald sie den Schreibtisch gewechselt hatte, präsentierte er ihr das Deckblatt von Schillings Manuskript. Linda las im Flüsterton: »MORELLA. Nach einer Geschichte von Edgar Allan Poe.«

»Jetzt nimm die Seite«, wies Henry sie an, »und entferne, so schnell du kannst, das A.«

Linda hob das Blatt in Brusthöhe und positionierte ihre Finger am oberen Rand.

»Nein, warte«, sagte Henry. »Setz dich dabei hin.«

Er schob seinen Drehstuhl förmlich unter ihr Sitzfleisch. Sie fragte erst gar nicht nach dem Grund für diese Aktion. Henry Kilmer war unorthodox, weil er einen Schaden hatte. Genauso, wie sie einen Schaden hatte. Oder Frank Wenzel. Oder Lennart Mikowski. Oder ihr Mann, der abends beim Fernsehen seine Dartpfeile polierte.

Binnen weniger Sekunden hatte sie das A fein säuberlich aus dem Deckblatt entfernt. Sie hatte das Papier von der Seite her eingerissen. Das schien der kürzeste und somit auch schnellste Weg zum A. Auf dem Deckblatt stand nun der Wortfetzen »MORELL«.

»Und?«, fragte Linda. »Bist du jetzt von meinem Fingerspitzengefühl überzeugt?« Sie lachte verhalten, aber Henry stieg nicht darauf ein. Stattdessen zog er aus seiner Tasche ein zweites Deckblatt. Erstaunt registrierte Linda, dass dies das eigentliche Fundstück war. Das, was sie zerrissen hatte, musste eine Kopie sein. Schlagartig entsann sie sich des später gefundenen Buchstabens. Henry positionierte beide Blätter nebeneinander. Das Original war fast auf gleiche Weise eingerissen worden. Auch seitlich, allerdings vom linken Rand zur Mitte.

»Zufall?«, fragte Henry und zeigte ihr das Tütchen mit dem darin verwahrten M. »Oder eben die einfachste Methode, um an einen Buchstaben zu gelangen?«

Linda leuchtete der Zweck dieser Aktion ein. »Und warum

musste ich das A rausreißen? Hast wohl gedacht, meine Nikotingriffel schaffen keinen Buchstaben aus der Mitte.«

»Nein, bloß eine kleine Spielerei.«

»Etwa auf Kosten meines Selbstvertrauens?«

»Nein.« Henry grinste humorlos und wies auf das nun A-lose Wort. »Theodor Morell war Hitlers Leibarzt. Einer Legende zufolge hatte er den Führer zu vergiften versucht.«

7

Am frühen Nachmittag begutachteten sie zum zweiten Mal Schillings Wagen. Die Hände auf dem Rücken verschränkt, neigte sich Linda dicht ans Seitenfenster. Wie ein Museumsbesucher, der ein historisches Gemälde studierte. Nur war Schillings Škoda weder ein Gemälde noch ein Museumsstück. Falls sich Henrys Vermutung bestätigen sollte, stand sie gerade vor einem Tatort.

»Drinnen sieht alles aufgeräumt aus«, bemerkte Linda.

»Wenn hier irgendwas passiert ist«, entgegnete Henry, »müssen sich Spuren finden lassen.«

»Es sei denn, was-auch-immer geschah außerhalb des Wagens.«

»Dann hätte er wohl kaum das M aus dem Manuskript reißen können.«

»Klingt logisch.« Linda umrundete frustriert das Auto. Sie wollte Schilling endlich dingfest machen. »Ich werde uns bei Familie Wagner anmelden. Wir sollten Alina im Beisein eines Psychologen befragen.«

Henry deutete ein Nicken an. Dann probierte er mit Hilfe seines magischen Schlüsselbunds den Wagen zu öffnen. Linda wählte Familie Wagners Nummer und ließ es mehrmals klingeln. Niemand nahm ab. Sobald Henry die Fahrertür geknackt hatte, gab sie auf. Sie sah ihn vor der offenen Tür zurückweichen. Ihr fragender Blick musste sich ihm fühlbar in den Rücken gebohrt haben. Er wandte sich zu ihr und meinte, es rieche verdächtig nach Urin.

»Bestimmt ist eine Ratte durch die Lüftung gekrochen«, erwiderte Linda leichtfertig. »Unser Auto wurde mal von einem Marder markiert. Es hat wochenlang gestunken.«

Henry öffnete zusätzlich die Tür auf der Beifahrerseite. Während der Gestank langsam abflaute, rauchte Linda eine Zigarette. Aus sicherer Entfernung beobachtete sie ihren Kollegen. Der steckte scheinbar unerschrocken den Kopf ins Wageninnere.

»Der Geruch kommt vom Fahrersitz.« Er strich mit dem behandschuhten Zeigefinger über den Bezug. »Ist noch feucht.« Er hob den Finger in Lindas Richtung, als ließe sich irgendetwas darauf erkennen. »Eindeutig Urin.«

»Wir sollten die SpuSi anrufen«, schlug Linda vor.

»Ja, keine Frage.«

Nach ein paar Minuten wagte auch Linda den Vorstoß ins Wageninnere. Sie öffnete das Handschuhfach, und es war leer. Unter den Vordersitzen nur Staub und Flusen. Henry inspizierte die Rückbank, entdeckte jedoch nichts Erwähnenswertes. Er brannte garantiert darauf, sich in den Wagen zu setzen. Sie wusste, dass er verschiedene Szenarien durchspielen wollte. Mit Nachdruck mahnte sie ihn zur Geduld. Vossler von der Spurensicherung müsse erst den Wagen untersuchen, alles andere wäre fahrlässig. Henry nickte kaum merklich. Er wiederholte, dass es sich um Urin, eindeutig Urin handelte. Die Frage, wessen Ausfluss auf dem Sitz trocknete, blieb hingegen unbeantwortet. Nur weil Schilling der Fahrzeughalter war, hatte er nicht zwangsläufig am Steuer gesessen. Linda fiel allerdings auch kein Grund ein, weshalb dort jemand anderes gesessen haben sollte.

»Linda?«

»Ja.«

»Wir sollten in die Zwätzengasse fahren.«

»Lennart ist doch da.«

»Nein, wir müssen in die Wohnung.«

»Henry, ohne richterlichen Beschluss keine Chance.«

8

Plötzlich eine Erinnerung: Binnen Sekunden waren ihm die Muskeln ertaubt. Er hatte erst den Anschnallgurt zu lösen, dann die Fahrertür zu öffnen versucht. Aber seine Finger waren an dem Druck, den beides benötigte, gescheitert. Das Gift hatte ihn in eine kraftlose Gummipuppe verwandelt. Darauf die vage Erinnerung, wie er nach seinem Manuskript griff. Im Affekt hatte er aus dem Deckblatt einen Buchstaben gerissen. Aber warum? Was hatte er damit bezwecken wollen? In einem Moment, von dem er angenommen hatte, es wäre sein letzter auf Erden.

Vielleicht täuschten ihn auch die Bilder eines bösen Traums. Noch immer fiel es Ben schwer, zwischen Wahn und Realität zu unterscheiden. Die einzige Gewissheit, die er vollkommen akzeptierte, war die Gegenwart des Bauchaufschneiders. Und die des viehischen Juckens seiner Haut.

9

Henry öffnete die Luke und stemmte sich aufs Dach. Er rief die Leiter hinunter, dass es hier oben verdammt diesig sei. Linda, die auf der untersten Sprosse stand, bat ihn, achtzugeben. Er winkte seiner Kollegin und entfernte sich von der Luke.

Auf dem Dachfirst balancierend, näherte er sich dem Schornstein. Die Silhouetten ferner Gebäude schimmerten hinter einem grauen Vorhang. Im Süden glitzerte die Glasfassade des Jentowers wie die Rüstung eines kolossalen Ritters. Vom Schornstein aus rutschte Henry zur Dachtraufe hinab. Auf der anderen Seite der Zwätzengasse befanden sich nun die Fenster von Schillings Wohnung. Er konnte direkt in dessen Wohnzimmer spähen. Lediglich der Bereich unter der Dachschräge verwehrte sich seinem Blick.

Flüchtig betrachtet, schien sich dort nichts zu rühren. Zu einem früheren Zeitpunkt musste das allerdings noch anders gewesen sein. Offenbar hatte jemand in Schillings Wohnung gewütet. Der Couchtisch lag mitten im Zimmer. In dem Bücherregal standen nur noch wenige Bücher. Der Großteil war auf dem Boden verstreut. Das sollte als Grund genügen, dachte Henry. Gefahr im Verzug. Auch wenn es die dümmste Ausrede aller Zeiten war. Normalerweise erlaubte nur der richterliche Beschluss den Zutritt in eine fremde Wohnung. Einbruch zählte zu den häufigsten von Polizisten verübten Delikten. Im Nachhinein bemühte man oft die gleichen Argumente: Angeblich seien verdächtige Geräusche aus der betreffenden Wohnung gelangt. Manchmal hatte ein Stein rein zufällig eine Fensterscheibe zerstört. Alles Vorfälle, die ein sofortiges Handeln erforderten. Genau wie eine offensichtlich zerstörte Wohnungseinrichtung.

Ohne das geringste Zögern nickte Linda seinen Vorschlag ab. Henry hätte ihr wohl auch erzählen können, in Schillings Wohnung ticke eine Uhr zu laut. Hauptsache, sie bekam diesen Regisseur endlich in die Finger.

Ein hilfsbereiter Nachbar ließ die Kommissare ins Haus. Den Rest erledigte der Schlüsselbund, der Henry von Jan Sattler unter der Hand verkauft worden war. Jan Sattler hieß der Inhaber des bevorzugten Schlüsseldienstes der Kripo. Zumindest dann, wenn der offizielle Weg eingeschlagen werden sollte.

»Hier hat jemand mächtig aufgeräumt«, sagte Linda in der Wohnung.

»Was schätzt du?«, fragte Henry. »Wutanfall oder Kampf?«

»Einen Kampf würde ich ausschließen. Nur in schlechten Filmen wirft man mit Büchern nach Angreifern.«

Henry musterte eingehend die Regale. Irgendwer hatte die Hälfte der Bibliothek aus den Fächern gerissen. Jetzt lag ein Teil auf dem Boden, während der andere die leeren Stellen umrahmte. Henry äußerte die Vermutung, dass jemand nach etwas gesucht haben könnte.

»Das Chaos würde dafürsprechen«, erwiderte Linda.

»Aber die restlichen Schränke wirken unangetastet.«

»Vielleicht wusste Wer-auch-immer, wo er suchen sollte.«

»Das erklärt nicht den umgestoßenen Couchtisch.«

Henry streifte sich die Latexhandschuhe über und hob den Laptop vom Boden. Der Akku war leer. Henry schaute sich nach einem Netzteil um, derweil Linda an die Couch trat. Mit Schwung stemmte sie einen imaginären Couchtisch hoch. Dann feuerte sie das fiktive Möbelstück dorthin, wo das reale gelandet war. Zweifellos versuchte sie, die Situation eines möglichen Streits zu rekonstruieren. Sie streifte sich ebenso Handschuhe über und bewegte den Couchtisch. »Selbst ich hätte das Ding gegen den Balken schleudern können. Das wiegt fast nichts.«

»Vielleicht wurde er mit dem Fuß weggekickt«, sagte Henry.

»Klingt plausibel.« Linda setzte sich auf die Couch und trat im Sitzen aus. »Peng, und ab geht die Post.«

»Guck dir den Weg an.« Henry stellte den Laptop ab und wanderte durchs Wohnzimmer. »Erst der Couchtisch, dann die Palme und zuletzt das Bücherregal.«

»Du meinst …«

»… dass der Wutausbruch auf der Couch seinen Anfang genommen hat. Sonst wäre der Tisch in eine andere Richtung geflogen.«

»Rasender Zorn, ohne Sinn und Verstand.«

»Sieht so aus.«

Henry inspizierte die am Boden liegenden Bücher. Dann betrachtete er jene Bände, die noch im Regal standen. In Augenhöhe die gesammelten Werke von Edgar Allan Poe. Ledereinbände, braun und rissig wie sonnenverbrannte Hände. Henry zog ein Exemplar heraus und schlug wahllos eine Seite auf. Er las die oberste Zeile: »Der Untergang des Hauses Usher.« Seit Kurzem war ihm auch diese Geschichte vertraut. Mit dem Buch in der Hand sagte er: »Ich denke nicht, dass die Wut gegen jemand Greifbaren gerichtet war.«

»Und weshalb nicht?«

»Weil der Ausbruch die Poe-Sammlung verschont hat.«

»Ist bestimmt sein Lieblingsdichter«, entgegnete Linda wie nebenher. Sie trat an Henry heran, und sie betrachteten gemeinsam das Regal.

»Hättest du ein persönliches Problem mit Schilling, würdest du dann seine Lieblingsbücher verschonen?«

»Ich *habe* ein persönliches Problem mit Schilling«, zischte Linda. Sie räusperte sich affektiert. Nach kurzer Bedenkzeit schlussfolgerte sie: »Also ist das Chaos auf seinem Mist gewachsen.«

Henry deutete in Richtung Couch. »Ein Anruf könnte seine Wut ausgelöst haben.«

»Bestimmt hat ihn das böse M angerufen.«

Henry sah, wie Linda ihr Grinsen zu kaschieren versuchte.

10

Seit einer Stunde waren sie nun schon in Schillings Wohnung. Henry hatte das Netzteil gefunden, und Lennart saß mit dem Laptop auf der Couch. Linda hatte die Observation des Hauseingangs übernommen. Im Falle von Schillings Erscheinen würde sie bei Henry durchklingeln. Oben hieße das: Laptop zurück auf den Boden, Tür zu und ab in den Hausflur.

Lennart fand nichts Bedeutsames auf der Festplatte. Nichts, was nach Meinung der Kommissare den Vorgang betraf. Unter dem Namen »Morella« waren etliche Versionen seines aktuellen Stücks abgespeichert. Die Dateien unterschieden sich lediglich in der fortlaufenden Nummerierung. »Morella 1«, »Morella 2«, bis hin zu »Morella 25«. Darüber hinaus hatte er mehrere Ordner mit Fotos von Proben und früheren Vorstellungen. Laut Verlaufsprotokoll hatte Schilling zuletzt wiederholt sein E-Mail-Konto geöffnet. Jetzt versuchte sich Lennart an der Identifizierung des Kennworts. Mit Rücksicht auf die angespannte Situation unterließ es Henry, ihm dabei über die Schulter zu gucken. Vom stundenlangen Observieren lagen auch Lennarts Nerven blank.

Henry begann die Küche zu inspizieren. Er schaute in die Schränke und den Mülleimer, kroch unters Spülbecken. Hoffte auf irgendeinen Hinweis, der über Schilling mehr verraten würde als das Offensichtliche. War er ein Mann, der jeden Morgen einen Kaffee trank? Der ohne Kaffee nicht in die Gänge kam? Im Mülleimer fand sich kein Pad, kein Filter. Vielleicht trank er morgens nur eine Tasse, zubereitet auf Großmutters Art. Wenn Schilling die Tasse sogleich abspülte und wegräumte, konnte er lange nach Spuren suchen. *Wenn* und immer wieder *wenn*. Die Gedankenspirale wollte kein Ende nehmen. Er schaute auf seine Uhr. Die Illegalität, in der sie sich bewegten, schien die Zeit zu dehnen. Als wären sie Fischer, die ihre Netze in ein leer gefischtes Gewässer warfen. Unermüdlich, irgendwo zwischen Naivität und Größenwahn. Mit hängenden Schultern kehrte Henry ins Wohnzimmer zurück.

»Lennart?«

»Ja.«

»Wie lange hält so ein Akku eigentlich?«

»Warte! Ich recherchiere das Modell.«

Henry hoffte, über die Akkulaufzeit auf den Zeitpunkt der Eskalation schließen zu können. Als er nach einem der Bücher langte, summte sein Telefon. In Erwartung eines Warnanrufs sah er Jasmins Nummer aufleuchten. Aber ein befreiendes Seufzen mochte ihm nicht über die Lippen kommen. Stattdessen entsann er sich des Gesprächs am Küchentisch. Genau daran wollte er nicht denken, nicht jetzt, im Grunde nie wieder. Er wartete, bis das Summen verstummte.

»Henry!«, raunte es aus dem Wohnzimmer.

»Ja.«

»Ich hab's.«

»Die Akkulaufzeit?«

»Nein, das Kennwort.«

11

Unvermittelt traf ihn eine Hand am Hinterkopf. Er musste wohl für einen Moment eingenickt sein. Als er sich umzuschauen versuchte, schlug die Hand erneut zu.

»Guck nach vorne, sonst ...« Mit einem Ruck spannte sich das Drahtseil, und sein Kopf schnellte ins Genick. Ein stechender Schmerz raste seinen Nacken hinauf. Er glaubte sogar, das Knacken seiner Wirbel gehört zu haben. Ihm wurde bewusst, dass sein Hals in dieser Drahtschlinge einem Strohhalm glich. Und dass die Person hinter ihm über den Zustand des Strohhalms bestimmte. Er schluckte voller Panik. Spürte noch stärker seine eingeschnürte Luftröhre. Wenn nicht das Genick zu Schaden käme, dann sein Kehlkopf. Beides würde einen heftigeren Ruck kaum überstehen.

»Du hast die Wahl«, drang es an sein Ohr. »Entweder bringst du es selbst zu Ende, oder ...«

Er verstand den Sinn der Forderung nicht. *Es selbst zu Ende bringen.* Was sollte das bedeuten? Noch ehe die Gedanken sich ordnen ließen, wurde ihm etwas über das Gesicht gestreift. Sofort entlud sich seine Furcht in unkontrollierten Bewegungen. Sein Kopf schlug nach links, schlug nach rechts. Das Drahtseil schnitt ihm tiefer ins Fleisch. Die vorderen Stuhlbeine hoben sich vom Boden und setzten wieder auf. Dann berührte ihn der Unbekannte von hinten an den Schultern. Augenblicklich verkrampfte sein gesamter Körper. Das Stück Stoff vor seinem Gesicht raubte ihm teilweise die Sicht. Gleichwohl registrierte er einen zarten Duft, beinahe unterschwellig. Kaum dass er dem Geruch einen Namen zuordnen konnte, identifizierte er das Stück Stoff. Sein Entführer hatte ihm einen Schlüpfer über das Gesicht gezogen. Den Schlüpfer, den er ihr geschenkt hatte.

12

Linda saß in ihrem VW Passat und observierte die Zwätzengasse. Bei Schillings Erscheinen würde sie sofort ihre Kollegen per Anruf warnen. Sie ließ das Fenster herunter und zündete sich eine Zigarette an. Etwa zwei Minuten später klingelte ihr Telefon. Eine Nummer wurde nicht angezeigt.

»Liedke, Kripo Jena.«

»Guten Tag, hier spricht Frau Wagner.«

Linda grüßte zurück und wartete. Sie glaubte, Frau Wagner würde eine passende Uhrzeit für einen erneuten Besuch durchgeben. Lindas Hoffnung: ein Treffen zu dritt. Aber was Frau Wagner dann erzählte, machte diese Hoffnung schlagartig zunichte.

»Sie ist auch nicht bei ihrer Freundin«, sagte sie. »Und im Theater geht niemand ans Telefon.«

»Wann haben Sie Alina das letzte Mal gesehen?«

»Gestern Abend. Ich würde sagen, gegen sieben.«

»Später nicht mehr?«

»Ich bin auf der Couch eingeschlafen. Als ich heute Morgen dann …«

Lindas Vorstellungskraft skizzierte eine von aller Welt entrückte Bettina Wagner. Im Hintergrund dröhnte der Fernseher. Vielleicht war am Wochenende eine Flasche Wein geöffnet worden. Linda kannte solches Verhalten aus ihrer eigenen Biografie. Doch wenn sie der Welt den Stinkefinger gezeigt hatte, war immerhin ihr Mann vor Ort gewesen. Arbeitsteilung schimpfte man das im Hause Liedke.

»Und wo sind Sie gerade?«

»In der Goethe Galerie«, antwortete Frau Wagner kleinlaut.

»Wäre es nicht besser, Sie würden zu Hause warten?«, fragte Linda. »Ich meine, Ihre Tochter könnte jetzt gerade heimkommen.«

Bettina Wagner antwortete nicht. Daraufhin sah Linda einen Mann in die Zwätzengasse schwenken. Sofort verlor das Gespräch an Relevanz. Ihre Konzentration richtete sich nun auf die Straße: Der Mann trug eine Daunenjacke im Holzfällerlook. Überhaupt nicht Ben Schillings Stil. Als er in dem kleinen Biomarkt verschwand, nutzte Linda das Zeitfenster. Sie ermahnte sich, Frau Wagner nicht anzuschreien. Diese Frau war krank. Überfordert und einer umfassenden Hilfe bedürftig. In sanften Worten riet sie ihr, schleunigst heimzufahren.

Nachdem Linda den Anruf beendet hatte, informierte sie die

Leitstelle über Alinas Verschwinden. Dunkle Phantasien schubsten ihre Stimmung noch tiefer in den Keller. Die Rechnung war so einfach wie grausig. Schilling galt als verschwunden, und ein vierzehnjähriges Mädchen war nicht nach Hause gekehrt. Linda machte sich schwere Vorwürfe. Vielleicht hätte sie gestern das Jugendamt benachrichtigen sollen. Sie entfachte eine neue Zigarette an der alten. Da verließ der Mann den Biomarkt, und Linda erkannte in aller Deutlichkeit sein Gesicht.

13

»Du kannst es selbst zu Ende bringen«, sagte der Unbekannte. »Es ist nicht schwer.«

Dann kippte der Unbekannte wieder den Stuhl nach hinten. Die Vorderbeine hoben sich vom Boden, die Hinterbeine knirschten unter dem Gewicht. Ben wollte schreien, aber die Schlinge nahm ihm die Luft. Stattdessen röchelte er in den Schlüpfer hinein.

Aber das schien seinen Entführer nicht zu beeindrucken. Der Stuhl wurde weiter gekippt. Die Schlinge rutschte den Hals hinauf, bis sich das Seil an seinen Unterkiefer schmiegte. Ben konnte den Draht hinten seinen Ohren am Schädel spüren. Sein Hals brannte und fühlte sich gleichzeitig kalt an. Teilweise hatte sich die Haut vom Fleisch gelöst wie eine Tapete von einer feuchten Wand. Trotz der Schmerzen wollte er den Kopf wenden. Er musste wissen, wer ihn einer solchen Folter aussetzte. Doch allein der Versuch wurde umgehend bestraft. Der Stuhl sackte noch ein weiteres Stück in Richtung Boden.

»Guck nach vorne, sonst lass ich ihn los.«

Selbst sein benebelter Verstand ahnte, was dann geschehen würde. Sein Körpergewicht würde die Rückenlehne zu Boden drücken. Das Drahtseil würde ihm entweder die Gurgel zerfetzen oder gleich den Kopf abreißen.

»Du siehst, es ist ganz einfach«, sagte der Unbekannte. »Du kannst es selbst zu Ende bringen.«

Und der Stuhl hob sich wieder in den sicheren Stand. Ben vergoss Rotz und Tränen in den Schlüpfer eines Mädchens. Er wusste jetzt, was damit gemeint war: *Es selbst zu Ende bringen.*

14

Linda saß auf der Rückbank ihres Passats. Neben ihr das Mädchen, ängstlich, schweigsam, unnahbar. Henry schlenderte draußen telefonierend über den Busbahnhof. Linda hatte ihm aufgetragen, sich die Beine zu vertreten. Er solle irgendwas machen, nur nicht im Wagen bleiben.

Eine Beamtin vom Bahnpersonal hatte Alina Wagner am Bahnhof Paradies aufgegriffen. Das Mädchen habe zwei Stunden lang von einer Bank aus ins Gleisbett gestarrt. Alinas Reaktion auf die Frage, wohin sie denn wollte, war der Beamtin »sehr komisch« vorgekommen. Was sie damit gemeint hatte, war von der Beamtin nicht weiter ausgeführt worden. Sie hatte lediglich einen Suizid auf der Strecke Weimar–Gera erwähnt. Erst im letzten Monat, einen Tag vor ihrem verdienten Urlaub.

»Wir wissen, was er dir angetan hat«, wiederholte Linda. Sie kurbelte das Fenster ein Stück herunter und steckte sich eine Zigarette an. Alina drehte leicht den Kopf in ihre Richtung.

»Tut mir leid«, sagte Linda. »Unser Gespräch ist offiziell. Wenn ich dir eine gebe, komm ich in Teufels Küche.«

Alina wandte ihr Gesicht ab und schaute zum Seitenfenster hinaus. Unter ihrem Halbmantel zeichnete sich das Beben ihrer Schultern ab. Linda hätte das Mädchen gern in den Arm genommen. Sie dachte: das arme Kind. Sie dachte: Das Schwein wird bluten. Dann probierte sie eine neue Strategie.

»Du bist Morella, nicht wahr?«

Keine Reaktion.

»Das ist doch die wichtigste Figur in dem Stück.«

Ein zaghaftes Nicken.

»Er hätte jedem die Rolle geben können. Aber du hast sie bekommen.«

Alinas Kopf neigte sich nach rechts.

»Das macht deine Mutter bestimmt sehr stolz.«

Ungleich rascher, als sie sich Linda zugewandt hatte, fuhr ihr Kopf wieder zurück. Linda hätte sich für ihre eigene Dummheit schelten können. Weshalb hatte sie das Gespräch ausgerechnet auf Alinas Mutter gebracht? Dass es zwischen Alina und Bettina Wagner Spannungen gab, war allzu offenkundig. Hätten sie eine gesunde Beziehung zueinander, wäre sicherlich das Schlimmste verhindert worden. Sie musste die Mutter aus dem Spiel lassen. Alina lebte in einer Welt der Romantik. Da waren Mütter höchstens die Ahnen aus einer schattenhaften Vergangenheit. Oder eben die bösen Stiefmütter.

»Morella ist ein schöner Name«, sagte Linda möglichst sanft. »Klingt wie Marille.«

»Marille?«, nuschelte Alina.

»Marille ist die süddeutsche Bezeichnung für Aprikose.«

Das Mädchen nickte schüchtern.

»Und was bedeutet Prospero?«, fragte Linda.

»Prospero ist der Prinz.«

Linda glaubte, aus Alinas Stimme unverhohlene Bewunderung herauszuhören. Bewunderung für Ben Schilling alias Prinz Prospero. Eine Weile sprachen sie über eine Edgar-Allan-Poe-Geschichte namens »Die Maske des Roten Todes.« Henry hatte Linda mit dem Inhalt bestens vertraut gemacht. Sie meinte zu Alina: Wenn jemand den Prinzen gewarnt hätte, wäre er seinem Tod entgangen. Aber die Gäste auf dem Maskenball hätten sich allein um ihr eigenes Wohl gekümmert. Prinz Prospero war praktisch umgeben von Egoisten.

Alinas ängstlicher Blick wurde nun von einer unleugbaren Sorge überschattet. In diesem Moment sah sie ihrer Mutter zum Verwechseln ähnlich. Nur war Frau Wagners Sorge auf die eigene Tochter gerichtet, während Alina ihren Vergewaltiger zu schützen suchte.

»Wir glauben, dass ihm etwas widerfahren ist.« In ihrer Anspannung inhalierte Linda besonders tief. Das Mädchen durfte nicht dichtmachen. Nicht jetzt.

»Du willst ihn natürlich beschützen«, fuhr Linda fort. »Das kann ich gut verstehen. Trotzdem musst du uns sagen, was letzte Nacht passiert ist.«

»Was hat das mit ihm zu tun?«

»Wir wissen, dass sich Virginia und Prospero getroffen haben.«

Alina runzelte die Stirn. Ihre Hand rutschte über das Sitzpolster, als suche sie eine lose Naht. Linda konzentrierte sich auf jede ihrer Gesten. Sie schnippte ihre Zigarette hinaus und schloss das Fenster. »Ihr habt euch gestern Nacht am Theater getroffen«, sagte sie. »Den Nebel fandet ihr garantiert romantisch, oder?«

Obzwar Alinas Wangen erröteten, blieb ihre Stirn in Falten. Lindas Meinung nach verriet die Reaktion mehr Wut als Scham. Mit zusammengepressten Zähnen fragte Alina, wann er am Theater gewesen sei.

»Gestern Nacht. Du erinnerst dich, oder?«

Alina antworte nicht. Stattdessen fragte sie: »Und mit wem?«

»Wir reden doch jetzt beide von gestern Nacht?«

»Mit wem hat er sich getroffen? Sagen Sie es mir!«

»Mit Virginia«, erwiderte Linda unverändert sanft.

»Nein, das stimmt nicht.«

»Und warum nicht?«

»Weil Prospero ihr nicht geantwortet hat.«

Linda begriff nicht, was Alina ihr mitteilen wollte.

»Auf keine einzige Mail. Dabei habe ich ihm versprochen, dass ich es geheim halte. Ich wollte alles für ihn tun. Wirklich alles.«

»Also hast du dich nicht mit ihm getroffen?«

»Nein«, schrie Alina, und ihre Augen füllten sich mit Tränen. »Ich habe bei Torsten geschlafen.«

15

Die Kommissare übergaben Alina Wagner einer Betreuerin vom Jugendamt. Linda war die Entscheidung nicht leichtgefallen.

An erster Stelle sollte die Mutter stehen, bekräftigte sie nach der Übergabe. Dann startete sie mit einem resignierten Schulterzucken den Wagen.

Das Ehepaar Knaak wohnte im Ortsteil Göschwitz. Unterwegs dorthin hielt Linda telefonisch Rücksprache mit Lennart Mikowski. Der Kollege observierte noch immer Schillings Wohnung. Henry hätte mit ihm nicht tauschen wollen. Er glaubte nicht mehr daran, dass Schilling dort auftauchen würde. Wo der Regisseur sich befinden könnte, war ihm ein Rätsel. Binnen zwanzig Stunden war Ben Schilling vollkommen von der Bildfläche verschwunden. Angesichts dieser Tatsache hielten die Kommissare die Frage nach seiner Schuld für zweitrangig. Schilling zu finden hatte vorerst Priorität.

Wieder und wieder überflog Henry den Mail-Verkehr zwischen Alina Wagner und Ben Schilling. Mittlerweile konnte er einige Zeilen aus dem Gedächtnis deklamieren. *Ich vermisse dich. Ich brauche dich. Ich muss dich sehen.* Gelegentlich folgte eine Uhrzeit, die möglicherweise auf ein Treffen hindeutete. Letzten Endes vermochte Henry kaum die Hälfte zu entschlüsseln. Allerhand Mysteriöses blieb über: *Wo keine Hunde mehr bellen, schließen Liebende einander in die Arme.* Oder auch: *Eine Gruft zu lieben, eine Gruft zu sterben.* Waren das Zitate aus Poes Œuvre? Oder gar Zeilen aus Schillings eigenem Bühnenstück? Hatte hier ein Pädophiler ein naives Mädchen umgarnt? Ob das die Schwärmereien einer kranken Seele waren, konnte Henry nicht einschätzen. Allein mit diesen Mails ließ sich Ben Schilling kein Missbrauch nachweisen. Der Schriftverkehr mutete geradezu keusch an.

16

In der Grietgasse wurde ihnen die Haustür von Frau Knaak geöffnet. Die Dreiundsechzigjährige hatte die Polizei bereits erwartet. Mit einem Lächeln führte sie Linda und Henry durch eine Diele. Sie trug eine Lesebrille an einer Kordel um den Hals.

Insgesamt wirkte ihre Erscheinung auf eine betrübliche Art fleischlos. Henry konnte sie sich kaum neben Torsten Knaak vorstellen. Da die klobige, fraglos imposante Gestalt des Hausmeisters, hier die schmächtige Figur seiner Gattin. Zwangsläufig musste er an Knaaks Spitznamen denken. Die fette Miezekatze. Ein Name, der ihm von Ben Schilling verliehen worden war. Henry hatte keine Ahnung, woher diese Bezeichnung rühren mochte. Während sich ihm eine folgenschwere Assoziation auftat, vibrierte sein Handy. Das Display zeigte Jasmins Nummer. In Erinnerung an das morgendliche Gespräch ignorierte er den Anruf abermals.

»Ist Ihr Mann nicht da?«, fragte Linda im Gehen.

»Nein, der ist noch auf Arbeit.«

»Wissen Sie, weshalb wir hier sind?«

»Ich kann es mir denken.«

Sie betraten eine Wohnstube, die der Vorstellung von einem Leben ab sechzig nichts Neues hinzufügte. Neben dem geblümten Sofa ein Fernsehsessel mit verstellbarer Rückenlehne. Auf einem Beistelltisch lagen diverse Illustrierte.

Frau Knaak bat die Kommissare, sich zu setzen. Sie musste nicht einmal zum Sprechen animiert werden. Sie schien der Überzeugung, ihr Mann habe endlich die Polizei benachrichtigt. »Ich habe Torsten tagein, tagaus gepredigt, er solle etwas tun.«

Linda nickte im Gestus der Eingeweihten.

»Wir haben ihm noch die Wahl gelassen«, fuhr Frau Knaak fort. »Aber das war eindeutig zu viel des Guten.«

»Was für eine Wahl?«, hakte Linda nach.

»Entweder er kündigt fristlos sein Engagement, oder wir rufen die Polizei.«

»Und wann war das?«

»Am Donnerstag hat Torsten mit ihm gesprochen.« Frau Knaak spreizte ihre Finger auf ihren spitzen Knien. »Wir haben gehofft, Herr Schilling würde einlenken. Es war Alinas ausdrücklicher Wunsch, dass die Sache nicht an die Öffentlichkeit gelangt. Sie hat eine Heidenangst.«

»Vor Ben Schilling?«

Frau Knaak schüttelte den Kopf. »Eher davor, das Schicksal ihrer Mutter zu teilen. Kennen Sie Frau Wagner?«

Linda nickte.

Frau Knaak berichtete ihnen, wie ihr Mann und Alina sich angefreundet hatten. Irgendwann sei sie lange vor den Proben im Theater aufgetaucht. Dann habe sie Torsten Knaak bei der Arbeit unterstützt. So kleine Sachen, meinte Frau Knaak. Alina sei stolz darauf gewesen, die Bühne fegen zu dürfen. Am liebsten hätte sie die Auslagen mit neuen Flyern bestückt. Auf seine schrullige und doch liebevolle Art habe Torsten Knaak das Vertrauen des Mädchens gewonnen. Ihr Mann habe einen steinigen Weg hinter sich. Genau wie das Mädchen. Das schaffe eine Verbindung in Herz und Seele. Mit einem sanftmütigen Lächeln erzählte Frau Knaak, dass Alina sogar eine Strickjacke von ihrem Mann stibitzt habe. Die Jacke rufe bei dem Mädchen wohl irgendwelche Erinnerungen an den Vater wach. Ja, von dessen tragischem Schicksal habe Alina ihnen ohne Scheu berichtet.

Frau Knaak rutschte vor an die Sofakante. Ihre spitzen Knie berührten den Tisch, als suche sie zusätzlichen Halt. »Im letzten Monat hat sie uns dann die Geschichte mit Herrn Schilling anvertraut.«

Henry sah, wie Lindas Augen sich verengten. Die Schatten im Wohnzimmer krochen über das letzte Licht des 14. Novembers. Frau Knaak erhob sich und knipste eine Stehlampe an. Sie berichtete, dass ihr Mann eine frühere Chefin von Herrn Schilling telefonisch kontaktiert habe. Natürlich hätten sie Alinas Worten Glauben geschenkt. Sie hatten sich nur absichern wollen, ehe sie etwas unternahmen. Leider war die Dame nicht willens gewesen, auch nur eine seiner Fragen zu beantworten.

Frau Knaaks lippenloser Mund verhärtete sich. Sie zog aus einer Schublade eine Blechschatulle und entnahm dieser ein Foto. Dann schob sie sich die Brille auf die Nase. »Das hat uns Alina geschenkt. Sie dachte, wir fänden es schön.«

Henry und Linda erblickten das Bild eines leicht bekleideten Mädchens. Zweifellos war es in einer Waldung aufgenommen worden. Am rechten Bildrand erkannte Henry das Stück einer Steinmauer. Möglicherweise Teil eines Gebäudes, vielleicht aber auch der Grenzwall zwischen zwei Grundstücken. Die Anhaltspunkte waren einfach zu vage. Mitnichten hatten Hintergrund und Umgebung das Interesse des Fotografen erregt. Sein Augenmerk hatte wohl allein Alina Wagner gegolten.

»Wo ist das aufgenommen?«, fragte Henry.

»Das wollte Alina nicht sagen«, antwortete Frau Knaak. Als sie das Foto wieder an sich nehmen wollte, schüttelte Linda stumm den Kopf.

17

Durch den Schlüpfer hindurch glaubte Ben den Einbruch der Nacht zu erkennen. Aber das Zwielicht hätte auch Zeichen seiner Erschöpfung sein können. Die unsäglichen Schmerzen hatten seine Welt binnen Sekunden wieder schrumpfen lassen. Das Einzige, dessen er sich noch sicher war, verhüllte ihm das Gesicht.

Er hatte ihr den Schlüpfer im letzten Sommer geschenkt. Nie würde er vergessen, wie sie vor Scham errötet war. Aber ihre Reaktion hatte nichts von der Koketterie einer erwachsenen Frau gehabt. Rein gar nichts von dieser falschen Scheu, die meist nur deren Gefallsucht kaschieren sollte. Virginias Verhalten war Ausdruck ihres Herzens gewesen. Deshalb hatte sie sich auch geziert, sein Geschenk anzuziehen. Nachdem er sie schließlich überredet hatte, erfüllte sich sein zweiter Wunsch ebenso. Er durfte Virginia fotografieren. Leicht bekleidet und an jenem Ort, der ihm nun ein Kerker war.

18

Im Wagen bat Henry seine Kollegin, noch nicht loszufahren. Die Falte auf Lindas Stirn pflanzte sich in kleinen Verästelungen fort. Unermüdlich, zäh, Stunde um Stunde. Fakt war: Das Foto würde für eine Anklage kaum ausreichen. Leicht bekleidet war eben nicht nackt, und nicht nackt hatte in Deutschland einen Freifahrtschein.

»Ich höre«, sagte Linda, während sie den Kragen ihrer Lederjacke zurechtzupfte.

»Halte mich bitte nicht für übergeschnappt«, begann Henry. »Aber mir kam drinnen eine verrückte Idee.«

»Keine Sorge, ich halte dich schon lange für übergeschnappt. Und manchmal sind deine verrückten Ideen ganz nützlich.«

»Okay, wie lautet Knaaks Spitznamen?«

»›Fette Miezekatze‹.«

»Exakt. Und wer hat den Spitznamen in die Welt gesetzt?«

»Unser perverses Wunderkind.«

»Wieder richtig«, entgegnete Henry und schlug seine Akte auf. »Und welcher Buchstabe ist das?«

Linda starrte auf die Kopie des gefundenen Ms. Dann lehnte sie den Kopf zurück, und Henry erwartete, sogleich ihr Krähenlachen zu vernehmen. Aber er hatte sich getäuscht. Sie stieß nur ein einzelnes »HA!« aus. Völlig humorlos und nach Belieben deutbar.

Mit einem Seufzen löste sie ihren Anschnallgurt. »Bleib sitzen!«, sagte sie zu Henry. »Ich checke sein Alibi.«

19

Lindas Bericht demonstrierte nur, was eine verrückte Idee von Henry Kilmer war: eben eine verrückte Idee. Sie sagte, Torsten Knaak besitze ein Alibi. Am Freitagabend habe das Ehepaar Besuch empfangen. In ihrer grenzenlosen Hilfsbereitschaft hatte Frau Knaak einen der Gäste sofort angerufen. Am Telefon habe die betreffende Person Frau Knaaks Aussage bestätigt. Ein Kollege, der das Alibi prüfen würde, sei bereits verständigt.

»Immerhin können wir nun ein M von der Liste streichen«, sagte Linda bemüht kollegial. Ohne Umschweife riet sie ihm abermals zu einer Pause. Er könne sich für ein, zwei Stunden in der KPI auf einer der Bereitschaftsliegen ausruhen. Wenn er wolle, würde sie ihn auch zu Hause oder bei seiner Freundin abliefern.

Allein der Gedanke, dass die Ermittlungen ohne ihn weiterliefen, widerstrebte Henry. Er beantwortete ihren Vorschlag, indem er demonstrativ seinen Hefter aufschlug.

Linda startete den Wagen und fuhr in Richtung Zentrum. Aus müden Augen studierte Henry das Deckblatt von Schillings Manuskript. Allmählich gewann er den Eindruck, das gefundene M sei mitnichten ein Hinweis. Vielleicht war der Fetzen Papier wirklich nur das Produkt ungestümer Wut. Schilling hatte das Manuskript zerrissen, und dabei hatte sich das M aus der Seite gelöst. Nichts als ein blöder Zufall. Wie ein Serienkiller, der zu nah an einem Hydranten parkte.

Er unterdrückte ein Gähnen und spürte sogleich die Schwere seiner Lider. Er musterte den Brief, den Lennart in Schillings Wohnung gefunden hatte. »Ich werde alles melden. Außer du tust, was ich sage. Warte heute Abend am Theater. Ich liebe dich!«

Offensichtlich war er zum Theater bestellt worden. Oder eher gelockt worden, spekulierte Henry.

Allem Anschein nach hatte Alina Wagner den Brief geschrieben. Lediglich jemand, der um das Verhältnis zwischen ihr und Schilling wusste, käme ebenso als Absender in Frage. Auch wenn das Mädchen den Brief verfasst hatte, war sie dem Theater ferngeblieben. Alina Wagner hatte bei Familie Knaak übernachtet. Dafür gab es mehrere Zeugen. Die zweigeteilte Botschaft des Briefes ließ Henrys Hirn nicht ruhen. Das Schreiben war nicht rund. Erst die Henrys, dann der liebevolle Abschluss. Die letzte Zeile stammte eindeutig aus dem Sprachgebrauch von Alina Wagner alias Virginia. Aber weshalb hatte sie ihm ihre Botschaft nicht per Mail mitgeteilt? Je länger Henry den Brief betrachtete, desto stärker rumorte in ihm ein Verdacht: Der Brief diente einer Täuschung. Er sollte nach einer wütenden und doch ergebenen Alina Wagner klingen.

Das eintönige Motorengeräusch von Lindas Wagen verfing sich in seinen Grübeleien. Langsam sank ihm das Kinn auf die Brust. Jede Gegenwehr versiegte im Schlummer.

»Erde an Samurai Kilmer«, schallte es in sein Bewusstsein.

Henry öffnete die Augen und starrte irritiert zur rechten Seite. Linda stand am Wagen und hielt ihm die Beifahrertür auf. Wie er rasch erkannte, parkten sie nicht vor Schillings Adresse. Linda hatte ihn nach Hause in die Carolinenstraße gefahren. Er musste unterwegs eingedöst sein.

»Wir sehen uns am Montag«, sagte Linda in unmissverständlichem Tonfall. »Bis dahin kannst du deine Matratze observieren.«

20

Am Anfang war stets eine Wand, blütenweiß und leer. Bald darauf drang eine Stecknadel in die Tapete. An dieser Wand nun eine erste Notiz oder ein erstes Foto. Im Laufe der nächsten Tage fanden sich daneben weitere Zeugnisse seiner Arbeit. Mehr Notizen, mehr Fotos. Noch mehr Kopien vertraulicher Dokumente. Die Wand verlor ihre Leere, und in der Fülle verlor sich der rastlose Geist eines Polizisten.

Henry Kilmer strich sich über den Zopf, als ließe sich so die Müdigkeit abstreifen. Er beäugte das Gemenge aus Fakten, Theorien und halbgaren Ideen. Die Gesichter zweier Menschen fesselten den letzten Rest seiner Aufmerksamkeit. Das eine gehörte Ben Schilling, das andere Caroline Meyer. Zwischen den Porträts hingen etliche Notizzettel. Auf jedem Zettel prangte ein Name, der mit einem M begann. Für nur wenige Minuten hatte er heute geglaubt, einer echten Spur zu folgen. Angesichts der Faktenlage wäre Schillings endgültiges Verschwinden wohl ein Segen für das gesamte Theater. Ja, dachte Henry, für die Jugend- und Kulturarbeit im Allgemeinen. Und zweifellos auch für den Bürgermeister, der das Schicksal seiner Tochter nicht ewig verschweigen konnte. Im Grunde wäre Schillings Abgang ein Segen für die ganze Stadt. Doch in den besagten Minuten hatte eine einzige Person die Legion möglicher Verdächtiger angeführt: Torsten Knaak.

Keine vier Stunden später provozierte sein Einfall nichts als Unglauben. Warum sollte Schilling mit Hilfe des Buchstabens M auf Knaak hindeuten? Buchstäblich auf die fette Miezekatze von Schloss Thalstein. Es wäre töricht gewesen, die wirren Gedankengänge eines Polizisten zu erwarten. Henry nahm den mit Miezekatze beschrifteten Zettel ab. Er sagte sich: Vielleicht war Schilling nicht bei Sinnen, als er das Deckblatt seines Manuskripts zerriss. Mit einer impulsiven Geste zerknüllte Henry den Zettel und feuerte ihn ins Wohnzimmer. Dann betrachtete er den Familiennamen des Bürgermeisters und den Vornamen der Theaterleiterin. Ein Stück tiefer hingen die Namen zweier Techniker des Hauses und der sieben Darstellerinnen der Morella. Noch tiefer folgten die Namen neun weiterer Personen, die auf der Feier zugegen gewesen waren. Henry entfernte jeden der Zettel einzeln von der Wand und zerknüllte ihn anschließend.

Es wurmte ihn ein wenig, dass Linda ihn in den Feierabend geschickt hatte. Andererseits vertraute er ihrer Intuition. Obgleich sie nicht immer recht hatte, tat sie doch meist das Richtige. Denn Linda verbannte allzu menschliche Bedürfnisse nicht aus der Arbeit. Seine Kollegin atmete, wo er die Luft anzuhalten versuchte. Mit kraftlosen Schritten schlurfte Henry zur Couch. Er schob sich ein Kissen unter den Kopf und jagte wirren Gedanken nach. Die Schwere seines Körpers drückte ihn in die Polster. Ein Blick auf die Uhr: kurz nach eins. Er musste schlafen. Aber nicht der Müdigkeit wegen. Sondern allein deshalb, weil die Zeit schlafend rascher verging.

Doch dann gab er sich einen Ruck. Er hievte sich von der Couch, warf sein Jackett über und verließ die Wohnung. Er streunte ziellos durch die Gegend. Nach einer Weile gelangte er auf eine Freifläche. Jeweils rechts und links strebte eine Reihe brauner Garagen in die Landschaft. Am Horizont zogen Salzberge die letzte Farbe aus einem ergrauten Himmel. Henry wandelte einer Marionette gleich zwischen den Garagen einher. Als sich eine der zweiflügligen Türen öffnete, stoppte er.

Ein großer, dürrer Mann trat aus der Garage. Er trug einen Zylinder, dazu einen steifen Gehrock mit Stehkragen und Schleife. Henry fragte ihn nach seinem Namen.

»Dr. Poe«, sagte der Mann mit klangloser Stimme.

»Das ist unmöglich.«

»Dann nenne mich Arthur.«

Bei diesem Namen verzog sich Henrys Gesicht vor Schmerz.

»Ich habe zwei neue Kinder«, sagte der Mann, der Arthur genannt werden wollte. »Willst du sie sehen?«

Ohne Henrys Antwort abzuwarten, öffnete der Mann die Flügeltür vollends. Das Holz schwang geräuschlos zur Seite, und Henry erkannte zwei Frauen. Beide trugen sie weiße lächelnde Masken.

»Das ist Morella«, sagte Arthur. Er wies erst auf die eine, dann auf die andere. »Morella in Gestalt der Tochter und Morella in Gestalt der Mutter. Die Ältere ist die Vergangenheit der Jüngeren. Und die Jüngere die …«

»… Zukunft der Älteren«, beendete Henry das scheinbare Paradox.

»Und wer war zuerst da?«

Henry wusste keine Antwort.

»Die Mutter oder die Tochter?«

Henry schwieg weiterhin.

Da knöpfte der Mann seinen Gehrock auf und schlug die linke Seite zurück. Henry sah, dass an seinem Hosenbund ein handgroßer Apparat klemmte. Mit erhobenem Finger sagte der Mann: »Obacht, mein Freund!«

Dann bediente er eine Taste am Gehäuse, worauf eine Melodie ertönte. Sie hallte vom Himmel herab, von den Salzbergen wider.

Binnen Sekunden steigerte sich die Lautstärke ins Monströse. Während Henry seine Ohren abschirmte, begann der Mann mit den Frauen zu tanzen. Ein infernalischer Reigen schönster Dreifaltigkeit. Mutter und Tochter und Walkman. Ringel, Ringel, Reihe, sind der Kinder dreie. Walkman und Mutter und Tochter. Ringel, Ringel, Rosen, gelbe Aprikosen. Tochter und Walkman und …

Sonntagmittag

1

Als das Telefon Henry wach klingelte, war es bereits kurz nach elf. Lennart Mikowski teilte ihm mit, dass er ihn seit zwei Stunden erwarte. Henry saß in seinem Wohnzimmer und wischte sich den Schlaf aus den Augen. Er hätte vor Stunden zur Observation von Schillings Adresse antreten müssen. Zum ersten Mal in seiner noch jungen Karriere hatte er verschlafen. Mit einem Schwall an Entschuldigungen hoffte er Lennart zu besänftigen. Doch der sonst eher entspannte Kollege blaffte genervt durchs Telefon: Henry solle sich sputen. Er selbst wolle nach Hause. Er habe seit Ewigkeiten nicht geduscht. Außerdem terrorisiere ihn der Chef mit Anrufen. *Ist Schilling aufgetaucht? Ist Schilling aufgetaucht?* Immer wieder dieselbe Scheiß-Frage.

Noch ehe Henry aufgelegt hatte, war er in seine Dienstkleidung geschlüpft. Mit dem Wohnungsschlüssel in der Hand betrachtete er seine Armbanduhr. Elf Uhr dreiundzwanzig. Eigentlich war es der falsche Zeitpunkt, seinem Gedächtnis auf die Sprünge zu helfen. Aber irgendetwas wollte sich ihm mitteilen. Er musste sich einfach konzentrieren. Also tat er, was er in solchen Situationen meist zu tun pflegte. Er folgte dem Zeiger seiner Uhr, zählte die Sekunden einer halben Minute. Der unruhige Schlaf hatte ihn kaum Kraft schöpfen lassen.

Er hatte geträumt.

Und nachgedacht.

Sobald er im Treppenhaus war, rief er Linda an. Lennart Mikowski würde wohl oder übel die Stellung halten müssen.

2

Ein Handtuch um den Oberkörper geschlungen, saß Linda auf dem Badewannenrand. Ihre Schultern und Beine dampften vor Hitze. Eigentlich hatte sie heute Henrys Stimme nicht hören wollen. Weder von Angesicht zu Angesicht noch durchs Telefon. Es war ihr freier Tag, und an freien Tagen hatte die Familie Vorrang. Ihre beiden Kollegen sollten abwechselnd die Observierung fortsetzen. Allein Schillings Erscheinen hätte sie als Grund für einen Anruf gelten lassen.

»Das ist die dämlichste Theorie, die ich je von dir gehört habe«, flüsterte Linda. »Nur weil du von deiner Mutter träumst …«

»Nicht von meiner Mutter«, fuhr Henry dazwischen.

»Mutter hin oder her«, sagte Linda deutlich lauter. »Ich kann es nur wiederholen: Das ist eine dämliche Theorie.«

»Das Motiv ist da«, beharrte Henry. »Und auch die Möglichkeit.«

Mit der Linken griff Linda nach dem Kosmetikspiegel. Sie musterte ihr glühendes Gesicht, während Henry ihr seine Theorie ins Ohr posaunte. Ein empathischer Mensch hätte wohl ihren genervten Tonfall bemerkt und auf diesen mit Umsicht reagiert. Aber nicht Henry Kilmer. Linda ließ ihn reden, ohne recht zuzuhören. Ihr Entschluss stand fest: Sie würde heute keinen Fuß mehr aus der Wohnung setzen.

Da öffnete sich die Tür, und ihr Mann Stefan lugte ins Bad. Er trug ebenfalls einen Bademantel. Doch statt eines Telefons hielt er ein Glas Sekt in der Hand. Sie sahen einander an und verdrehten gleichzeitig die Augen. Das Einvernehmen war ersichtlich. Ihr Mann wusste um Henrys Übereifer. Linda hatte ihm schon die eine oder andere Anekdote erzählt. Sie legte den Kosmetikspiegel auf ihren Oberschenkel und warf Stefan einen Luftkuss zu. Mit einer resignierten Geste verschwand er aus der Tür.

»Ich würde so weit gehen, dass das M auf einen Namen hinweist«, sagte Linda. »Aber weiter nicht.«

»Und wenn er ihren Namen nicht wusste?«, fragte Henry.

»Sehr unwahrscheinlich.«

»Ihre Mutter ist für sie ein rotes Tuch. Das hast du selbst erlebt.«

»Trotzdem unwahrscheinlich«, seufzte Linda.

Sie malte mit dem Finger ein M auf den beschlagenen Spiegel. Vielleicht hätten sie in eine Therme fahren sollen. Sie und Stefan. Morgens hin und abends zurück. Kein Telefon, keine Arbeit. Kein Henry Kilmer.

»Okay«, sagte sie abschließend. »Lennart wartet in der Zwätzengasse. Er will bestimmt nach Hause.«

Henry hüllte sich in Schweigen. Linda konnte sein Schmollen förmlich durchs Telefon spüren. Sie legte den Spiegel zurück auf den kleinen Schrank unter dem Waschbecken. Dann verabschiedete sie sich von Henry. Als Stefan ins Badezimmer trat, schaltete sie ihr Handy ab.

»Wir haben sturmfrei«, sagte Stefan und überreichte ihr ein Glas Sekt.

Mit einem Zug leerte sie das Glas. Dann lächelte sie und wiederholte die Worte ihres Mannes: »Ja, wir haben sturmfrei.«

Wie nebenher streifte ihr Blick den kleinen Spiegel. Das M, das sie gemalt hatte, war kein M mehr. Das Zeichen stand nun auf dem Kopf und bildete einen neuen Buchstaben.

»Tut mir leid.« Lindas Lächeln war verflogen. Sie gab Stefan einen Kuss, griff nach ihrem Telefon und eilte aus dem Bad.

3

Du bist in einem unauffälligen Haus am Rande einer unauffälligen Stadt. Du hast dich in diesem Wohnzimmer mit einem nassen Handtuch zurechtweisen lassen. Nach der ersten Abreibung hast du jene Männer angerufen, die den Bürgern deiner Stadt Hilfe versprechen. Schnellen, unkomplizierten Beistand, so wird allgemein behauptet. Aber dir hat niemand helfen wollen. Das käme in den besten Familien vor, haben sie gesagt. Einmal ist beinahe keinmal. Und beinahe keinmal ist weder eine Anzeige noch einen Aufschrei wert. Du hast von diesen Männern gelernt. Fortan war für dich jedes Mal ein erstes Mal, und einmal ist beinahe keinmal.

Später hast du dir beigebracht, nicht zu verkrampfen. Besonders dann, wenn er dort eindrang, wo es wehtat. Du hast dich gebückt und dabei nicht aufgeschrien. Nein, nein, nein. Das hast du nicht.

Nach Jahren der Tortur ließ die teilnahmslose Welt seine Hand unter ein Auto kommen. Seine Knochen zerbrachen in hundert Einzelteile. Du hast dich gefragt, ob hundert böse Einzelteile automatisch ein böses Ganzes ergeben. Du hast dir die Frage nie beantworten können, was irgendwann keine Rolle mehr spielte. Denn die hundert zermalmten Einzelteile fanden nie wieder zueinander. Die böse Hand war für alle Zeit aus der Welt. Und jetzt, keine zehn Jahre später, sitzt du wieder einem dieser Männer gegenüber. Du erinnerst dich genau an ihre Worte: Einmal ist beinahe keinmal.

4

Linda war auf die Toilette gegangen, und Henry stand zwischen Couch und Schrankwand. Frau Wagner saß auf der Couch. Mit beiden Händen umklammerte sie ein in Zeitungspapier eingeschlagenes Buch. Ein Schulbuch ihrer Tochter, vermutete Henry. Bei ihrem Anblick empfand er eine tiefe Ratlosigkeit. Was sollte er sagen? Wie das Verhör beginnen?

Sein imaginärer Katalog der Serienmörder half ihm auch nicht weiter. Auf die Frage nach Schillings Aufenthaltsort hatte sie nur das Buch an sich gedrückt. Aber ihnen lief die Zeit davon. Seines Erachtens war Ben Schilling in großer Gefahr. Ob selbst verschuldet oder nicht, darüber sollten andere urteilen. Ihre Mutterschaft machte sie nicht zum verlängerten Arm des Gesetzes. Aus Lindas Sicht verhielt es sich vielleicht anders.

»Ich wollte nur meine Tochter beschützen«, durchbrach Bettina Wagner die Stille. »Können Sie das verstehen?«

Henry nickte zaghaft.

»Bei einer Anzeige wäre alles an die Öffentlichkeit gelangt. Alina hätte nirgends mehr eine Rolle spielen können.«

Da schlug Bettina Wagner das Buch auf den Couchtisch,

sodass Henry zusammenzuckte. »Sie wäre für immer als Opfer gebrandmarkt. Das vergewaltigte Mädchen. Eine Zielscheibe für Mitleid und Spott.«

Henry musste unweigerlich an den Begriff vom sauberen Opfer denken.

»Wie sollte sie denn noch eine Rolle aufgrund ihres Talents bekommen? Man würde jede Kritik an ihrer Person weichspülen … Wer schenkt schon einem Vergewaltigungsopfer reinen Wein ein?«

In Henry keimte sofort Mitleid für Alina Wagner auf. Allmählich dämmerte ihm, dass das saubere Opfer eine Illusion war. Wer sich nicht selbst beschmutzte, wurde von anderen beschmutzt.

»Sie ist doch noch ein Kind«, sagte Frau Wagner.

»Und wollen Sie Ihr Kind aus dem Gefängnis aufwachsen sehen?« Linda kam mit unerbittlicher Miene ins Wohnzimmer zurück. »Henry, könntest du kurz draußen warten?«

5

Eine Viertelstunde später trat Linda aus dem Wohnzimmer. Sie schloss die Tür und winkte Henry heran. Er solle in der KPI anrufen. Die Frau könne man jetzt nicht allein lassen. In ihrer Verfassung sei sie sogar für sich selbst eine Gefahr. Henry nickte, dann öffnete Linda die Tür einen Spalt.

Mit dem Telefon am Ohr erhaschte Henry einen Blick ins Wohnzimmer. Frau Wagner lag auf der Couch, das Gesicht zur Rückenlehne gewandt. Ihre Jogginghose war über die halbe Pobacke gerutscht. Ihr Haar hing wie ein zerschundener Wischmopp zu Boden. Unter dem Tisch das Buch, das sie noch vor wenigen Minuten umklammert hatte. Sie kann einem nur leidtun, dachte Henry und war dennoch zu keiner ernsthaften Emotion fähig. Dann wechselten er und Linda die Positionen. Sie behielt Frau Wagner im Auge, er regelte, was zu regeln war.

Sobald er aufgelegt hatte, sagte Linda ein einziges Wort: »Hundegrab.«

Henry erwiderte Lindas Einsilbigkeit mit einem Achselzucken. Seine Kollegin verströmte eine ungewohnte Kälte. Frau Wagner musste ihr noch etwas gesagt haben. Linda schaute auf ihr Handy und krümmte die Mundwinkel. Es war allzu offensichtlich, dass sie die Kollegen herbeisehnte. Henry trat an sie heran und fragte, was es mit dem Hundegrab auf sich habe.

»Schilling soll sich dort aufhalten«, antwortete Linda nüchtern.

»Und wo ist das?«

»Keine Ahnung. Vielleicht eine Ausgeburt ihrer Phantasie?«

Henry zog aus der Umhängetasche seine Akte. In Windeseile überflog er den ausgedruckten E-Mail-Verkehr zwischen Prinz Prospero und Virginia. Sein Gedächtnis hatte ihn nicht getäuscht. Da stand es geschrieben: »Wo keine Hunde mehr bellen, schließen Liebende einander in die Arme.«

Hunde, Hunde, tote Hunde.

Und weiter unten las er: »Eine Gruft zu lieben, eine Gruft zu sterben.«

Dass Prospero auf das Grab angespielt hatte, schien ihm unzweifelhaft. Außerdem hatte Alina gegenüber dem Ehepaar Knaak einen geheimen Treffpunkt erwähnt. Das konnte kein Zufall sein.

Mit Hilfe seines Smartphones suchte Henry nach dem sogenannten Hundegrab. Rasch fand er einen Eintrag zum Schloss Thalstein. Das Hundegrab sollte den Herren von Tümpling als Gruft für ihre Jagdhunde gedient haben. Aber das war nur eine von vielen Spekulationen über die Nutzung. Leider ließen sich nirgends Koordinaten, geschweige denn eine Wegbeschreibung auftreiben. Er rief die Touristeninformation am historischen Markt an. Fragte nach dem Hundegrab und erhielt eine Trilogie glasklarer Antworten. Leider habe man keine Ahnung, wo das Hundegrab sei. Leider könne man ihm nicht weiterhelfen. Leider sei niemand hier, der das könne.

Er probierte den Anschluss der Jenzig-Gesellschaft. Dieser hatte nur ein endloses Klingeln für ihn parat. Danach versuchte er es bei einem örtlichen Wanderverein. Die Stimme einer Frau erklang. Vermutetes Alter über siebzig. Henry legte sein Anliegen dar, worauf sie einen Mann herbeirief. Vermutetes Alter über achtzig. Zumindest nach der Schnelligkeit seiner Schritte zu urteilen. Doch innerhalb von Sekunden hatte der alte Mann ihm den Weg erklärt.

Im Auto berichtete Linda, was Bettina Wagner noch behauptet hatte. Ben Schilling sei an einen Stuhl gefesselt. Angeblich seit letzten Freitag. Linda erschien der Wahrheitsgehalt von Frau Wagners Geständnis sehr dürftig. Dennoch informierte Henry den Notarzt und gab die Beschreibung des alten Mannes durch. Lindas Fahrstil wirkte gerade so, als führen sie zu einem simplen Einbruchsdelikt. Einmal hatte sie den Regisseur beim Namen genannt. Ansonsten hieß Schilling »das Schwein« oder »der Pädo«.

6

Die Leiterin des Schlosstheaters saß auf der kleinen Bank vor dem kleinen Teich. Über dem Wasser brodelte der Nebel wie der stinkende Atem eines Drachen. Die Sandsteinfigur des Erlkönigs war fast vollständig verborgen. Lediglich der rechte über die Flussaue weisende Arm offenbarte sich in der milchigen Suppe. Marissa Kolp mochte diesen Platz. Vielleicht gab es in Jena keinen zweiten Ort, welcher dermaßen ihr Herz berührte. Früher hatte sie den Teich oft aufgesucht. Das hieß: in Zeiten einer noch erfüllten Liebe.

Jetzt hingegen war sie todunglücklich und ihr damaliger Geliebter erledigt. Womöglich galt das für sie beide, sinnierte sie schwermütig. Sie hatten einander ausgespielt, bis ihr gemeinsames Leben verspielt war. Marissa klaubte einen Kieselstein vom Boden und wog ihn in der Hand. Sie hatte große Scheu, ins Theater zurückzukehren. Dass sie sich im Geiste von Ben verabschiedet hatte, löste nur das eine Problem. Ihr persönliches. Ihre Herzensangelegenheit. Hätte sie früher reagiert, wäre das andere Problem ein kleineres. Aber jetzt schienen das

Theater und dessen Ruf ruiniert. Sobald Bens Geheimnis an die Öffentlichkeit gelangte, würden sich die Geldgeber zurückziehen. Der Herr Bürgermeister würde in einer Stellungnahme den Erschütterten mimen. Erst der Unfall seiner Tochter, dann diese wirklich, wirklich schlimme Sache. Die Presse würde das große Fressen wittern. Und das zu Recht. Menschen mit Bens Neigungen zerstörten die Jugendarbeit. Sie machten aus dem offenen Raum der Bühne eine Nische perverser Gelüste. Es würde Monate, wenn nicht Jahre dauern, bis Eltern ihre Kinder wieder ins Theater schickten.

Und was war mit ihr selbst?

Angeklagt der Mitwisserschaft. Von der Öffentlichkeit, von ihrem Gewissen. Auch ohne eine Verurteilung würde die Schuld auf ihr lasten. Sie wäre ebenso erledigt wie ihr Regisseur und das Theater. Schließlich war sie in sein Geheimnis eingeweiht. Das einstige Vertrauen endete im beiderseitigen Scheitern. So tragisch wie seine Stücke, dachte sie. Allein sein Tod konnte ihren Fall noch verhindern.

Sie erhob sich von der Bank und begab sich zur Straße. Da vernahm sie das Nahen eines Autos. Offenbar schoss es mit viel zu hoher Geschwindigkeit über die Straße Am Erlkönig. Gerade so, als berge der Nebel keinerlei Gefahren. Bens Škoda konnte es nicht sein. Darauf hätte sie einen Schwur geleistet. Außer ihm war nur noch Knaak imstande, einen Sonntag im Theater zu verbringen. Aber würde der jemals mit einem derartigen Tempo durch den Nebel rasen?

Sie entfernte sich von der Straße und wartete. Als das Auto an dem Teich vorbeiraste, erhaschte sie einen kurzen Blick. Sie glaubte, einen Viertürer erkannt zu haben. Keine Minute später war das Motorengeräusch verstummt. Marissa wandte sich zum Erlkönig und warf den Kieselstein in seine Richtung. Sie wollte das Geräusch hören, wenn Stein auf Stein trifft. Den Klagelaut zweier aufeinanderprallender Körper. Aber das einzige Geräusch, das sie erreichte, war ein dumpfes *Blopp*. Der Stein verschwand im Teich, als wäre er von Kinderhand geworfen worden.

Sie trat auf die Straße und begann zu rennen. Über das graue Pflaster zwischen Saale und Jenzig. Durch den Nebel. Dort hinauf, wo sie vor hundert Sommern mit Ben entlangspaziert war. Für ihre Rettung, das wusste sie jetzt, gab es nur eine Lösung.

7

Die Kommissare erklommen den Jenzig von der Nordseite her. Henry hatte den höchsten Berg der Region schon einmal bestiegen. Im letzten Frühjahr gemeinsam mit Jasmin. Sie waren über die Südseite den asphaltierten Serpentinen gefolgt. Oben auf der Freifläche, die den Drachenfliegern als Absprung diente, hatten sie gepicknickt.

Im Laufen versuchte Henry seine Tasche ruhig zu halten. Linda hechelte irgendwo hinter ihm. Der Abstand zwischen ihnen wuchs und wuchs. Über ihm verschlossen die Bäume ihr Astwerk zu einer dunklen Höhle. Zu einem Walbauch mit krummen Rippen und dampfenden Schleimhäuten. Die Vorahnung eines Unheils ließ Henry das Tempo anziehen.

Nach ein paar Minuten passierte er eine Schutzhütte für Wanderer. Ein aus Ziegeln errichtetes Gebäude mit einer Stahltür. Sogleich machte sich die Narbe auf seinem Fuß bemerkbar. Seit letztem Jahr hatte Henry eine besondere Verbindung zu Stahltüren. Der alte Fall platzte in sein Bewusstsein. Durch den Walbauch pulste nun das vergossene Blut Unschuldiger. Doch die Erinnerung ließ ihn nur noch schneller laufen. Er schaute über die Schulter zurück und sah Linda. Einen Arm gegen die Schutzhütte gestemmt, schien sie zu verschnaufen. Henry bremste.

»Geh weiter«, rief sie ihm entgegen.

Aber er verharrte wie ein treuherziger Hund.

»Kilmer«, schrie sie. »Geh weiter!«

Er ahnte, dass es seiner Kollegin nicht allein an Kraft mangelte. Offenbar glaubte sie sich nicht imstande, Ben Schilling zu retten. Aber Henry waren solche Bedenken fremd. Er warf seine Tasche zu Boden und hetzte weiter. Wie der Jäger auf der Jagd nach dem bösen Wolf.

8

Die verschlungenen Pfade raubten ihm kostbare Zeit. Er musste einen schnelleren Weg finden. Er spähte den Berg hinauf und wurde mit zwei Wänden konfrontiert. Auf der einen Seite der Nebel, auf der anderen das Gefälle. Rasch wählte er einen möglichen Pfad zwischen den Bäumen hindurch. Dann nahm er direkt den Anstieg.

Unter seinen Sohlen schlierten Laub und Erde abwärts. Jeder Ast war ihm eine Sprosse, jeder Baumstamm eine Chance, zu verschnaufen. Unablässig kreisten seine Gedanken um Bettina Wagners Geständnis.

Angeblich werde Ben Schilling im Hundegrab gefangen gehalten. Frau Wagner habe ihn zum Selbstmord zwingen wollen. Auf welche Weise, das war ungesagt geblieben. Ihr Geständnis hatte in Apathie geendet.

Jemanden zum Selbstmord zu zwingen war für Henry kaum vorstellbar. Vielleicht gelang es bei Müttern und Vätern, deren Kinder bedroht wurden. Während seine Finger einen Ast umklammerten, dachte er an die Samurai. Das Schwert im Bauch, das Gedärm zwischen den Knien. Seppuku als Möglichkeit, die eigene Ehre oder die seines Herrn zu wahren. Im Grunde freiwillig, schoss es durch seinen müden Verstand.

Seine Hand rutschte vom Ast, und er schlitterte ein Stück tiefer. An einer Wurzel knickte er sich den Fuß um. Schmerz zeugte Schmerz zeugte Schmerz. Von irgendwoher das Krähen eines Vogels, einsam und fordernd. Oder Lindas Stimme, mehrere Höhenmeter unter ihm.

Die Entkräftung wirbelte seine Sinneseindrücke durcheinander. Erst als er das Gekrächze ignorierte, gelang ihm der nächste Schritt.

Nach einem letzten Anstieg glaubte er in der Höhe das Ziel

zu erkennen. Das Hundegrab, die Hundegruft. Das Mausoleum derer von Tümpling. Der Richtplatz einer verzweifelten Mutter.

9

In geringer Entfernung zur Steinhütte verharrte Henry. Massive Steine verliehen dem Bauwerk ein brachiales Aussehen. Die Hütte maß etwa sechs mal drei Meter. Das gewölbte Dach war höchstens drei Meter hoch.

Henry fasste nach seiner Waffe, beließ sie aber im Holster. Er näherte sich dem Eingang und rief ein zaghaftes Hallo. Dem folgte ein stärkeres Hallo, als hätte man ihn nicht verstanden. Im Schatten der Hütte klang sein Hallo bereits wie eine unzweideutige Warnung.

Er trat in die Hütte, erschrak heftig, wandte sich ab.

Durch sein Hirn echote sein Mantra: Kontrolle, Kontrolle, Kontrolle. Langsam näherte er sich einem umgekippten Stuhl. Darauf saß oder besser hing Ben Schilling. Die Waffe im Anschlag und völlig außer Atem erschien Linda unterm Türsturz. Sie fragte ihn, was hier los sei. Doch Henry antwortete nicht. Der Anblick würde ihr alles verraten.

Schillings Hals umschloss ein Drahtseil. Es verlief von seinem Nacken an der Wand hinauf zu einem Loch. Henry kniete vor ihm nieder und befühlte dessen Hals. Kein Puls. Die Bewegung der Pupillen gleich null. Linda zückte ihr Handy und fragte, wo der Notarzt bleibe. Die Sinnlosigkeit des Anrufs war ein Sinnbild der ganzen Situation.

In einer Mischung aus Ekel und echtem Interesse berührte Henry das Seil. Der Regisseur musste einen qualvollen Erstickungstod gestorben sein. Nicht anders, als es Bettina Wagner herbeigesehnt hatte. Womöglich hatte er den Stuhl mit Hilfe seines Körpergewichts nach hinten gekippt. Dann hatte sich der Draht gespannt und ihm die Kehle zugeschnürt. Henry dachte an Gefängnisinsassen, die sich am Gitter ihres Zellenfensters erdrosselten. Sitzend und zum Äußersten bereit. Er umfasste den Kopf des Leichnams und neigte ihn seitwärts.

»Er ist doch tot, oder?«, fragte Linda.

»Ja, eindeutig.«

Er ließ das Gewicht des leblosen Kopfes auf seine Hände wirken. Ein Verdacht ließ ihn die Stirn runzeln. »Ich glaube, Schillings Genick ist gebrochen.«

Vorsichtig fuhr er dem Toten über den Hinterkopf. Anschließend präsentierte er Linda seine Fingerkuppen.

»Ist das Blut?«, wollte sie wissen.

»Ja«, antwortete Henry. »Als wäre er voller Wucht gegen die Wand geknallt.«

»Etwa durch sein Eigengewicht?«

»Keine Ahnung, ob das möglich ist.«

Linda öffnete den Mund, hielt jedoch inne. Sie und Henry schauten einander an. Dann wandten sich ihre Gesichter gleichzeitig zur Fensteröffnung. Eine unheilvolle Geräuschkulisse beherrschte den Wald. Was der Nebel an Konturen verschleierte, offenbarte er an Tönen. Ein Rascheln in den blattlosen Kronen. Das Grollen des Erlkönigs, wie Henry absurderweise dachte. Er strich mit den Daumen über seine blutigen Fingerkuppen. Unwillkürlich kam in ihm der Gedanke an wilde Tiere auf. Raubtiere, deren feine Nüstern einen Leichnam witterten. Dann wurde das Bild konkreter: Wölfe. Hungrige Wölfe. Und inmitten seiner Gedanken abermals das Rascheln. Er berührte wieder das Waffenholster.

Linda bedeutete ihm, zu warten. Doch als sich das Rascheln entfernte, konnte Henry nicht an sich halten. Er schlich hinaus, die Hand am Holster, die Sinne auf Empfang. Dicht an die Mauer geschmiegt, taxierte er das Gelände.

Er entdeckte im Nebel eine weibliche Gestalt. Ein bloßer Schatten, der ins Nichts zu entfliehen drohte. Henry rief: »Halt!«, und die Frau erstarrte in ihrer Bewegung. Henry rief: »Polizei!«, und die Frau begann zu rennen.

10

Sie floh in Richtung Süden. Passierte das geschlossene Restaurant, rannte den Jenzig hinab. Auf den Serpentinen waberten dichte Nebelschwaden. Henry fürchtete, die Frau hinter der nächsten Biegung zu verlieren. Er preschte durch das Gestrüpp zum nächsttieferen Straßenabschnitt. Dort fand er keinen Halt und stürzte gegen die Brüstung. Unter ihm erstreckte sich Jena West. In der Ferne sichtete Henry Dächer und Schornsteine, Antennen und Krähen. Was immer das Auge auch erfassen mochte, begann unter Schweiß zu flimmern. Er wischte sich übers Gesicht, wiederholte sein Mantra, lief weiter.

In der Ebene angelangt, durchquerte die Frau eine Laubenkolonie. Henry schrie ihr hinterher. Er forderte sie auf, stehen zu bleiben. Aber mittlerweile bezweifelte er, dass sein Warnruf überhaupt Gehör fand. Durch seine Gedanken schwirrte ein Junge, der ihn mit einer brennenden Zigarette quälte. Ihm folgte eine im Koma liegende Frau. Danach ein unschuldiges Mädchen auf einem Friedhof. Ein Theater voll mit toten Seelen. Ein Mann, der sich das Genick an einer Mauer gebrochen hatte. Jasmin, die ihm die falschen Fragen stellte. Menschen, denen er sich nicht mitteilen konnte. Wut kochte in ihm hoch. Eine Wut, die ihn schneller machte.

In seinen Augenwinkeln verwischten die Zäune, Hecken und Verschläge zu einem Pinselstrich. Immer seltener peitschte aus dem Dunst das lange Haar der Frau hervor. Und dann war sie verschwunden. Urplötzlich, als hätte der Nebel für sie eine geheime Tür geöffnet.

Sonntagabend

1

Rot-weißes Flatterband war von einem Baum zum nächsten gespannt worden. Kleine, nummerierte Kärtchen steckten im Boden und wiesen auf eventuelle Spuren hin. Wandelnde Einweg-Overalls hier und dort. Blitzlicht, das wie ein Messerhieb den Nebel zerschnitt. Das Hundegrab ähnelte einer archäologischen Fundstätte. In einem Radius von hundert Metern war Unbefugten das Betreten untersagt. Martin Vossler, Leiter der Spurensicherung, hockte am Eingang zur Gruft. Eine jüngere Kollegin bewegte sich auf seinen Fingerzeig von rechts nach links. Für Außenstehende blieben die Methoden der Techniker ein obskures Tänzchen.

Linda meinte zu Henry, dass das noch lange dauern könne. Sie stand neben ihm und rauchte eine Zigarette. In ihrer Hand hielt sie einen tragbaren Aschenbecher. Den hatte ihr Vossler im letzten Jahr geschenkt. Damit der Tatort sauber bleibe, hatte er ohne eine Spur von Ironie gemeint. Ein Kollege hatte Henry eine Dose Cola mitgebracht. Linda hörte, wie er zwischen gierigen Schlucken noch immer hechelte. Der Nebel konnte seine von Frust geplagte Miene kaum verschleiern.

»Du störst dich hoffentlich nicht daran, dass dir eine Frau entwischt ist«, flüsterte Linda.

»Quatsch«, erwiderte Henry. »So kleinkariert bin ich nicht.«

Linda glaubte ihm. Ihr Kollege fühlte sich als Versager, weil ihm ein Zeuge entkommen war. Das Geschlecht spielte für Henry in diesem Fall keine Rolle.

»Die Zeugin wird garantiert verschreckt sein«, sagte Linda. »Mich hätte so ein Anblick glatt aus den Socken gehauen. Ich meine, wenn ich nicht Polizistin wäre.«

Henry nickte.

»Wir sollten eine Beschreibung an die Bereitschaft durchgeben.«

Henry reichte ihr seinen Block. »Ist schon alles notiert.«

Linda blätterte zur letzten Seite. »Oh, diesmal ohne eins deiner Bildchen?«

Sie hatte ihn aufmuntern wollen, doch Henry zeigte nicht das kleinste Grinsen. Sie spürte, dass ihn jetzt nur eine Sache ablenken konnte: Arbeit. Sie sagte: »Frau Wagner ist sicherlich schon in der KPI. Lust auf ein Verhör?«

Henry spannte seine Lippen.

»Lust, bei einem Verhör zuzuschauen?«

Henry nickte.

Das war ein gutes Zeichen.

2

Linda Liedke und Bettina Wagner saßen sich im Verhörraum der KPI gegenüber. Ab Hüfthöhe waren die Wände weiß getüncht. Darunter ein mattes Grau, auf dem vereinzelte Schuhabdrücke prangten. Von Frau Wagner war gewiss kein Ausraster zu erwarten. Allenfalls deutete sie ein Nicken an oder schüttelte kaum merklich den Kopf.

Nachdem sie Schilling gefunden hatten, waren Linda und Henry erneut in den Rabenstieg gefahren. Zwei Uniformierte und eine Ärztin waren vor Ort gewesen. Frau Wagner hatte unverändert auf der Couch gelegen, den Blick noch immer abgewandt. Unter dem Couchtisch das in Zeitungspapier eingeschlagene Buch. Die Ärztin hatte ihnen mitgeteilt, dass Frau Wagner vernehmbar sei. Aber allzu große Hoffnung sollten sie sich nicht machen. Ihre Gesprächsfähigkeit sei begrenzt.

Die Nachricht von seinem Tod entlockte der Frau weder einen Freudenschrei noch ein befreiendes Lachen. Linda hatte insgeheim ein paar Tränen der Erleichterung erwartet. Die Frau hatte sich nichts sehnlicher gewünscht als Schillings Tod. Das hatte sie in ihrer Wohnung mehrfach bekräftigt. Nach ihrem wirren Geständnis war Frau Wagners Verhalten allerdings umgeschlagen. Keine Rechtfertigungen mehr, keine überschnappende Stimme.

»Ihr Plan hat funktioniert«, sagte Linda in der Hoffnung, ein Gespräch anzuleiern. »Ben Schilling wird nie wieder einem Mädchen wehtun.«

3

Vielleicht wird der Mensch, für den du alles auf dich genommen hast, über seinen Tod weinen. Wäre alles nach Plan verlaufen, hättest du ihn trösten können. Du hättest Stärke gezeigt, weil in dir Vertrauen auf eine hellere Zukunft gediehen wäre. Weil die Welt vor dem Fenster nicht mehr ein lichtloser Raum hätte sein müssen.

Du hast die Konstruktion so angefertigt, dass sein Tod einen Suizid vermuten lässt. Natürlich hätten die Leute nach dem Grund seiner Selbsttötung gefragt. Solange nicht das eigene Leben betroffen ist, bohren die Leute immer nach. Warum ist das geschehen, warum dies? Doch all ihre Antworten wären dir entgegengekommen. Niemand hätte den Selbstmord des Monsters angezweifelt. Immerhin war das Monster ein echter Künstler. Und Künstler tun ständig Dinge, die nur wenige Menschen zu begreifen fähig sind. Dazu gehört auch ein selbst gewählter Tod. Gewiss hätte man von einer Schaffenskrise gesprochen. Oder das schöne Argument vom Minderwertigkeitskomplex bemüht. Oder womöglich einfach die Achseln gezuckt und gesagt: versteckte Neigungen, wer weiß.

4

Linda nannte den Namen der Familie, bei der ihre Tochter Unterschlupf gesucht hatte. Doch auch hier zeigte Frau Wagner keine Regung. Linda ergänzte, Torsten Knaak sei der Hausmeister vom Theater. Bei ihrer ersten Begegnung hatte sie ihn schon einmal erwähnt.

Frau Wagners Blick senkte sich auf die Tischplatte. Sie

schien das Aufnahmegerät zu begutachten. Zu Lindas Erstaunen öffnete sich unverhofft ihr Mund. Sie fragte, ob dieser Torsten Knaak ihrer Tochter auch etwas angetan habe.

»Nein«, antwortete Linda. »Soweit wir wissen, nicht.«

Sie erzählte, dass Alina und Torsten Knaak eher eine Art Vater-Tochter-Beziehung hätten. Von Freitag zu Samstag habe Alina sogar beim Ehepaar Knaak übernachtet. In Göschwitz. Auf einer ausklappbaren Liege im Wohnzimmer. Frau Knaak habe der Polizei berichtet, was Alina ihnen anvertraut hatte. Dass sie in Ben Schilling verliebt sei. Dass sie einander berührt hatten. Laut Frau Knaak musste sich die Geschichte vor ungefähr einem Jahr angebahnt haben.

»Während der Proben zur ›Schwarzen Spinne‹«, sagte Frau Wagner.

»Ben Schillings zweites Stück?«

»Ja, Alina hatte eine Bäuerin gespielt.«

Mit sorgsam gewählten Worten erzählte Linda von Ben Schillings erstem Übergriff. Alina habe eines Tages zu Torsten Knaak gemeint, er hätte sie angefasst. In ihrer Schilderung sei das Mädchen sehr detailliert gewesen. Streng genommen so detailliert, dass Linda jetzt Teile von Frau Knaaks Erzählung aussparte. Allerdings schien das Gehörte Bettina Wagner eher weniger zu schocken. Sicherlich hatte sie das meiste bereits gewusst. Was sollte sie sonst zu der Tat getrieben haben? Hier im Verhörraum wirkte sie von einer anderen Sache weitaus mehr gequält. Auf die angesprochene Beziehung zwischen ihrer Tochter und Familie Knaak war sie nicht vorbereitet gewesen. Diesen fremden Personen hatte Alina größeres Vertrauen geschenkt als ihrer eigenen Mutter. Linda wusste, dass das nicht leicht zu schlucken war. Sie dachte an ihren Sohn, fand den Vergleich jedoch rasch unpassend. Natürlich enthüllte Nico seinen Kumpels Dinge, die er ihr wohlweislich verschwieg. Aber Linda war dankbar dafür. Wenigstens hatte er gleichaltrige Freunde, denen er gewisse Dinge anvertrauen konnte.

Linda lenkte ihren Bericht zurück auf Frau Knaaks Aussage.

Gemäß ihren Worten hatten sie Schillings Treiben beenden wollen. Neben dem Schutz von Alina liege ihnen wohl auch der Ruf des Theaters am Herzen. Das Theater sei quasi die zweite Heimat ihres Mannes. In Knaaks Vorstellung hatte Schilling das Theater und dessen Existenz gefährdet. Schilling sollte also kündigen, und zwar ohne großes Trara.

»Hätte er sich geweigert«, sagte Linda, »wären sie zur Polizei gegangen. Sie waren bereit gewesen, seinen Missbrauch zu melden.«

Frau Wagners Blick senkte sich erneut auf das Aufnahmegerät. Das vereinfache nur das Protokollieren, erklärte Linda bemüht freundlich. Sie konnte spüren, wie ihr die Frau zu entgleiten drohte. Die Mutterrolle war keine gemeinsame Basis, stellte sie ernüchtert fest. Sie hatte einen Fehler gemacht. Sie hatte sich und Bettina Wagner in eine Schublade packen wollen. Unvermittelt hoben sich Frau Wagners Mundwinkel zu einem traurigen Lächeln.

Sie wollte wissen, ob sie sich bei Familie Knaak bedanken solle. In der Frage schwang weder Selbstmitleid noch Sarkasmus mit. Es klang eher wie die naive Frage eines Kindes.

5

Darauf hat dich das »Buch der Liebe« nicht vorbereitet: Du wirst den Menschen verlieren, den du am meisten liebst. Eigentlich ist es absurd. Denn alle Foltermethoden in deinem Buch finden ihr Ende darin, dass ein Mensch einen anderen verliert. Unter Umständen genau den einen Menschen, den man am meisten liebt. Den Freund, die Freundin, den Ehemann, die Ehefrau. Vater oder Mutter oder beide zur gleichen Zeit. Den Sohn oder die Tochter.

Dein Großvater hat nie vom Verlust gesprochen. Immer nur von ausgeklügelter Mechanik und tödlicher Effizienz. Wie diese Schraube oder jene Kurbel funktioniert, wann Leder sich dehnt oder zusammenzieht. Dass jede Folter über den Gefolterten hinaus foltert, war nicht zur Sprache gekommen. Diese Wahrheit hat dich weder dein Großvater noch das »Buch der Liebe« gelehrt.

Kein Schwein töten zu können, heißt nicht, keinen Menschen verletzen zu können. Das sind zwei Paar Stiefel. Gleichwohl sagst du voller Bedauern:

6

»Ich kann keinen Menschen töten.«

Bettina Wagners Aussage klang in Lindas Ohren wie eine Entschuldigung. Als hätte sie den Geburtstag einer wichtigen Freundin versäumt. In ihrem Gesicht dominierte die Fahlheit tiefer Resignation. Jegliche Hoffnung war aus ihren Zügen gespült worden, vielleicht schon während ihrer Ehe. Die Liebe einer Alina Wagner zu gewinnen musste ein Leichtes gewesen sein. Für Familie Knaak, für Ben Schilling. Sogleich bemitleidete Linda das Mädchen. Sie dachte einen flüchtigen Moment lang an eine Adoption. Nicht ernsthaft. Vielmehr wie der schnellste, doch irrationalste Weg zu einer Lösung.

Langsam hob Bettina Wagner den Blick. Keine Träne in den Augen, kein Leben. »Aber ich kann Menschen wehtun«, flüsterte sie. »Das kann ich.«

7

Linda verließ den Verhörraum, um eine Zigarette zu rauchen. Vernehmungen, die nur auf ein schnelles Geständnis abzielten, waren ihr zuwider. Ein Gespür für sein Gegenüber zu entwickeln benötigte Zeit, Geduld und Offenheit. Das waren die Schritte zwei oder drei. Davor hieß die Losung: zielorientiert denken. Ergebnisse schaffen. Dem Staatsanwalt in die Hände spielen.

Auf dem Parkplatz der KPI hing der Nebel wie eine fette

Qualle. Linda beratschlagte mit Henry und genoss ihre Zigarette. Inmitten ihres Gesprächs summte ihr Telefon.

»Es ist Vossler«, sagte sie zu Henry. Jäh verwandelte sich sein Gesicht in das eines aufgeregten Kindes.

»Du kannst unserem Samurai ein Bienchen ins Hausaufgabenheft stempeln«, sagte Vossler. »Schillings Genick ist tatsächlich gebrochen.«

»Etwa vom Ruck der Schlinge?«

»Nach einer ersten Einschätzung halte ich das für ausgeschlossen. Das Opfer hätte mit immensem Schwung nach hinten stürzen müssen. Seine Beine waren aber am Stuhl gefesselt, also …«

Vossler legte ihnen weitere Indizien dar, die gegen einen Erstickungstod sprächen. Beispielsweise habe er auf der vorderen Kante der Sitzfläche Waldboden entdeckt. Die Erde stamme eindeutig von außerhalb der Hütte. Das könne er auch ohne Laboruntersuchung sagen. Außerdem sei das Holz leicht gesplittert, als hätte jemand dagegengetreten. Schilling selbst war es unmöglich gewesen, an diese Stelle zu gelangen. Zumindest mit den gefesselten Füßen. Mehrfach wiederholte Vossler, dass dies alles unter Vorbehalt zu verstehen sei. Linda legte auf, trat ihre Kippe aus und eilte zurück in Richtung Verhörraum. Frau Wagner war ihnen noch einige Antworten schuldig.

8

Linda schickte sich an, die Tür zu öffnen. Da langte Henry nach ihrem Arm. Die Wut, die ihn im Nebel vorangetrieben hatte, war zurückgekehrt. Für diese Wiederbelebung hatte die Strecke vom Parkplatz zum Verhörraum genügt. Seit Vosslers Anruf war ihm sein Versagen auf dem Jenzig eine schwärende Wunde.

»Ist dir schlecht?«, fragte Linda. »Du siehst ganz blass aus.«

»Die Zeugin«, antwortete Henry. »Die verdammte Zeugin.«

Henry konnte förmlich sehen, wie Linda eins und eins zusammenzählte. Als verschmolzen die Teilstücke direkt auf ihrem Gesicht zu einem alles beherrschenden Ausdruck.

»Nur eine einzige Frage«, sagte sie. »Okay?«

Henry nickte, worauf Linda in den Verhörraum huschte. Als sie zwei Minuten später wieder herauskam, sagte sie: »Sie hat kein Alibi. Laut ihrer Aussage hatte sie aber den Morgen in der Wohnung verbracht.«

9

Als Henry und Linda das Theater betraten, war das Foyer hell erleuchtet. Knaak hatte nicht nur die kaputten Glühbirnen durch neue ersetzt. Darüber hinaus hatte er sich für Exemplare mit stärkerer Leuchtkraft entschieden. Es war Sonntag, der 15. November. In der nächsten Woche sollte das Theater wieder seinen Betrieb aufnehmen. Offenbar war die Nachricht vom Ableben des Regisseurs noch nicht ins Schloss gelangt.

Sie stiegen gerade die Stufen ins zweite Stockwerk empor, als sie einen Knall vernahmen. Augenblicklich fielen die Kommissare ins Lauftempo. Sie preschten über den Flur und direkt ins Büro der Theaterleiterin.

»Das ging ja schnell.« Marissa Kolp stand hinter der am Boden liegenden Vitrine. Sämtliche Poster waren von den Wänden gerissen. »Ich dachte, eine Verschönerung des Büros sei vonnöten. Immerhin wollen wir morgen wieder unsere Türen öffnen.«

Hätte Frau Kolp ihren Satz mit einem Lachen beendet, wäre die Szene perfekt gewesen. Zumindest nach Henrys Empfinden für Dramatik. Aber die Tragödien des Lebens, so wusste er mittlerweile, kommen meist in schmerzvoller Stille daher. Das Getöse bleibt der Bühne vorbehalten.

Marissa Kolp klemmte sich hinter ihren Schreibtisch. Mit einer absurd anmutenden Höflichkeit hieß sie die Kommissare, ebenfalls Platz zu nehmen. Linda hob einen Stuhl vom Boden und setzte sich ihr gegenüber. Henry blieb im Türrahmen stehen und musterte das Zimmer. Die Wut, die sich hier entladen hatte, sprach Bände. Es war die gleiche Wut, die einem Mann das Genick gebrochen hatte. Ein Tritt gegen den Stuhl und knack. Auch wenn die Rechtsmedizin die Todesursache noch amtlich bestätigen musste, schien Schillings gebrochenes Genick unzweifelhaft.

»Ich habe alles niedergeschrieben.« Marissa Kolp wies auf einen Bogen Papier. »Seine Schandtaten und meine fehlende Courage. Aber das hat nun ein Ende. Die Polizei ist informiert.«

Sie hob demonstrativ ihr Handy. »Ich bin bereit, die Konsequenzen zu tragen.«

In seiner kurzen Laufbahn hatte Henry noch nie einer Mörderin gegenübergesessen. Die rechtliche Lage war für ihn auch kaum einzuordnen. Welche Anklage erwartet einen Täter, der seinem Opfer eine Schlinge um den Hals legt? Welche Anklage demjenigen, der ihm den Todesstoß versetzt? Es gab Konstrukteure und Henker. Und es gab das unausgesprochene Einverständnis zwischen ihnen.

Linda nahm Marissa Kolps schriftliches Geständnis entgegen. Als ihr Handy summte, reichte sie es an ihren Kollegen weiter. Henry erkannte Mikowskis Nummer. Mit einem Nicken signalisierte er Linda, dass er verstanden hatte. Dann entschuldigte er sich bei Frau Kolp und verließ das Büro.

»Hier Kilmer«, sprach Henry draußen auf der Treppe ins Telefon.

»Ich bin in Wagners Garage. Vor mir steht ein ganzes Regal mit Chemikalien.« Lennart begann ein paar wissenschaftliche Bezeichnungen vorzulesen. »Da müsste ein Fachmann ran.«

»Okay, ich schicke einen Techniker vorbei.«

»Auf jeden Fall findet sich hier alles, was ihr gesucht habt. Eine Rolle Drahtseil, mehrere Gewindescheiben. Was hatte ihr Mann noch mal für eine Firma?«

»Fliesen- und Mosaikverlegung.«

»Ist nicht gerade nahe dran.«

»Ausschlaggebend ist eher der Gewerbeschein.«

»Den hat sie auf alle Fälle gut genutzt.«

»Und habt ihr die Nachbarn befragt?«

»Ja, eine Dame war besonders auskunftsfreudig.«

»Und?«, fragte Henry erregt.

»Angeblich hat Frau Wagner seit gestern Abend nicht mehr das Haus verlassen …«

In Henrys Gedanken visualisierte sich der Tathergang. Marissa Kolp findet den gefesselten Schilling, ihren einstigen Liebhaber. In ihrer Wut tritt sie gegen den Stuhl, und Schilling knallt nach hinten gegen die Wand. Henry sah das zerstörte Büro der Theaterleiterin. Die umgestürzte Vitrine. Ein Schrank randvoll mit Büchern. Diese Frau strotzte vor Kraft.

Als er auflegte, stand er gedankenverloren am Treppenabsatz. Erst ein nahes Geräusch riss ihn in die Realität zurück.

Er folgte dem Korridor bis zum Kabuff des Hausmeisters. Torsten Knaak saß an seinem Arbeitstisch und telefonierte. Offenkundig mit seiner Frau. Henry verstand allzu gut, dass Knaak sich mitteilen musste. Möglicherweise hatte Marissa Kolp dem Hausmeister bereits ihre Tat gebeichtet.

Auf Henrys zaghaftes Klopfen blickte Knaak zur Tür. Er verabschiedete sich, und erst da bemerkte Henry, dass er keineswegs mit seiner Frau telefoniert hatte.

»Ich habe Alina Bescheid gesagt«, erklärte der Hausmeister. »Das war ich ihr schuldig. Ich wollte nicht, dass sie es von Ihnen erfährt.«

»Und wie hat sie reagiert?«

»Sie hat geweint.«

Torsten Knaak schluckte schwer. »Aber ihre Betreuerin scheint nett zu sein. Am liebsten würden wir sie aufnehmen.«

»Sie und Ihre Frau?«

»Wir haben uns immer Kinder gewünscht. Aber meine Erkrankung hat uns einen Strich durch die Rechnung gemacht.«

»Leider weiß ich nicht, wer über Alinas Zukunft entscheidet«, sagte Henry und trat in die kleine Kammer.

»Wollen Sie einen Schluck Likör?«, fragte ihn Knaak.

»Nein, danke. Ich trinke nicht.«

Henry schaute sich schweigend um. Das kleinste Rädchen in

diesem Betrieb, dachte Henry, würde wohl überdauern. Welch Ironie? Der Starregisseur und seine Förderin hatten einander die Luft genommen. Die Liebe hatte ein Werk voller Hass erschaffen.

»Entschuldigen Sie«, hob Knaak die Stimme. »Ich will mit meiner Frau telefonieren.« Er bedeutete Henry, ruhig hierzubleiben. Beim Hinausgehen legte er ihm die Hand auf die Schulter. »Das mit neulich tut mir leid. Ehrlich. Ich habe Sie verwechselt.«

Henry schaute ihn verdutzt an. Doch der Hausmeister antwortete nur mit einem traurigen Zwinkern. Er trat in den Korridor hinaus, und Henry konnte hören, wie er sich entfernte.

10

Linda tütete den von Marissa Kolp verfassten Brief ein. »Tut mir leid, reine Routine«, sagte Linda.

Marissa Kolp wirkte nicht verwundert. Sie sagte nur: »Wenn mir das einige Erklärungen erspart, bitte.«

Linda fragte sich, wo ihr Kollege blieb. Nachdem sie heute schon eine vermeintliche Mörderin verhört hatte, war ihr das ganze Prozedere lästig. Sollte doch der Jungspund die Festnahme einleiten. Von dieser Frau, so schätzte Linda, würde keine Gefahr ausgehen. Außerdem hatte es sich Henry verdient, nachdem er wohl die halbe Nacht im Tunnel gewesen war. Sie fragte, ob sie eine rauchen dürfe. Die Theaterleiterin präsentierte ihr die offene Handfläche, was wohl einem Von-mir-aus gleichkam. Linda zündete sich eine Zigarette an und schlug die Beine übereinander. Sie glättete den Beweisbeutel und begann, Frau Kolps Geständnis zu lesen.

11

Obgleich Torsten Knaak sein Kabuff verlassen hatte, konnte Henry noch dessen Schulterklopfer spüren. Echtes Bedauern war von ihm ausgegangen. Ganz anders als jene Geste, mit der ihn einst der Walkman verabschiedet hatte. Henry berührte automatisch die Narbe hinter seinem Ohr. Da entdeckte er unter einem Paket Glühbirnen einen Zettel. »Ich werde es tun«, stand darauf geschrieben. Henry erkannte die Schrift sofort. Es war dieselbe wie die auf Marissa Kolps Geständnis. Er musste unverhofft grinsen. Eine Reaktion, die durch und durch untypisch für ihn war. Er dachte: Wie leicht sich manchmal alles einordnen lässt. Nachdem er den Zettel eingetütet hatte, besichtigte er ein letztes Mal den Raum. Sein Blick strebte empor zum Oberlicht und wieder herab auf den Aktenschrank. Über die vielen Ordner und weiter zum Schreibtisch. An dessen Seite hinunter auf den Mülleimer. Was wie achtlos weggeworfen über den Eimerrand hing, ließ seine Gedanken sofort erkalten. Mit einer instinktiven Bewegung wandte er sich zur Tür und rannte los.

12

Linda hatte Marissa Kolps vermeintliches Geständnis zu Ende gelesen. Aber es entsprach ganz und gar nicht ihrer Erwartung. Vielleicht hätte es vor einem Monat noch einiges verhindern können. Jetzt war es nur der Beweis für einen Umstand, der keines Beweises mehr bedurfte. Nicht ohne Verbitterung sagte sie: »Sie sprechen hier nur von *einer* Schuld.«

»Ich habe alles, wirklich alles aufgeschrieben.«

»Sie erwähnen mit keinem Wort, was oben am Hundegrab geschehen ist.«

»Er hat mit mir nicht darüber gesprochen. Das war sein Geheimnis.«

»Und wann haben Sie ihn dort entdeckt?«, fragte Linda. »Oder haben Sie die Sache mit Frau Wagner gemeinsam geplant?«

»Welche Sache? Ich kenne Frau Wagner gar nicht.«

»Ich rede von Ben Schillings Tod.«

Da wurde Linda mit etwas konfrontiert, das sie nie zuvor gesehen hatte. Marissa Kolp griff nach einem Bleistift und hob ihn in Gesichtshöhe. Dann schlug sie ihn sich mit der Spitze in den Handrücken. Ohne vor Schmerz aufzuschreien, fragte sie: »Ben hat sich umgebracht?«

13

Langsam schritt der Mann für alles durch das Foyer. In seiner Pranke wirkte das Telefon so klein wie ein toter Käfer. Er blieb unter dem grellen Deckenlicht stehen und schüttelte den Kopf. Es war leicht zu erraten, dass er den gewünschten Gesprächspartner nicht erreichte.

Henry trat zögerlich aus dem Halbdunkel des Korridors hervor. Er rief den Hausmeister beim Namen.

»Ich muss telefonieren«, antwortete Knaak.

»Das sagten Sie bereits.«

»Na, dann ...«

»Hören Sie, wir sollten uns unterhalten.« Henry war über die Festigkeit seiner Stimme selbst überrascht. »Ich nehme an, Sie wissen, worüber.«

Torsten Knaak spreizte die Arme, als wollte er einen epischen Monolog anstimmen. Dem Mann konnte anscheinend jeder Ort zur Bühne werden. Aber er sagte kein Wort. Stattdessen packten seine Hände zwei auf dem Tresen abgestellte Barhocker. Ohne groß Schwung zu holen, feuerte er die Hocker in Richtung Korridor. Henry sprang zur Seite und suchte hinter einem der Tische Schutz.

Im Bruchteil einer Sekunde erfasste Henry, was Knaak in der Kammer gemeint hatte. Weshalb er ihn um Entschuldigung gebeten hatte. Der Angriff auf der Terrasse des Theaters. Vor drei Tagen. In der Dunkelheit. Henry zückte sein Handy, doch da flog bereits der dritte Hocker. Mit einem lauten Knall zerbarst das Holz über ihm an der Wand. Unter dem Tisch hindurch sah Henry den Hausmeister die Flucht ergreifen. Dabei behielt er unverdrossen das Telefon am Ohr. Henry zog seine Waffe und schrie, er solle stehen bleiben. Aber Knaak ignorierte Henrys Appell. Er lief über die Terrasse auf die nebelverhangene Einfahrt. Als Henry die Stufen erreichte, stand Knaak bereits vor seinem Wagen. Aus der Entfernung forderte er ihn erneut auf, stehen zu bleiben. Er hob die Waffe und feuerte in die Luft. Ein Warnschuss für Knaak, ein Signalschuss für Linda.

Knaak ließ von der Wagentür ab und rannte auf die Straße Am Erlkönig zu. Henry wusste, dass er ihn im Gelände verlieren würde. Also schob er die Waffe zurück ins Holster und sprintete los. Plötzlich wurde der Nebel gleißend. Als flute das Licht eines Leuchtturms die Saaleaue. Die Straße war so hell, dass Henry die Augen abschirmen musste. Dann hörte er einen Knall.

14

Die Autofahrerin saß in ihrem Wagen und starrte durch die Frontscheibe ins Nirgendwo. Ein Blick genügte, um ihrer Schockstarre gewahr zu werden. Henry lief die Straße entlang, bis er den Angefahrenen erreichte.

Sein Körper war der von Mutter Natur gegebenen Ordnung beraubt worden. Die Hüfte stark verdreht, der rechte Arm unnatürlich auf den Rücken gebogen.

Henry wählte die Nummer der Rettungsstelle.

Dann beugte er sich zu Torsten Knaaks Gesicht hinab. Er redete ihm zu, nicht zu sprechen. Der Arzt sei bald hier. Alles werde gut. Doch Torsten Knaak war bereits in einer anderen Welt. Was er der alten schuldig zu sein glaubte, wollte er loswerden. Henrys Worte verloren jede Bedeutung. Bläschen aus Blut zersprangen auf Knaaks Lippen. Blutfäden zogen Schlieren über sein Kinn. Auf dem Asphalt ein Delta roter Rinnsale. Henry neigte sein Ohr hin zu Knaaks Mund. Er versuchte zu hören, was schon der anderen Welt entstammen mochte.

»Ich habe sie beobachtet, und sie …«

Pause.

»… sie konnte es nicht …«
Flackern der Pupillen.
»… konnte es nicht.«
Das Senken der Augenlider.
»Ich musste es beenden.«
Unter den Lidern ein Zittern.
»Wenn nicht ich, wer dann?«
Seine Stimme wurde leiser und leiser.
»Das Schwein …«
Kaum noch hörbar. Die Augen blind.
»Er hat es nicht bemerkt.«
Ein Seufzer wie nach einem schlechten Witz.
»Die Verkleidung … meine beste Rolle …«
Dann nicht mehr als ein Hauchen.
»Marie … ich …«

Seine letzten Worte verfingen sich in einer Blutblase. Sie blähte sich zwischen seinen Lippen und zerplatzte geräuschlos. Was er der Welt noch hatte mitteilen wollen, blieb ungehört. Die Scheinwerfer waren erloschen, der Vorhang fiel.

Epilog

... Es wird auch erzählt, dass einmal, als Rotkäppchen der alten Großmutter wieder Gebackenes brachte, ein anderer Wolf ihm zugesprochen und es vom Weg habe ableiten wollen ...

»Rotkäppchen«, Kinder- und Hausmärchen

Eine Woche später

1

Alina Wagner reagierte nicht auf das Klopfen. Sie wusste, dass ihre Betreuerin ohnehin die Tür öffnen würde. Ganz gleich, ob sie ihr Einverständnis vernahm oder nicht. Frau Soundso musste nämlich nach Alinas Wohlergehen schauen.

Die Tür wurde geöffnet, und Frau Soundso kündigte Besuch an. Alina reagierte noch immer nicht. Die Betreuerin würde den Gast auch ohne Alinas Zustimmung hereinlassen. Der Kontakt mit anderen Menschen sei wichtig, hieß es oft in der Einrichtung. Frau Soundso handelte danach, weil Frau Soundso eine gute Betreuerin war.

»Hi«, sagte Katja und warf ihren Rucksack vor das Bett. Alina blieb reglos, bis Frau Soundso die Tür geschlossen hatte. Dann schlang sie ihre Arme um Katja und drückte sie fest an sich. Katja erwiderte die Umarmung, wie es nur echte Freundinnen zu tun pflegen. Dann setzten sich beide aufs Bett.

»Und?«, fragte Alina. »Hast du sie dabei?«

»Was denkst du denn?«

»Danke, danke, danke.«

»Kein Problem.«

»Und wie bist du reingekommen?«

»Ich habe einfach gesagt, du hättest noch ein paar Sachen von mir. Sie lag im Wohnzimmer neben der Couch.«

Das Bild der Couch drohte Alinas Stimmung ins Dunkle zu reißen. Am äußeren Rand ihres Blickfelds zeigte sich ein Flimmern.

Innerhalb weniger Sekunden überschwemmten die falschen Bilder ihr Bewusstsein: Ben, der sie nicht berühren mochte. Torsten, der sie vor allem beschützen wollte. Ihr Vater, der sich nicht greifen ließ. Während das Flimmern in ihrem Blickfeld anschwoll, öffnete Katja den Rucksack.

»Oh, du bist die Beste«, sagte Alina. Mit zitternden Fingern nahm sie ihrer Freundin die Strickjacke ab. Sie schloss die

Augen und hielt sich die Jacke unter die Nase. Der Geruch des Menschen, der sie als Letztes getragen hatte, hellte ihre Stimmung schlagartig auf. Sie dachte an ihre Mutter und lächelte.

2

Linda Liedke schaute durch die verglaste Tür ins Krankenzimmer. Caroline Meyers Körper hatte sich seit beinahe zwei Wochen nicht von selbst gerührt. Die Geräte neben ihrem Bett arbeiteten in unbestechlicher Teilnahmslosigkeit. Für einen Moment empfand Linda die ganze Welt als ein gleichgültiges Konstrukt. Gleichgültig gegenüber menschlicher Schwäche und menschlichem Leiden. Heute Morgen war sie zu einem vermeintlichen Selbstmord gerufen worden. Für einen Polizisten allenfalls ein Routineeinsatz. Erst ihre Unterschrift ermöglichte, dass sich die Rechtsmediziner den zweifelhaften Todesfällen widmen konnten.

Im Grunde hatte Frau Wagner ebenfalls den Suizid gewählt. Linda hatte in der letzten Woche oft darüber nachgedacht. Sie war zu dem Schluss gelangt, dass sich Frau Wagner von der Außenwelt verabschiedet hatte. Gewiss vor langer Zeit schon. Und damit hatte sie sich auch dem Leben ihrer Tochter verschlossen. Linda war außerstande, nachzuempfinden, was der Frau angetan worden war. Vor einer Woche hatte sie noch geglaubt, mit deren Tat zu sympathisieren. Jetzt, nur wenige Meter von einer Komapatientin entfernt, war sie anderer Meinung. Caroline Meyer hatte die K.o.-Tropfen unabsichtlich zu sich genommen. Der Liebeskummer hatte sie zum falschen Glas greifen lassen. Aber das Prinzip Zufall trug an ihrer jetzigen Verfassung nicht die geringste Schuld. Ganz und gar nicht. Das hatte allein eine vom Schicksal geschundene Frau zu verantworten.

Linda fasste in die Seitentasche ihrer Lederjacke. Sie befingerte die Zigarettenschachtel und atmete durch. Ihre Familie brauchte sie, und sie brauchte ihre beiden Männer. Ihren Ehemann, der gern Fußball guckte. Ihren Sohn, der gern Horrorfilme sah.

Sie schlug den Kragen hoch und verließ das Krankenhaus. Die teilnahmslose Welt konnte ihr gestohlen bleiben.

3

Lennart wies durch die Frontscheibe auf das Straßenschild. Noch sechzig Kilometer bis Berlin. Vom Fahrersitz aus schenkte er Henry ein breites Grinsen. Henry wusste genau, welchem Umstand das Grinsen geschuldet war: Die Kommissare Mikowski und Kilmer fuhren ins Wochenende.

Der Papierkram war erledigt, der letzte Fall lag bei den Akten. Binnen drei Tagen hatten sie das ermittlungsrelevante Material zusammengetragen. Die blonde Perücke, die Henry im Mülleimer gefunden hatte, gehörte Torsten Knaak. Sein eigenes Archiv lieferte den Beweis: Ein alter Zeitungsausschnitt zeigte ihn mit ebendieser Perücke. Er hatte die Prinzessin im »Gestiefelten Kater« gespielt. Ben Schilling schien davon gewusst zu haben. Aber das blieb reine Spekulation. Unzweifelhaft war dagegen, dass Torsten Knaak dem Regisseur den Todesstoß versetzt hatte. In der Nacht vom 14. auf den 15. November. Als es ihn erneut zum Tatort getrieben hatte, war er den Kommissaren beinahe in die Arme gelaufen. Vieles erschien Henry im Nachhinein logisch. Doch das machte es nicht weniger sinnlos.

Er und Lennart sprachen nicht mehr über den Vorgang. Diese unausgesprochene Vereinbarung kam einem Kodex gleich. Im Idealfall würde das Leben der Betroffenen nicht mehr das ihrige kreuzen. Eine geschlossene Akte verhieß stets einen neuen Vorgang. Dieses Wochenende würden sich die Kommissare allerdings einer anderen Aufgabe widmen. In Berlin erwarteten sie sechzehn Kilometer Hindernislauf. Urbanian Run. Mit Beharrlichkeit war Henry von seinem Kollegen zur Teilnahme überredet worden.

Während Lennart am Autoradio herumspielte, lehnte Henry seinen Kopf zurück. Nachrichten und Musik streiften nur nebenher sein Ohr.

Er ließ die Landschaft wie einen unscharfen Film an sich vorbeirauschen. Die weite Ebene von Brandenburg. Zwischen kargen Feldern hoben sich Büsche und sandige Niederungen. Gleich flügellosen Krähen tauchten ab und an einsame Häuser auf. Henry war dieser Landstrich vertrauter als das Thüringische. Dennoch flogen seine Gedanken zurück in die Quergasse, hinein in Jasmins Küche.

Seit knapp einer Woche hatten sie kein Wort miteinander gewechselt. Er hatte ihr gesagt, er müsse ein paar Dinge klären. Er brauche Zeit für sich. Dann hatte er den Lauf vorgeschoben. Hatte Henry den *Davonläufer* mit Henry dem *Hindernisläufer* zu kaschieren gesucht. Jasmin hatte keine Einwände erhoben. Zumindest imaginär war ihre Hand auf seiner Schulter gelandet. *Du wirst es schaffen, toi, toi, toi.* Doch ihre Stimme hatte ihm verraten, dass etwas anders geworden war. Vielleicht nur in ihr, vielleicht auch eher in ihm. Jetzt versuchte er, sich ihr Gesicht frei von Sorge und Mitleid vorzustellen. Wollte ein Gesicht beschwören, das ihn nicht in der Küche verabschiedet hatte. Aber es gelang ihm nicht. Seine Vergangenheit hatte an diesem Morgen ebenso ihre Stirn zerfurcht. Geteiltes Leid ist nicht halbes Leid, dachte Henry. Geteiltes Leid wird doppeltes Leid.

Seine Gedanken lösten sich von Jena und flogen dem Auto voraus.

In Berlin würde Henry das Grab eines Jungen besuchen. Allein. Er würde auf dem Friedhof zu weinen anfangen. Allein. Würde Patrick Kramer um Verzeihung bitten. Allein. Und das alles, obschon er wusste, dass das Grab menschenleer war.

Als Lennart eine Pinkelpause ankündigte, zerstoben Henrys Gedanken in der märkischen Landschaft. Er vernahm den Radiomoderator und die Wetterprognose, darauf die ersten Takte des nächsten Songs.

Plötzlich begannen seine Schläfen wild zu pochen. Er roch die rußigen Straßen seiner Kindheit. Sah marode Garagen, sah einen gesichtslosen Mann. Mit entrückter Stimme wandte er sich an Lennart: »Wie heißt der Song?«